詩というテキストⅢ

言の葉の彼方へ

万里小路　譲
Maricoji Joe

コールサック社

詩というテキストⅢ

言の葉の彼方へ

目次

Ⅰ　やまがた詩集逍遥

Ⅱ　やまがた詩篇逍遙

Ⅰ　やまがた詩集逍遙

誕生・生・死への省察
――吉野弘の眼差し

どのようにしてひとが詩人となるのかは、その境遇と無関係ではないだろう。とりわけ特異な出来事があったとすれば、なおさらである。吉野弘《よしのひろし》の詩には誕生と死に関わる深い摂理を内包している作品が多いが、それは生い立ちに拠っているように思われる。父を語り手にしてその略歴を叙述してゆく「男ありき」という詩篇は、詩集には未収録であるが、自身の誕生に関わる重要作である。それによれば、父と母は互いの意志によって結婚したわけではなく、父が自己の意志を通せば自らはこの世にありえず、母が世の慣習に従いさえしなかったら自らはまたこの世にありえなかった。このような仮定は、裏を返せば、父と母との運命的な出会いのありようを浮かびあがらせる。偶然と必然は表裏の関係にある。そのように男女の結びつきを誘導してゆく時代環境もまた、宿命的な力学を内在している。このような奇跡的な自己の誕生のありようを心の奥底で幾度も反芻し、そして誕生とは何であるのかという問いを吉野弘は繰り返していたはずである。記念碑的な出発を遂げた詩集『消息』は、その一事を告げている。それまでの道筋を、詩篇「男ありき」と「自筆年譜」を基に追ってみる――

父・斎藤末太郎は、1896（明治29）年3月4日、山形県東田川郡新堀村大字板戸（現酒田市）に、小

作農の斎藤伊左衛門・まさ夫妻の子女十二人中の六男として生まれる。1916年12月、舞鶴海兵団に入団し、1920年11月に満期退団し、12月に帰郷。1921年1月、母及び長兄より吉野家の未亡人・貞《さだ》と結婚せよとの話を受け、突然のことにて驚愕する。

母・吉野貞《さだ》は1887（明治20）年、山形県酒田町浜畑《はまはた》（現酒田市）に生まれる。貞は1920年に死亡した末太郎の兄・伊三郎の妻であり、一男（孝太郎）がある。当時の習いとして、兄が死亡した場合、その弟が未亡人と縁組みすることが多く、その例に倣えとの命が末太郎に下される。末太郎は拒む。が、仲人の斎藤銀治の謀りによりすでに入籍手続きが取られていることを知り、愕然とする。末太郎は悶々の日々を過ごし、家の農作業に従いつつ、一週一度のみ土曜夕刻より日曜日にかけて吉野家に赴くこととなる。吉野貞は心尽しの料理で歓待するが、末太郎は心愉しまず、そして貞を不憫に思う。

一年後の1922年1月になってやっと、末太郎が吉野家にて生活を営むようになる。このとき貞はすでに身籠っており、2月に長女・静が誕生する。

貞は雑貨商を営むも生計の資に足らず、末太郎が運送会社・木材会社の運搬下働きをする。亡兄の長男の孝太郎は温和な性格で十歳である。1925年1月、末太郎は酒田町役場財務課に奉職する（日給1円）。

1926（大正15・昭和元）年1月16日に、弘が誕生する。三歳のとき、当時流行の赤痢に罹病。当時は患者に水分を取らせない治療方針であったが、バケツに汲み置きされた汚れた水を飲もうと苦しむ弘を見かね、父は死水代わりに大量の水を飲ませる。それが奇跡的に奏功し、弘は助かる。1931年に満州事変が勃発。1932年、弘は酒田市琢成第二尋常小学校に入学。この年に上海事変、五・一五事件が起こる。

1937年、日支事変が勃発。静は小学高等科を卒業し、酒田郵便局の電話交換手に採用される。

1938年、弘は小学校を総代で卒業し、酒田市立商業学校（現・酒田光陵高等学校）に進学。父・末太郎は腰椎カリエスを発病。一方、母・貞は持病の心臓病が悪化し、腎臓病を併発する。そして、7月24日、進学して最初に出た一学期末の通信簿はいい成績だったので、自慢して見せたいと思い胸弾んで帰宅したが、母はその日に息を引き取る。享年五十一歳であった。一方、父・末太郎の病気は快癒せず、勤務と療養が相半ばする。加えて、日常茶飯の雑事多く耐え難く、親戚の者が見兼ねて遠縁の畠山家の長女・甲（十七歳）を家事手伝いにと紹介する。しかし、甲はほどなく孝太郎と結婚。孝太郎夫妻は父との折り合いが悪く、朝鮮に出稼ぎに行く。

1941年12月、日本が太平洋戦争に突入し、1942年12月、弘は酒田市立商業学校を繰り上げ卒業。1943年1月、帝国石油（株）に入社し山形鉱業所（酒田市）に勤務。同年、静が高山家に嫁ぎ、父と弘の二人暮らしとなる。父は長期療養のため市役所を辞職し、保険外交員に転ずる。その後、父は後妻ヨシノを迎えるが一年後に急逝。さらに後妻コヨを迎えるが、まもなく離縁。

1944年、弘は徴兵検査に合格。甲種合格を望んでいたが、近視のため乙種合格であり、不本意であった。1945年、8月20日、勇猛をもって鳴る山形歩兵第三十二連隊に入営予定だったが、15日に敗戦。連合軍の占領が始まる。1946年、孝太郎夫妻が二児を伴い、朝鮮より裸同然にて引き揚げし、生活を共にする。

1949年、労働組合が活発化し、前々年より専従役員になり、首切り反対ストなどに加わる。9月、肺結核に罹り、11月、酒田病院に入院。昭和25年6月、東京都江戸川区の病院に入院し、胸郭成形手術を受け、奇跡的に延命する。1951年8月、退院し、10月に復職する。

1952年、6月、詩誌『詩学』に詩篇「爪」を投稿。11月には2作目となる「I was born」を投稿し、翌年二月号で新人に推薦される。11月に飯野喜美子と結婚。酒田市光が丘の社宅に住む。1953年5

月に川崎洋・茨木のり子両氏の創刊した詩誌「櫂」に9月（三号）から参加すると同時に、結核発病に関わる公立酒田病院の療養者と恢復者や病院の職員などによるサークル「谺詩の会」における活動（1953～1964年）に参加し、酒田市に住む大滝安吉・佐藤登起夫・成田邦雄らと交流する。1954年7月、長女・奈々子が誕生する。そして、三十一歳のとき、1957年5月に「谺詩の会」より第一詩集『消息』を刊行する。

誕生によって引き起こされた生命についての畏怖にも似た問いかけと探求は、吉野弘の実体験からも照射される。とりわけ、三歳における赤痢罹患、十九歳における敗戦体験、二十四歳における結核罹患という、延命に関わる三件の体験は命取りとなりかねなかった悲劇的な体験であり、否応にも生死の問題意識を自己のうちに育むことになったはずである。付け加えるに、十二歳における母の死もまた、避けがたい宿命を知らしめたはずであり、母の死は出世作「I was born」の創成へとつながっている。

生死を分かつ戦争の時代に幼少年期及び青年期を過ごさねばならなかったこともまた、生と死の考察へと弘を導いたはずである。五歳のときの満州事変、六歳のときの上海事変、十一歳のときの日支事変、十五歳のときの太平洋戦争開戦。軍事教練と査閲の体制の強固な学校で弘は、物思うことを殺す少年であったにちがいない。

大学進学の希望叶わず、十七歳で国策会社「帝国石油」に就職したこともまた、意に反する成り行きであった。そして、そこで味わったのは、労働現場の不条理なありようであった。資本主義的生産様式の自律的展開による「労働の商品化」という現実、そして商品労働者として生涯を終えることへの危惧は、いまここにあらぬ者、すなわち詩人へ超出することを強いたはずである。それを証拠づけるかのように、弘は詩作に奮闘している。2015年『詩人会議』6月号に発表された長女・久保田奈々子のエッセイ

「吉野弘の詩の原点」によれば、二十歳から二十二歳までの間に書かれたと推定される五十四篇の未発表詩篇を収める五冊の私家版詩集（手書き・限定一部）が没後、書斎の書棚から出てきたという。

こうして、生と死という哲学的主題、社会の不条理及び労働という現実的課題をかかえて、詩人・吉野弘は出発した。記念すべき第一詩集『消息』は、振り返ってみれば戦後に現れた傑作詩集のひとつであるが、わずか100部限定のしかも謄写版刷54頁の自費出版の非売品であった（8月に第2版150部刊行、定価100円）。さらには、別刷りにして挟み込んだが、詩篇「身も心も」の二連を筆耕の際、脱落させるミスもあった。

そして、二年後の1959年6月15日（三十三歳）、小B6判160頁の第二詩集『幻・方法』を飯塚書店から1000部刊行する。この詩集は、『消息』のなかから八篇を除く十六篇を再録し、新作二十二編を加えており、仕切り直しをして世に出した実質的な第一詩集と言うべき性格を帯びている。言い換えれば詩集『幻・方法』は、吉野弘の詩人として活動するスプリングボードとしての原点であり、どのようにして詩人になったかがここに読み取ることができる。この年、同じ山形県出身で同年齢の黒田喜夫の第一詩集『不安と遊撃』とともにH氏賞候補となるが、受賞の栄冠は黒田喜夫のほうへといく。

吉野弘は勤続二十年になる直前の三十六歳のとき、石油資源開発（株）を退職し、コピーライターに転職するが、永年勤務表彰式の様子を描いた詩篇「burst」は自らの退職を予告しており、鬼気迫るものがある。

雇主の長々しい讃辞を受けていた　従業員の中の一人が　蒼白な顔で　突然　叫んだ。

――諸君

こらえていたものがあふれるように突発的に喉元からでた発言のあと、彼は汗を吹いて同輩たちの足下に倒れる。そして、目の覚めるような美しい漣が、このあとに用意されている。〈発狂／花ひらく。〉――すなわち、気が狂うほどの抵抗が自らの存在のアイデンティティーに還る行為であり、それは花開くことなのだ。このメタファーの発見は運命的であり、それによって吉野弘は詩人へと開花したと言える。

詩集『幻・方法』のⅠの章の十篇と「burst」を含むⅡの章の十三篇は、激しく冷徹な語り口で会社組織を撃っている。抒情とは無縁の世界であり、存在をかけた闘いなのだ。すると、Ⅲの章における「I was born」「父」「初めての児に」「奈々子に」の出現は、意表を突いている。すべて第一詩集からの再録であるが、労働による人間性疎外を訴える反抗的姿勢から一転して、生と死の実存的問いの提起とその解答の模索へと向かう。動から静へのこの転位は、アンダンテ及びアレグロからアダージョへの転回を想起させ、詩集『消息』に収められていたありようとは異なり、ことさらに印象深い。そして、フィナーレ楽章とも言えるⅣの章における十一篇は豊かな内省と認識に彩られている。ここに早くも、ニヒリストからヒューマニストへの転位が認められる。たとえば、年寄りに席を譲り三度目にはそれを拒む娘を描いた詩篇「夕焼け」には、この詩人が本来持っている優しい心性が刻印されており、他者への配慮・気遣い・関心が吉野弘を詩人に仕立てたもうひとつの要因であったことを示している。

１９５７年10月に新潟県柏崎市に転居。１９５８年３月、帝国石油（株）から石油資源開発（株）への移籍に伴い、東京都中野区の寮に転居。９月、東京都板橋区の向原団地に転居する。１９６２年３月、次女・万奈誕生。８月、石油資源開発株式会社を退社し、コピーライターに転職する。

誕生と死という哲学的主題を横軸に、労働組合の専従役員になるなど反抗的人間としてのありようを縦軸に据え、詩人吉野弘は出発した。そして、反抗的存在のありかは第四詩集『感傷旅行』に至るまで刻印されているが、徐々に認識の詩人としの本領を発揮することになる。１９６４年12月（三十八歳）には第三詩集『10ワットの太陽』（詩画集）を思潮社より刊行し、そのなかの詩篇「素直な疑問符」には、内省による新たな位相へのアプローチを認めることができる。

素直な疑問符

小鳥に声をかけてみた
小鳥は不思議そうに首をかしげた。

わからないから
わからないと
素直にかしげた
あれは
自然な、首のひねり
てらわない美しい疑問符のかたち。

時に
風の如く

耳もとで鳴る
意味不明な訪れに
私もまた
素直にかしぐ、小鳥の首でありたい。

ひとはなぜ生まれ、なぜ死ぬのか？　こんな古典的な問いにさえ不意に付けてみたクエスチョンマークの、その優しい居住まいに注意が喚起されるのは、「素直な疑問符」という詩篇があるからである。疑問とは疑い問うこと。人生は解けない疑問の連続であるゆえ、疑い問いつづけることの連続がきっと生きるということのそのこと。

小鳥の自然な首のひねりが、疑問符の形に似ている。疑問符が生きものであるかのような、新鮮な問いがここにあり、未知への畏怖が優しく居住まいを正して表象されている、小鳥は生きている存在それ自体の傑作なのである。親しい人間の声かけに、小鳥は問いの形で応じ、けっしてわかったふりはしない。わからないからわからないという、素直な姿勢が美しい。

素直とは、飾り気なくありのままであること。疑問符のようにただそこにあるだけで、小鳥は淳朴そのもの。素直とはまた、心の正しいこと。わからないと告げることで、小鳥は正直そのものである。素直とはまた、おだやかで人にさからわないこと。止まり木に止まっているだけで、小鳥は従順そのものではないか。素直とはまた、物事がすんなりゆくこと。問いは問いのまま、無理に解答されることなく、とどこおりがない。素直とはまた、柔和であること。柔和とは未解決の宙ぶらりんのことである。素直とはまた、癖がなくすっきりしていること。

〈風の如く／耳もとで鳴る／意味不明な訪れ〉とは、詩人が小鳥に投げかけた言葉と同種のものである。

それに小鳥は素直に疑問符をつけたのだった。そのように詩人もありたいという。つまり、意味不明な訪れに素直に対処できたらいい、と。それは、解けない疑問や不条理な出来事への賢明なスタンスなのである。

ひともまた素直にかしぐ小鳥の首でありたい。すべては川が流れるように流れてゆく。人生という時間もまた、川のように流れてゆく。何を解決することなどあろうか。ただ、あるようにあることの美しさを、小さな鳥が体現している。

1971年7月（四十五歳）には第四詩集『感傷旅行』を葡萄社より刊行し、翌年2月に第23回読売文学賞を受賞する。そのなかから二篇――

六体の石の御仏

さる人の耐えがたき痛みを
一の石の仏　預かり給う。
一の仏の耐え給う痛みを
二の石の仏　預かり給う。
痛み　白き火の玉なして
二の仏より三の仏へ移り
六体の石の仏を転々と経めぐり
再び

一の仏より六の仏へと経めぐり
斯くて次第に衰えて消ゆ。
そのさま　異《ゐ》なり。
されど
仏に痛みを託して立ち去りし人
そのさまを知らず。

仏教では、輪廻を空間的事象、あるいは死後に趣く世界ではなく、心の状態として捉えるという。たとえば、天道界に趣けば心が天道のような状態にあり、地獄界に趣けば心が地獄のような状態である。六道とは、迷いあるものが輪廻するという六種類の迷いある世界のこと。天道は天人が住まう世界。寿命が長く苦しみも人間道に比べてほとんどないが、煩悩から解き放たれず仏教に出会うことがないゆえ解脱もできない。人間道は人間が住む世界。四苦八苦に悩まされる世界。しかし、楽しみもあり、解脱し仏になりうる世界である。修羅道は阿修羅の住まう世界。修羅は終始戦い争う。苦しみや怒りが絶えないが、苦しみは自らに帰結する世界である。畜生道は牛馬など畜生の世界。ほとんど本能で生き、使役されるがままで仏の教えを得ることができない。餓鬼道は餓鬼の世界。餓鬼は腹が膨れた姿の鬼で、食べ物を口に入れようとすると火となってしまい餓えと渇きに悩まされる。地獄道は罪を償わせるための世界。

六地蔵は、六道において衆生の苦患を救うという六種の地蔵。地獄道を教化する檀陀、餓鬼道を教化する宝珠、畜生道を教化する宝印、阿修羅道を教化する持地、人間道を教化する除蓋障、天道を教化する日光の総称である。この世に生きるすべてのものは、死ねばその生の業に従って六道の世界に輪廻転生し、彷徨いつづける。ならば何ゆえに生まれてきたのであったかと問うのは、もうしばらくあとのことにしよう。

さる人が六地蔵にお参りしたという。耐えがたい痛みを取り除いてほしいと願ってのこと。その痛みは想像するよりほかにない。自己の痛みが他者に知覚されるわけではない。痛んでいるときは自らが生きるのに精一杯であり、他者にすがることができないとしたら、仏に救いを求める流れはごく自然である。そして、仏は痛みを預かり給う。

一の石の仏が痛みを預かると、次に二の石の仏がそれを受け取り、預かる。痛みは〈白き火の玉〉になって、次の石の仏に移り、六体の石の仏を経めぐる。それからどうなるのか？　ふたたび、一の石の仏から同じことが順繰りと繰り返される。何度か繰り返されたあとで、痛みは衰えて、ついには消える。その様子は、この世のものとは思えない。仏の衆生の苦患を救う営為には、想像を絶するものがある。

苦しみなきときは、仏のことなど心にないかもしれない。仏に預け自らが救われてもそのわけを知らない。頼みごとをしたならばそのあとで礼を、叶えられたならば感謝の意を。しかし、ひとはそれを忘れる。

種子について　――「時」の海を泳ぐ稚魚のようにすらりとした柿の種

人や鳥や獣たちが
柿の実を食べ、種を捨てる
　――これは、おそらく「時」の計らい。

種子が、かりに
味も香りも良い果肉のようであったなら

貪欲な「現在」の舌を喜ばせ
果肉と共に食いつくされるだろう。
「時」は、それを避け
種子には好ましい味をつけなかった。

固い種子——
「現在」の評判や関心から無視され
それ故、流行に迎合する必要もなく
己を守り
「未来」への芽を
安全に内臓している種子。

人間の歴史にも
同時代の味覚に合わない種子があって
明日をひっそり担っていることが多い。

果実の実は食べられるが、種子は食べられない。これは創造主の計らいであるように思われる。生命をリレーさせ種《しゅ》を継いでゆく種子が食べられては、種《たね》は途絶えてしまうからだ。種子は香りがしないように、あるいは嚙めないように、固い殻でガードされている。それは、存在の核を担っている種子を保護するためだからと言える。このような自然界の仕組みを、吉野弘は時間態を用いて述べている。種子が食べられないように好ましい味をつけず固い殻をつけているのは、「時」の計らいであり、種子は「現在」の評判や関心からは無視され「未来」への芽を内蔵する、と。種子は「現在」においてはその存在価値が認められてはいないが、「未来」へと生命を運びうる力を備えている。すなわち、現存在は将来から企投される。

しかしながら、見かけと実態が乖離しており、真実は隠れた領域に潜んでいる。吉野弘の随筆集『花木人語』のなかのエッセイ「種子」によれば、果実の生長を促す主要因子はオーキシンという植物ホルモンであり、受精時の花粉よりも受粉後の種子のほうに多く含まれている。つまり、種子は活動の時期が来るまで果実中で眠っているのではなく、むしろ目覚めており活動しているのだ。

詩篇「種子について」が提示している自然の摂理は、ひとつの普遍へと触れている。つまり、現在において好まれているものは、食いつくされることで将来を生きえない。もてはやされるものは将来を生きえず、もてはやされないものが将来を生き抜くという事の次第は、ひとつの教訓を伝えている。不易なるものが流行によって見過ごされ、流行によってのみ現在が流れている実態への、それは批判なのである。明日を担うものは、流行ではなく不易である。将来に生きながら現在において軽んじられている人間もまた、この世に生きているからだ。

〈同時代の味覚に合わない種子〉――それは紛れもない自己がこの世に存在するアンチテーゼとしての認識である。己れが生き抜くには、時代の美意識に背いてでしかなしえない。それはたとえば、三島由紀夫の小説『金閣寺』の孤独な吃りの見習い僧を思い起こさせる。転覆させることによってしか世界が成立しない。明日は今ある現在を否定することによってしか訪れない。一方、金閣寺の徒弟とは違って放火へと着手しないのは、ひとは失意の底にある断念を常に生きているからだ。

しかしながら、三島由紀夫が内翻足の柏木に語らせたように、世界を変えるのは行為ではなく認識である。副題として付けられた説明が、生命を継いでゆく存在を華麗に描写している――〈「時」の海を泳ぐ稚魚のようにすらりとした柿の種〉。陽にあたらない存在を浮き彫りにするフレーズである。柿の種は時空を泳ぐ生命の担い手であったのだ。将来へと芽生え生命の芯を孕んでいるもの、すなわち種子が時の海を泳ぐ。それは、現在という深層においてであり、次に未来という表層においてである。華やかな花や実がもてはやされるときにも、そしてそれらが滅んだあとにも、種子はいつだって生命の核であったのだ。種子は、光に対して影のように、動に対して静のように活動を図っていた。社会は評判という流行に流されており、一方、不易の比喩としての種子は常に自己の奥底で活動していた。自己への信頼は、社会への失意と同じ内的エネルギーによる反定立である。

１９７２年10月、埼玉県狭山市北入曽の自宅に転居。同月、酒田市在住の兄・孝太郎が逝去する。享年五十七歳であった。１９７７年１月（五十歳）には金字塔とも言える第五詩集『北入曽』を刊行する。以後、最後の第十一詩集『夢焼け』(1992) に至るまで、自然界の摂理や人間存在の哲理を独自の視点で捉え、人々の暮らしにあたたかな眼差しを向ける作品を創出する。そのヒューマニストとしてのありようはニヒリストからの転身の結実であり、否定ではなく肯定を志向し、裏から表を照射する転回視座を持ちえたことによってなしえたと言える。詩集『北入曽』のなかから三篇――

韓国語で

韓国語で
馬のことをマル（말）という。

言葉のことをマール（말）という。
言葉は、駈ける馬だった
熱い思いを伝えるための――。

韓国語で
目のことをヌン（눈）という。
雪のことをヌーン（눈）という。
天上の目よ、地上の何を見るために
まぶしげに降ってくるのか。

韓国語で
一のことをイル（일）という。
仕事のことをイール（일）という。
一つ一つの地味な積み重ねが
仕事だ。

韓国語で
行くよということをカマ（가마）という。
輿《みこし》のことをカーマ（가마）という。
行くよという若い肩の上で

輿が激しく揉まれはじめる。

韓国語で
一周年のことをトル（돌）という。
石のことをトール（돌）という。
石の縞目に圧縮された、時の堆積――
一周年はどれだけの厚みだろう。

エッセイ「馬・言葉ほか」によれば、吉野弘は1974年に『標準韓国語――基礎から会話まで』という参考書を購入。ハングル文字には綴りは同じなのに短母音で発音したときと長母音で発音したときで意味の変わる語があることに気づいた。

말：マル、マール。馬が走ると言葉になる。詩人の直感である。〈早馬、早飛脚、速達〉――そのいずれにも熱い思いを素早く届けたいという意志が現れている、と詩人は述べる。つまり、馬の疾走が言葉の伝達性と速達性の意義を顕している。言葉はすべてコミュニケーション・トゥールである。短母音から長母音へ、一つひとつの語が伸びやかにその語義を広げている。

눈：ヌン、ヌーン。自らが雪国育ちなので、これにもある種の直感が働いた、と吉野弘は述べる――〈天上の目が地上に降る。そのとき、目が雪に変わる〉。天上の目は、地上の何を見るために、降ってくるのか？　この地上のごたごたを見るにやってくるにせよ、祝福する思いがあって、降ってくる。詩人はそう考える。〈まぶしげに降ってくる〉のは、そのせいである。

일：イル、イール。詩人は述べる――〈一がいきなり三や五になるのではなく、一が二に、二が三に、

という地味な努力の連続と累積が仕事というものだ〉。イルからイールへ。この短母音から長母音への拡張もまた、広がりと累積を象徴している。仕事という結実への確実で着実な営為が、伸びやかな音の伸長で言い表されているのだ。

가마：カマ、カーマ。神輿とは、神幸の際、神体または御霊代が乗るとされる輿。詩篇では祭りの様子が描き出されている。しかし、神道のことはひとまず措くとして、輿とは、屋形の内に人をのせ、その下にある二本の長柄で肩にかき上げたり手で腰の辺に支えて運ぶ乗物。いまここからどこかへ行く。それはひとが超出し実存するための基本的な営為である。

돌：トル、トール。石には火成岩と水成岩の二種があり、縞目があるのは水成岩であるという。石には意志がないと思われてきたが、石もまた時間を生きてきたのだ。すなわち、一周年が積み重なって石が生成される。そのありようは、遠く人間のありようと対峙している。ひとは一周年をどのように積み重ねて生きているのか、と詩人は問いたげである。伸びやかな長母音の響きで人生は鳴っているのか？ と。

漢字文化圏（中国語、朝鮮・韓国語、ベトナム語、日本語）で音読みと訓読みの両方があるのは日本語だけで、基本的には他には訓読みはない。音を重要視する語にあっては、音の響き具合で語義が変容する。認識を新たにするのは、異なる言語に接触した機会によってである。発見と認識の詩人たるありようを、詩篇「韓国語で」が伝えている。

過

日々を過《す》ごす
日々を過《あやま》つ

二つは
一つことか
生きることは
そのまま過ちであるかもしれない日々
「いかが、お過ごしですか」と
はがきの初めに書いて
落ちつかない気分になる
「あなたはどんな過ちをしていますか」と
問い合わせでもするようで――

「過」は、『角川漢和中辞典』によれば、多い意の「夥」を語源とし、「行き過ぎる」、ひいては「度をこす」、また「あやまち」の意。字義としては、①すぎる。②こえる。「過度」。③まさる。④暮らす。⑤おとずれる。⑥あやまつ。⑦つみ。⑧すぎ去った時。また、「過猶不及（すぎたるはなほおよばざるがごとし）」を、〈過ぎたのも及ばないのも、ともに中庸を得ていない点では同一で、どちらも道理にあわない〉と説明する。エッセイ「詩と言葉の通路」における「喩としての言葉」で、吉野弘は次のように書いている――〈古来、過不足なしの状態を最も良しとする考えがわれわれ人間にはあるようです。不足でも過分でも人間は平常心を失いやすいところから、中庸を徳の至上態としたことには、それなりの理由が感じられます〉。

「過大」とは大きすぎ、「過小」とは小さすぎの意である。すると、度を越さないこと、すなわち「度」（基準・標準）を保つこと、適度であること、が肝要であると考えられる。しかしながら、適度とはどれほどの度であるのか？　そして、それはいかにして知りうるのか？　エッセイは展開される――〈しかしそう言っても、人間、程良くということは至難であり、殊に欲にからむことでは度を越し、あやまつようにできているようで、あやまつことこそ人間の日常と言えます〉。生きるということは欲望によって推し進められるとはいえ、欲望には限度がなければならない。しかし、欲望とは不足を感じてそれを満たそうと望む心それ自体であり、適度を知っているわけではない。技術革新が科学の目指す方向だとしても、革新の限度を科学が知るのではないように、欲望もまた単に進むだけである。こうして、ひとは適度を知らず、日常の営為が過つことそれ自体となる。エッセイは次のように結論する――〈したがって、「過去」は単に過ぎ去った時間ではなくて、あやまちが去っていった、あるいは、あやまちがあやまち自身を葬り去っていった、その記憶、うしろめたい時間の累積のごときものです。また、「過失」は単なるあやまちである以上に、あやまちをさえ、時の経つうちに見失い忘却してしまう人間の、浅はかな姿かもしれません〉。

生活することは、危険を冒すことでもある。危険は日常に巣くっており、それを避けるように私たちは生きている。同じように、過ちを犯さないように生活しようと私たちは努める。しかしながら、ひとは過つ存在であり、その記憶すら失ってゆく存在である。日々を過ごす、日々を過つ。二つは一つのことである。〈いかが、お過ごしですか〉――便りの初めに書かれるこのセンテンスが真に優れて挨拶でありうるのは、過ちを自覚することの重要性を他者へと暗に知らしめているからである。

病院の庭の芝生を

病院の庭の芝生を

若い医者が横切る　大股に
白いガウンの裾をひらつかせて

ふと立ち止まって
明るい空を見上げる
ひたいが　強い秋の陽を浴びて白い

長く愛した恋人と
まもなく結婚するという
病院の噂の渦中のひとだ

幸福でまぶしいほどの　そのひとを
未来の患者が列をつくって切れ目なく
待っている

患者の幾人《いくたり》かはそのひとの手で選《よ》り分けられ
不帰の旅へと送り出されるだろう
カルテの転帰欄に或る影を落して

病いを治す職業に

避けがたく　したたり落ちる
影だ

その影は今
頭上の白い陽に追いはらわれ
彼自身の影だけが足もとで鮮明に縮れている

若い医師だ。大きい病院の手入れされた広い芝生の庭を横切ってゆく。勢いがあり、未来に希望を抱き、大志を抱いている。それは〈大股に〉という副詞によって顕れている。白いガウンが真新しい。ガウンはこれから描かれるキャンバスのように風を切り、澄んだ空間にひらめいている。快晴の空のもとで、きっと用もないのに、ふと立ち止まる。いや、明るい天から呼び声があったからだ。秋の強い陽を浴びて額が輝く。天命を授かった者のきりっとした顔が、ギリシャ彫刻の表情を帯びている。天からの声と対話をし、身体は熱くたぎっている。やるべき託された仕事が彼を待っているのだ。
彼に恋人がいることは、すでに病院中で知られていた。噂話に興じる若い看護師たちのそばを颯爽と彼は通り過ぎる。それでますます看護師たちは彼に目を注ぐ。だから、結婚するニュースはすぐに伝播した。今ある陽を浴び、それは将来の光をも取り込んで、ますますまぶしく若い医師は輝く。その彼を待っているのは、未来の患者たち。目には見えない無数の患者たちは切れ目なく列をなして待っている。今ここにある生命の輝きと、この先にある病める生命の闇とは、ひどく対照的な光景である
多くの診療をこなしてゆくなかで、〈不帰の旅〉へと送り出さざるをえない者が選り分けられる。やむにやまれぬ処置だ。カルテの転帰欄に〈或る影〉を落としてしまう。光輝ある任務が他者の影を内包し

ているとは、なんと逆説的なことであろうか。光を浴びる存在者と、影を帯びる存在者との対照的なありようが、さらに鮮明に浮き彫りにされる。治癒しえない病は確固としてあり、生き延びる者と死にゆく者のありようが、厳しい現実として描かれている。

さて、時間は現在の庭へと戻る。病院の庭の芝生の上、秋の強い陽を浴びて医師は輝いている。無数の影はこれから重ねられる死であるが、今その影は頭上の陽に追い払われていて、彼の存在はまぶしい。しかしながら、彼もまた影をつくっているのだ。それは彼自身には気づかれない。〈鮮明に縮れている〉だけである。

詩篇「I was born」がそうであったように、詩篇「病院の庭の芝生を」もまた、生と死が主題である。「I was born」では生まれてまもなく死ぬ蜻蛉のはかなくそれゆえ愛しい生命が描かれていたが、ここでは病と闘う存在者の生と死が描かれている。束の間生きて死ぬ蜻蛉に生命の物語があったように、病に倒れて死ぬ者にも物語が存在する。誕生し生きて死ぬ。その個々の生命の物語には、夥しい医師が関わっている。そして、光り輝いている医師自身もまた、影を内包していたとは！　もうひとつの「I was born」がここにある。それは配慮と気遣いによって照らし出される存在者の物語である。

五十歳で詩集『北入曽』を刊行してからの執筆の勢いには眼を見張る。同じ年の１９７７年９月に第六詩集『風が吹くと』（詩画集）をサンリオより、１９７９年11月には第七詩集『敍景』を青土社より刊行し、五十四歳の１９８０年からは文筆業に専業する。一方、家族には弔事も訪れる。弘とともに上京していた父・末太郎が１９８０年２月13日に逝去する。享年八十五歳だった。

１９８３年７月（五十七歳）には第八詩集『陽を浴びて』を花神社より刊行する。そのなかから二篇

乗換駅のホームで

乗換駅のホームで
私は電車を待っていた。
長いホームの端にあるトイレに向い
小さな女の子が丸くなって駈けてゆく。
そのあとから
少し背の高い女の子が駈けてゆく。
二人は妹と姉だろう、同じピンクのワンピースだ。
二人の女の子のあとを
お母さんらしい人が急ぎ足でついてゆく。
お母さんの背丈が一番高いので
三人の配置は
遠くが小さく近くが大きい透視図法の絵そのままだ。
妹、姉、お母さんの順に
トイレに消えた
三人は、どういう順序でトイレから現われるだろう?
見ていたら
塀の陰から、同時に、かたまって出てきた。

それから、背の高い順に、右から左へ横並びになって
おしゃべりしながら
こちらのほうへゆっくり歩いてきた。
白い秋の光を髪や肩のへりに載せ
くっきりしたシルエットになって。

俺は嘆息したな
俺にはとても殺し屋はつとまらないと。

いつの日か
ひょんなことから、俺が、もし
どこかの国へ大量死を射ちこむめぐり合わせになったとして
何万粁か先の町中に
今見ているような光景を
チラとでも思い浮かべたら
どうするだろう？　俺は――。

秋の陽射しがホームに降りそそいで、初めて出会ったにもかかわらず、いつかまた出会うような、あるいは今まで会ったことがあったような、そんなひとたちが、名も知れず、たった今この同じホームで陽を浴びている。妹、姉、母と、背の順にトイレに消えて、さてこんどはどの順で出てくるのか？　ど

の順でもかまわないのだが、おだやかな陽を浴びながら三人は現れるだろう。ホームは遊び心に満ちたスリリングな瞬間を迎えようとしている。組み合わせは3×2通りある。妹―姉―母。妹―母―姉。姉―母―妹。姉―妹―母。母―妹―姉。母―姉―妹。推理する心が躍る。人生の大事から解放された状況のなかで、問いが豊かに弾みゆく。

さて、どの順で出てきたのであったか？　答はそれらのどれでもない。同時に出てきたのだ。しかし、右から左へとこんどは横並びに背の高い順だ。遠近の透視図法が平面の幾何模様に変わっている。おしゃべりしながらやって来る三人の、とりわけその溌剌とした存在の、髪や肩のへりのシルエットが眩い。〈平和が美しくて、懐かしくて、いいものだということをアピールするために〉、反核と平和を願う集会にて朗読されたという詩篇「或る声・或る音」の直前に、「乗換駅のホームで」は置かれている。そして、この作品もまた普段は気づかれることもない平和の内実を示しており、平穏な平和を守ることを訴えるシュプレヒコールとなっている。つまり、大袈裟なことを声高に言うだけが反戦ではない。ありふれた日常における普段の姿が平和を具現しており、それゆえその情景を守ることが反戦でもありうることを、詩篇が伝えている。

戦争という愚挙が訴えられることは、外発的な働きかけである。が、この詩篇には内発的な心の情動がある。つまり、人殺しをやめようとする要因を自らが内省のうちに発見するのだ。殺し屋にそのアイデンティティーを棄てさせてしまうほどの情景、それはいつどこにでもある日常の情景であった。反戦・反核という理想は、政治理念によって推し進められるだろう。しかしそれは、人間がもとより抱いていた良心によってこそ促進され、実現されうるのではなかったか。「乗換駅のホームで」は、平和な情景を提示し、その平和を守るよう訴えただけの作品ではない。戦争に反対する根拠を突きとめただけでなく、反戦という意志の湧きいづるありようを自らが発見し、それを守ろうとしている。

詩篇「乗換駅のホームで」は老子の《無為自然》の哲理を彷彿させる。『老子』は固有名詞がいっさい現れず、一人称代名詞の名もなき《我》が突如として現れてくる哲学書である。具体的な人名や地名は絶対的な現れであるが、名もなき人や地は普遍的な現れとなって時空を超える。似てはいないか。乗換駅のホームに現れた母・姉・妹もまた、名も知らぬ人たちであるがゆえに時空を超える。三人称の他者と一人称の自己が互いに名もない存在者として同じ地平に立って相対峙している。詩人が自らを〈私〉と言い〈俺〉と言い換えるのはそれゆえである。自らが〈殺し屋〉にもなりうる可能性を帯びていた、名もない他者でもあるからだ。

ゆったりしているときに浴びるものは、遙かなる太古からの陽射しである。何もせずともいいときに湧き起こるのは、戦意ではなく気遣いであるにちがいない。守るべきは、何事もない平凡な日常である。このような情景を守りうるのはそれに涙する情感によってなのだということ、情感はおだやかな内省のうちに湧きいづることを、詩篇「乗換駅のホームで」が伝えている。ピンクのワンピースの少女たちは、現在という時間を乗り換えるように、母親に見守られて次の電車へと乗るだろう。待ち合わせのホームは、いつかは修羅場となるかもしれない人生という未到のドラマのひとコマの、一期一会のいっときの休憩所である。

「上篇（道経）」（第一章〜第三十七章）と「下篇（徳経）」（第三十八章〜第八十一章）から成る『老子』がいまここにあって眩しいのは、目に見えぬ志向的な《道》を示す洞察力がいまだ健在であり、根源的な真理を内包しているからである。「乗換駅のホームで」は《無為自然》の摂理を日常の存在者の所作に見出したが、次の詩篇はその原理を抽象的な観念のうちに示している。

漢字喜遊曲　――王と正と武

「正という字」について
笹島綾子さんが、こう書いてらっしゃる。
〈曲がったところがないから迷ったりはしないけれど／すぐ突き当たって
しまうから／あそぶのにはつまらない／だが　よく見ると左側にちょっと
だけ／かくれられる場所がある／「いいなあ」と思った〉
正が左側に隠れ場所を持っている。
正しい事を言ったり行ったりしたあとの
気恥かしさが此所に隠れるのだろう。
正という字に、ほのかな含蓄を
笹島さんは与えて下さった――いい人だ。
だが、私は人が悪いので
その隠れ場所を手直しして
正を王に変えてみた、すると即座に王は
〈さあ、人民ども、どこからでも見るがいい
わしは公明正大そのものである〉
と言いかけたが、私を見て、ふと止めた。
〈王政には罪悪の臭いがする〉という
誰かの言葉で私が牽制したからだ。

私の中で、はや
正と王とが角突き合わせていた。
正が先ず、王をからかった。
〈正しさを歪めないと王にはなれませんね
永遠に、正になりそこねているのが王！〉
王が笑って応じた。
〈王になりそこねた正の嫌味か……
無力な者ほど正義にご執心なものでね〉
そこで私が王に聞いた。
〈正が目障りですか？〉
王が答えた。
〈なんの！　奴等は自分が武の囲われ者だということさえ知らんのだ〉
「正」は、『新選漢和辞典』（小学館）によれば、一と止を合わせたもの。止は足を表わし、一は進んで行く目標を示す。つまり、正は、目標に向かってまっすぐ進むことであり、ただしいことを表わす。しかし、目標はただひとつであり、迷うことなく突き進むことが「正」であればこそ、人類の歴史は戦争の歴史であった。つまり、ひとは「正」をそれぞれ主観的に解し、「正」は「悪」をこそ招く。これは「正しい」ことではあるまい。
戦いがふたつの立場にある者同士の衝突であるとき、それはどうやって回避できるのか？　地球環境問題などに明らかなように、現代社会における問題はすでにグローバルな様相を呈しており、解決への道程もまたグローバルな方法に依らざるをえない。しかしながら、グローバリゼーションという価値観の一元化は、そもそも多くの価値が偏在しているときに、どうやって達成されるというのか？　世界秩序は社会の規範に拠り、社会の規範は物事の正しき道理に拠らねばならない。正しき道理、すなわち「王道」にこそ「正」は還らねばならない。すると、問いはふたたび問い直される。「正」とは何か？

「正」には〈正しい事を言ったり行ったりしたあとの／気恥かしさ〉が隠れる場所があるという。詩篇「夕焼け」のなかの、電車のなかで〈としより〉に席をゆずる娘がそれを体現していた。一度、そして二度、娘は席をゆずる。しかし、三度目にはゆずらない。老人に席をゆずることは正しいことだという固定観念に、娘の心が責められている。〈やさしい心の持ち主〉が〈受難者〉となるのは、そのせいである。

涅槃に至る修行の基本として釈迦が説いた「八正道」とは「正見、正思惟、正語、正業、正命、正精進、正念、正定」である。この八つに関わる「正」とは何かは、難問である。「八正道」は「八聖道」とも「八支正道」とも言われるという。すると、それは「道」という理念に関わる徳目と考えることができる。「徳」ならばいくらか近寄りやすいように思われる。「正」が近寄りがたいのは、その本質が捉えがたいからだ。

自らを正統だと主張することで戦争が起きる。善対悪、文明対野蛮、正義と不正という二元論は、戦争のための論拠でしかないと同時に、幻想である。立場を変えれば、それらはきっちりと反転しうる価値であるからだ。『老子』第五十八章には〈正復爲奇。善復爲妖。〉とある。――〈正また奇と為り、善また妖と為る（福永光司訳）〉。つまり正義は、絶対的な価値に留まることなく、奇怪な価値にもなりうる。また、慈善が偽善になりうるように、善は妖しい厄のもとともなりうる。要するに、グローバル・スタンダードなるものが、競争主義に根ざした勝者の論理で推し進められ、強国の一国支配を許すことであるならば、グローバリズムとは敗者にしてみれば永遠に敵対する主張であるにすぎない。
「正」について吉野弘は、詩篇「「止」戯歌」では次のように叙述している――〈「正」は「一」と「止」から出来ています。／信念の独走を「一度、思い止《とど》まる」のが／「正」ということでしょうか〉。言い換えれば、正しさの認識とはそれが正しいかどうかを、一度ならずとも何度でも立ち止まって検証することにこそある。坐禅などもまた〈一度思い止まる〉心身の訓練であろう。つまり、「正しい」という判断は真の認識とはなりえない。それは裏側に張り付いている悪の可能性を常に想定することによって立ち現れるべき理念である。したがって、進むためには立ち止まる必要がある。

平和とは戦いや争いがなく穏やかな状態をいうならば、老子の《無為自然》という理念こそはその実現の手がかりとなる。『老子』第六十三章には〈爲無爲。事無事。味無味。大小多少。報怨以徳。〉とある――〈無為を為し、無事を事とし、無味を味わう。小を大とし、少を多とし、怨みに報ゆるに徳を以てす（福永光司訳）〉。韻を踏んで音楽性豊かであり、前半の三文のシンメトリーは言語美学の極北であり、禅問答のように興深い。ポイントは中央に置かれる〈無〉にある。さて、無とは何か？

何も為さぬということがすでに何かを為していることである。事が無きことが事である。味がないことが味である。問いのうちに答えがあり、答えのうちに問いがある。言い換えれば、問われているなかで答えられている。無とは、西洋では魔女が使ったような、反転の杖である。それは概念を反転させるだけでなく、反転されたところに概念が生起する。力（＝権力、腕力、暴力）が世界を支配するならば、強が弱を殺し、大は小を食らい、争いのうちに人類は滅亡する。
『老子』の「上篇（道経）」は第三十七章で閉じられていた。そこには〈道常無爲。而無不爲。〉とある――〈道の常は無為にして、しかも為さざるは無し（福永光司訳）〉。老子による否定の論理は精神の自在を目指しており、その逆説において世界が肯定されている。一元化が救済につながらないとき、二元化ないしは多元化の承認にこそグローバリゼーションの行く末がある。それぞれ異なるものが対立項目として争ってしまう世界ではなく、それぞれが反するものとして共生しうる世界が創出されること。その新たな枠組みの構築にこそ、老子の説く「道」があり、平和実現への鍵があると言える。

一画の差によって異なる「正」と異なる「王」は、『新選漢和辞典』によれば、三とIを合わせた字。三は天地人で、Iはそれを貫くこと。つまり、王は天地人を貫く人で、天下のすべてが従うもの。しかし、〈わしは公明正大そのものである〉と王が言ったにせよ、もはや私たちは信じることができない。〈王であるためには正であることを止めなくてはいけないし、正であるためには王であることを断念しなくてはいけない〉と、エッセイ「王と正と武」のなかに詩人は記している。

「王」という漢字は次のように言う――〈正しさとは一体何だ？　正なんて〈武〉の囲われ者じゃないか。正しさは武力によって保障されているにすぎない〉。「武」は戈と止を合わせた字。戈は武器。武は戈を止めること。つまり、武器をもって戦うことを止めることが元の意である。「武」のなかに「正」がある。これは権力者が放つ台詞である。しかし、現実として、「正」は「武」に囲われてあるしかない。諸国家の核武装がそれを象徴している。

また一説には、止は足のことであり、武は戈を持って進むことである。すると、王と正と武は、常に価値を反転しうる可能性のうちにある。そしてそれらは、自らの語義が内包する多義性にこそ選ばれるべき意義が潜んでいる。王と正と武という意義は、ないのではない。それは見出しえないものとしてあり、裏返して言えば見出すものとして今ここにある。「正」とは何かに「正解」はない。しかしながら、振り返り問いを継続させてゆくことによってこそ、「正」はその光を映し出してゆくはずである。

１９８３年11月に酒田市制50周年記念合唱曲『風光歌』（服部公一作曲）を発表。１９８５年９月

（五十九歳）には第九詩集『北象』（詩画集）を木村茂の銅版画を添えてアトリエ楡より刊行。これは限定五十部・定価二十万円という豪華本であり、所有していなければ図書館の書庫から運んでもらって拝観するしかない。

1987年5月（六十一歳）には山形県酒田市の「みちのく豆本の会」から、豆本随筆集『花木人語』が刊行される。植物の生態を考察しながら生きるものすべてのありようを照射しており、随筆集というよりは論考の枠を究めた傑出の散文詩集である。そのなかから三篇――

闇と花　（全十四段落のうち前半第十一段落までの部分）

朝顔は一定時間、連続した闇の中に置かれないと花の芽ができない。つまり、花が咲かないということを、いつか聞いたことがある。

花が咲くためには、それに先立って花の芽ができなければならないが、花の芽はフロリゲンという植物ホルモンによってできるとされている。

朝顔の場合、そのフロリゲンが体内に作られるためには、八時間乃至九時間の連続した闇が必要だというのである。この闇の時間を、途中、電灯の光などで中断すると花の芽はできなくなる。

すべての花がそうだというわけではない。

植物には長日植物と、短日植物との二つがあり、短日植物の場合だけ、そういう現象がみられる。

短日植物は大体、夏から秋にかけて、次第に日が短くなってゆく頃に花を開く植物で、コスモス、菊などもこの仲間である。

歴史は夜つくられる、と云われるが、朝顔の歴史も夜つくられるわけである。

普通、夜というのは、太陽を失った時間、明るさの欠けた時間、望みのない時間のように考えられやすいが、その、夜の時間からつくり出される花があるということは、闇の生産力を考える上でひとつのきっかけになる。太陽をはじめ無数の星だって、宇宙の闇から生まれたものだ。朝顔の花の芽が闇の中でできるのは、不思議でも何でもないことかもしれない。

人間もまた一生を通じて、多くのことを考え、迷い、納得し発見しながら生きてゆく。

そのときどきの発見や到達点を仮に花と呼ぶことができるならば、その花は、おそらくその人の入りこんだ精神的な闇から生まれるのではないか。

——朝顔の話を聞いてすぐ思い浮かんだのはそのことであった。

朝顔という花の結実には、八時間から九時間の連続した闇が必要である。発芽させるフロリゲンというホルモンが作られる時間の確保が必要であるからだ。夜は〈太陽を失った時間〉〈明るさの欠けた時間〉〈望みのない時間〉のように考えられやすいが、〈闇の生産力〉については再考すべきだ、と詩人は考える。〈朝顔〉〈闇〉〈夜〉は比喩である。〈朝顔〉は生命体のひとつであり、〈闇＝夜〉は光＝昼と対極にあるものであり、それは絶望—希望、虚無—充足、不安—安心、などのそれぞれ相対する概念を象徴している。

裏返して言えば、二律背反とは、一方がないともう一方がありえない。言い換えれば、一方があるゆえにもう一方がありうる。そして、朝顔という植物に対峙することによって、思考の矛先はひとのありようへと向いている。

敷衍すれば、〈明〉は望ましく〈暗〉は望ましくないというような思考は、固定観念に縛られた誤った考えである。生命体にとっては、〈明〉も〈暗〉もともに必要であり、むしろ〈暗〉がないと〈明〉が成立しないからだ。自己と他者の関係性について触れた詩篇「生命は」が想起される。自己は他者があって生きうる存在であり、他者もまた無数の自己によって生きうる存在であるということ、すなわち、ひとは相互存在であり、エッセイ「闇と花」のなかではそのことが一個の朝顔の生態によって示されているのだ。

第九段落で詩人はふたたび、自然へと目を向ける。朝顔の次は宇宙である。太陽や星もまた、闇から生まれた。つまり、闇があってこその結実ではないか、と。宇宙を構成する成分の、七割以上は膨張を加速させる謎のエネルギー「ダークエネルギー」、二割以上が正体不明の物質「ダークマター」、そして普通の元素は四％程度であるという。動植物や人間、そして星々はすべて、元素の組み合わせだけからできている。すると、光の生成はどのようにして成ったのか？　つまり、宇宙はどのようにして生まれたのか？

第十段落で、ひとのありようが考慮される。ひともまた、宇宙がそうであるように、謎が解けないいまで存在しているのではないか、と。問いは謎が解けないゆえにこそある。ひともまた同じではないのか。考え迷い発見してゆくひとのありようそのものは、謎を解く営みであると同時に、解けない謎を生成することではないか。花は人の精神的な闇から生まれる。つまり、宇宙はダークエネルギー及びダークマターによって構成されているように、ひとという結実は苦悩や絶望といった闇から成っている。折々の発見や到達は人生という明暗に咲いた花という結実であり、それは闇によって招来されたものであった。

果実

くだものは「木《く》のもの」が転訛した大和言葉であるという。（同じ例。「毛のもの」→「けだもの」）くだものには「果物」という漢字が当てられており、これに似た言葉に「果実」があるが、私は、果物・果実に含まれている或る矛盾を大層面白く感じている。

果物と果実の双方に共通な「果」は、原因に対する結果の意味であり、又、物事の行きついた「果て」「終り」の意味でもある。確かに、果実（果物）は草木の花の生殖活動が行きついた「果て」であり「終り」である。しかし、単なる「終り」ではない。ほとんどの果実はその中に種子を含んでいる。種子が次の世代の生命を担っている。つまり、果実は外見上ひとつの終着であり「果て」ではあるが、実質は次の世代への出発である。だから、「果物・果実」は、果てであって果てではないという矛盾を現わしている。

「終り」が「終りではない」という果実の矛盾が、私は大層好きである。まるで、或る旅人が辿りつき倒れた地平の果てを、その子供があっさり越えてゆくように。と言うといささか感傷めくけれども、果実には感傷などない。静かに満ち足りて、「果て」に居座り、しかし、「果て」を超えている。

果実は花の生殖活動が行きついた果て。しかし、単なる終わりではなく、含まれている種子が次の世代の生命を担う。つまり、果実はひとつの終着であり、次の世代への出発である。生命体の本質が果実に示されている。

「因」とは、原因・理由・根拠の意であり、特に縁（間接的条件）に対して直接的原因をさす。一方、「果」とは、原因によって生ずる一切のものであり、結果・効果のように表わされる。つまり、「因果」とは、原因と結果のことであり、直接的原因（因）と間接的条件（縁）との組合せによってさまざまの結果（果）を生起することである。また、善悪の業によってそれに相当する果報を招くことや、その法則性や悪業の果報である不幸な状態、不運なめぐり合せなども意味する。生とは、誕生という直接的原因（因）によって起こり、死という必然的な結果（果）によって閉じられるものである。さて、そうとすれば、ひとに与えられた生とは、何の因果応報であるのか?

種子植物の花が受精し、その子房および付随した部分が発育・成熟したものが果実である。たしかに果実は、草木の花の生殖活動が行きついた果てであるが、単なる終わりではない。果実が中に種子を含んでいるからだ。種子は植物の胚珠が受精して成熟したもの。種皮に包まれ、その中に胚と胚乳があり、成熟後に散布され、その発芽したものが新しい個体となる。つまり、あらゆる種子が成熟を目指し、成熟のあとに新たな個を迎え、その個体もまた成熟ののち種子を内包する。種子は果実を、果実は種子を生成し、種子植物それ自体が生命リレーのなかにある。

果実の生長を促す主要な因子はオーキシンという植物ホルモンで、それは受精時の花粉と発育中の種子のふたつから供給される。そしてオーキシンの供給量は種子からのほうが多いという。つまり、種子は活動の時期が来るまで果実中で眠っているのではなく、果実の内部で活動している。

生きることは常に新たな地平を切り開く旅に似ている。ひともまた、個としての自己の終わりが生命のリレーを形成している。老練な旅人が旅に病んで倒れようとするとき、その子は難なくその地平を越えてゆくにちがいない。それでいい。いっさいは、過ぎ去る風景である。

末と未

末と未を書きちがえる人がいます。しかし末も未も、もともとは同じ「木末《こずえ》」の意味であったと辞書には書いてあります。

「梢」が、木の「終末」か「未来」かと聞かれたら、あなたはどうお答えになりますか。ことを時間に限ってみますと、明日とか未来という時間が、常に末路に向かっていることは否定のしようがありません。未来は末路の中に含まれています。

たとえば、ここに一人の落ち武者がいるとします。その前に見えかくれする山路、人目を避けてその山路をたどるときの、一歩先、一刻あとは、いったい未来でしょうか末路でしょうか。だれにも答えられません。

生き延びて再び一旗挙げたときはじめて「あのとき見ていた山路や、空、雲は未来の中にあったのだな」と言い得るだけです。

おそらく人間は、どんなに希望のない末路に追いこまれても、そこになおかつ、未来を必死で見ようとするのではないでしょうか。ですから、末と未を書きちがえることを、一概に非難することはできないようです。

末も未もは同じ「木末《こずえ》」の意味。では、梢は木の終末なのか、それとも未来なのか？「末」にはふたつの読みがある。万葉集には「夕されば野べの秋萩末《うら》若み」とあり、末《うら》は、草木の生長する先端である。末《すえ》もまた、「年の末」などとある期間の終わりであると同時に、「末頼もしい」などと未来をも意味する。またそれは「長い議論の末」などと物事の結末を意味し、「世も末だ」などとすたれ衰えた時代をも意味する。一方、「未」は、まだ時が来ないこと、まだ事の終了しないことを意味するが、「末」同様、まだのびきらないわかい枝が木に生じた形にかたどられた象形である。すなわち、末端が先端であり、先端が末端である。

先と後という概念は、空間的な領域にとどまらず時間的な領域へと入りこむ。世も末なのか、末頼もしいのか、それは認識者の主観による。ひとつの事象が見方によって正反対へと転回しうる。先端が末端であり末端が先端であるという見解は、相対的な認識のうちにあるからだ。時間が進むとき、その先端こそが最も新しく、しかも最終的な末端である。それは死という概念を私たちにもたらしてくれる。ひとが先鋭的に認識しうる死という終焉は、時間の最先端である。

英語で last とは「最後の」の語義に加え、「最新の」の意を含む。his last book とは、したがって「彼の最近の著書」の意である。最後が最新であるという現象は、転回視座における認識である。last には「続く」という動詞の用法もある。そして、last は「〜の終わりまで持ちこたえる」の語義をも持つ。先端である時間が末端である死へと通じていることを、「末」「未」同様、last の語もまた仄めかしている。

先駆的覚悟性が、これら「末」「未」「last」という語に現れていることは興味深い。誕生から死へと続いている生は、限定的ではあるがその期間においては永続的である。その証拠に、last の現在分詞形

lastingは「永続する。永久の」という形容詞に変容している。

《落ち武者》とは、戦いに負けて逃げ落ちる武士のことである。「落武者は薄《すすき》の穂に怖ず」という。心がおびえているからつまらないものにも驚く。果たして、その彼の未来はいかなるものか？

そもそも戦いとは何であるのか。戦いが日常的営為であるような時代にあって、敗者はその存在理由を否定されるのか。しかしながら、戦いは生きるための必要条件ではありえない。平和を志向するのが人間ならば、戦いはむしろ避けねばならない。戦いに敗れた者が人生における敗者であるというのは、一方的な認識である。落ち武者は、それでも未来を生きぬく。生命があるかぎり進まなければならないのが人生であるからだ。先端にあって末端であるような現在にいて、末端に至ってなお先端を見ようと志向しなければいけない。

末と未を書きちがえるひとがいるのは、もともと同じひとつのものであったからだけではない。未を末と見なそうとする心の転位がどこかで働いているからにちがいない。死に向かっていることが真実である世界にあって、いつやってくるかはわからぬそれに先駆けて覚悟を決める、そのような生のありようにおいて、末は未である。それならばその逆、未が末であることはあるのかどうか。それは、死を体験した先のことであるだろう。

梢（木末）が未到の天空を目指して、新たな世界を志向している。常に末端であり常に先端である時間性を生きている梢は、ひとの世界にある認識を照射してくれる。この世にあるものみな、常にいまここを超えようとしているのだと。

1989年8月（六十三歳）には第十詩集『自然渋滞』が花神社より刊行され、翌年5月に第5回詩歌文学館賞を受賞する。そのなかから一篇――

「止」戯歌《ざれうた》

「歩」は「止」と「少」から出来ています。
歩く動作の中に
「止まる」動作が
ほんの「少し」含まれています。

「正」は「一」と「止」から出来ています。
信念の独走を「一度、思い止《とど》まる」のが
「正」ということでしょうか。
正しさを振りかざす御仁ほど
自分を顧みようとする資質を欠いているようです。
正義漢がふえると、揉め事もふえるのは
そのためです。

「歳」の中にも「止」があります。
より多く年齢を収穫するのが
歳の自然な成り行きかと思っていましたが
歳は人それぞれの宿命に応じて

その歩みを止めるのです。

立ち止まるには「静止」「休止」「停止」の三つの方法がある、とデイヴィッド・クンツ David Kundtz が、その著『急がない！　ひとりの時間を持ちなさない（原題：Stopping　畔上司訳）』(1999) で述べている。さらには、〈静止より休止、そして休止より停止のほうが、自分の心と対話する度合いも深まる〉と説く。そして、〈静止は、「立ち止まる」ことの中でもっとも頻繁におこなうもので、「立ち止まる」こと全体の基礎、支えである〉。静止の具体的な方法のひとつは深呼吸であり、それによって〈自分にとって大切なこと〉を思い出すことができるのだという。「休止」の実例には手紙・詩・日記を書くことなどがあげられ、それらは生きるために必要な「立ち止まるための森」である。そして、「停止」は、一生に数回あるかないかであるが、〈人生に重大な変化が起こっているとき〉に必要であるという。静止・休止・停止はいずれの場合も、睡眠時ではなく覚醒時での活動であることに共通性がある。

止まることに関して吉野弘は、「正解」ではなく「曲解」であると断ったうえで、詩篇「「止」戯歌」を書いている。「歩」は「止」と「少」を合わせたもの。つまり、歩く動作には止まる動作が少し含まれるという認識は、目覚めながら立ち止まることの大切さを訴えたクンツの見解に通じている。クンツは、サンフランシスコ恩恵大聖堂のローレン・アートレスという「神聖な道」に触れて記している——〈この道を歩いたことのある人は、「時間が止まったような感じがする」と語っている〉。つまり、歩きながら時間は止まっている。それは歩行という動作の本質を垣間見せる。そこでの歩行は、日常世界を超越した空間にあって、いまここにある永遠に触れているであろう。

「正」は〈信念の独走を「一度、思い止まる」〉ことによってこそあるという。立ちどまることの重要性はもとより、立ち止まらなければ実現しえない「正」のありようが暴かれている。これは曲解にすぎないだろうか。そうではあるまい。正解は、さまざまな曲解の妥当性・普遍性が検討された延長線上に見出される価値なのではないか。

「歳」とは、時間の経過、月日、年齢。吉野弘はエッセイ「歳・歩・正」のなかで、〈生命進行の目盛りである「歳」は、内なる「止」を以て生命増長を牽制し、最後のブレーキを踏むタイミングを図っている〉と述べている。「歳」という年齢は、いつかは停止する。「歳」という時間の経過は、自らが内包する「止」によって止む。死によって生きていた時間が永遠へと運び去られるのは、そのせいである。ひと一人、生きた履歴は何事をもってしても消し去ることはできない。立ちどまることによって、生が永遠に刻印されるからである。

1992年7月（六十六歳）には最終となる第十一詩集『夢焼け』が花神社より刊行される。そのなかから一篇――

秋景

赤いコスモスの花に
蜻蛉《とんぼ》がとまってるね
絵になってるね
俳句なら
秋の季語が二つ重なっている構図で
即座に、駄句の判定が下るけれど

自然の風物は幾つ重なっても
駄句にならないね
蜻蛉とコスモスの他に
秋風や、なんて、季語をもう一つ加えたら
俳句は、もう目茶目茶だが
自然の風物は幾つ重なり合っても
駄句にならないね
不思議だね
俳句さまには申し訳ないような
選《よ》り好みなしの自然だね

「秋景」というタイトルである。しかし、〈赤いコスモスの花に蜻蛉がとまっている〉という記述以外は風景としての具体的な描出はない。代わりに繰り返し提示されているのは、季語重なりを駄句とする俳句のありようである。つまり、俳句のあり方に対する秋景の優位が提唱されている。しかし、俳句を貶めているのではない。俳句という定型詩の美を認めたうえで、それを上回る風景の美を力説しているのだ。「俳句対風景」という、この対立の図式は何を物語るのか。たとえば、この詩篇に表れている語句を用いれば、「コスモスに蜻蛉がとまる秋風や」という、季語が三つも重なる句が想像されよう。これなら〈俳句は、もう目茶目茶〉と詩人は述べ、しかし〈自然の風物は幾つ重なり合っても／駄句にならない〉と結ぶ。すると、コスモスも蜻蛉も秋風もあるこの風景とは何であるのか？

ひとは言葉で自然を表すことはできないのだという真理が、この詩篇に現れている。季語をひとつしか入れることができない俳句は、その約束事によって今ある自然を取り損なっている。季語がひとつであるのはその他に述べねばならぬ作者の思惑があるからだが、それは自然のありようを超えて自己の世界を形成するだろう。それでいい。それが作品というものだからだ。絵描きならばどうするのか。きっと己れの心象に映った絵を描くにちがいない。写真家ならどうなのか。きっと己れの好みのアングルへと自然を移行させるのではないか。そして、詩人ならばどうするのか?

〈赤いコスモスの花に蜻蛉がとまっている〉秋の情景に、吉野弘は嘆息したにちがいない。並の詩人ならば、言葉を尽くして情景を描き尽すかもしれない。しかし、言葉を注ぎこめば注ぎこむほど、選り好みが強い情景へと変貌していくのではないか。吉野弘はそうはしなかった。俳句を思い起こし、その季語の美しさに触れ、そして季語が二つ現れている情景をふと奇異に思ったのだ。描かないでも対象を賞賛する方法論が、この詩篇を支えている。具体的にどのような情景なのかは鑑賞者の想像に委ねられるが、それは読み手一人ひとりが心に生成されるであろう秋景である。要するに、本質が現象に先立ってある。俳句を超え、詩を超え、言葉を超越している風景は、超然と佇んでいるにちがいない。コスモスも蜻蛉も秋風もあるこの風景は、言葉を失わせる時空間にある。秋のおだやかさとは、そのことである。

吉野弘には詩集に未収録の詩篇も多く、詩集には厳選された詩篇を収録されていることが了解される。次の詩篇「カナリヤ」は、主宰者佐藤總右からの依頼により、詩誌『季刊恒星』第七輯(1977.5)に発表された作品である。詩集に未収録とはいえ、この詩篇もまた特異な視力を発揮している佳品である。

カナリヤ

籠から出して
部屋に放したら
ひどいあわてようだ
普段使わぬ翼を激しく羽搏いて
透明なガラス戸にぶち当り
何度かぶち当ったあと
本棚の一番高いところにとまり
荒い呼吸を繰返し
そのあとは
姿勢を低めて
じっと僕を窺っている
カナリヤの好きな音楽を流してやったが
押し黙っている
ピイとも鳴かない
餌箱を近づけてやったが
飛びのき
身を伏せて警戒している
つかまえて

籠に入れて
軒下に吊るしたら
いきなり僕の鼻先で囀り出した
いつものご機嫌で　――
籠は
カナリヤを閉じこめるものではなくて
安全を守るものになっていた
カナリヤの環境そのものに　――
長いこと籠の中にいて
外を見ていたカナリヤの空間意識には
おそらく　縞模様がある
ちょうど　澄んだ夜空を
星座と共に記憶している人間のように
その縞模様がない空間では
迂闊に気を許して歌ったりしてはいけないのだ
そう言えば
バーミリオン一色のカナリヤだとばかり
僕は長い間思いこんでいたのに
素直に見ると
縞模様つきのバーミリオンだ

死の側からこそ生の世界が見える「初めての児に」、自己の空間を他者の空間に対置することで感得される配慮の「ヒューマン・スペース論」、〈遠い復讐〉を〈遠い餞け〉へと認識を転位させた「妻に」、自己ではなく他者によって幸福が見えるという摂理を示した「虹の足」、日常から覆ることで非日常の輝きが映える「(覆された宝石) 考」など、視点を変えると世界のありようが見えてくることを、吉野弘はアプローチを換えて示してきた。詩篇「カナリヤ」もまた、その摂理を伝えている。

籠から解き放たれると、部屋のなかをあわてふためき飛び廻って、飼い主を困らせる。小鳥を飼ったことのある者ならば、だれしも心当たりのある体験であろう。しかし、このありふれた体験が引き起こす光景は、鳥と籠との思いもよらぬ世界を示すにいたる。つまり、縞とは籠の鉄の格子であるが、その模様のない異空間に出るとカナリヤは当惑するばかりであった。籠は閉じ込めるものとして作られたように考えられるが、その実、籠は守るものとして作られていたのだ。

観察による認識は、さらに詳細を究める。外界を見るカナリヤの空間意識には縞模様があるという。つまり、ふだん私たちが見ていたバーミリオン一色のカナリヤは、固定観念のなかに閉じ込められていた。こちら側からよく見ると、カナリヤは縞模様のついたバーミリオン色をしているのだ。

「祝婚歌」など教訓的な内容を盛り込んだ詩篇が吉野弘には多いように、さらにはまた、この詩篇には教訓を読み取ることもできる。すなわち、守られている安全とは、人間の都合によるものではないかと。逆転させる認識が眩い。省察が転回視座に拠っていることを、詩篇「カナリヤ」もまたあらためて示している。

次の「創」もまた詩集未収録詩篇であり、のちに『現代詩文庫 123　続続・吉野弘詩集』(1994) に収録されるが、吉野弘という詩人の資質を深く伝える佳品である。

創

創造・創作・創業などの「創」は
「つくる」「はじめる」という意味だが
元来の意味は「刃物によって受けた創《きず》」のこと。
では、「創《きず》」と「創造」とは、どう関わるか。
樹木の人為的繁殖法の一つ「挿し木」が
その疑問に答えてくれる。
枝の一部分を切り取って地中に挿しこむと
下端の切り口から根が生えて新しい株に育つ。
「創《きず》」が「創《はじ》まり」である。
歴史に一時代を創《つく》った過去の英雄たちも
自分の育った時代から
何等かの「創《きず》」を受けた人たちではなかったか。
創《きず》を超えようとして新しい生き方を創《はじ》めた
という覚えは、あなたにもあるでしょう。

「創」とは、〈刀できずつくこと〉の意として「創傷・創痍・金創・絆創膏」など、また〈物事をはじめること〉の意として「創始・創造・創業・草創・独創」などの語を『広辞苑』はあげている。つまり、創〈傷〉が創成へと繋がっている。一方、吉野弘があげている例は「創造・創作・創業」である。

まず「創造」とは、新たに造ることであり、新しいものを造りはじめることである。それは模倣とは対極にあり、神が宇宙を造るように、ひとが新たな世界を造ることである。それは、現前において常に新たな相を迎えるということであり、とりもなおさずそれは生命を更新させることに他ならない。生命とは、〈生物が生物として存在し得るゆえんの本源的属性として、栄養摂取・感覚・運動・生長・増殖のような生活現象から抽象される一般概念〉（『広辞苑』）である。つまり、肉体と精神という二つの実在を遊泳しながら、「創造」は生命の世界性という創成へと関わりゆく。

アンリ・ベルクソンは、生命は内面の衝動によって進化するものと捉え、未到の相へと向かう多様で柔軟なエネルギーを「生命の飛躍」（エラン・ヴィタール）と呼んだ。あらゆる固定化・空間化を忌む生命は、絶えず予知できない新しいものを生み、飛躍し創造的である。ベルクソン哲学の根本概念である「創造的進化」もまた、「創」の内実へと触れている。内面の衝動こそは創（傷）によって生成されている可能性があるからだ。その具体例として、切り取って地中に挿しこむと切り口から根が生えて新しい株に育つ「挿し木」という繁殖法を詩人はあげている。切り取られて傷を負った枝が、新たな生命を創成させるそのエネルギーは、生命それ自体が持つ反骨精神の現れとみることができる。

さらには、一時代を画した英雄たちも、時代によって傷を受けた人たちではなかったか、と詩人は敷衍する。乗り越えようとするべき障害があってそれを克服しようと努める。それは実存のあるべき姿に等しい。「実存が本質に先立つ」――すなわち、孤独・不安・絶望などのマイナスを克服しようとして、結果的にはプラスを生成しうるにいたること。いまだありえなかった本来的な自己をついに生み出すにいたること。それが「創」の正体である。言い換えれば、可能性として準備されていた自己が顕現するにいたること。これが生命の発露である。

「創作」もまた世界の新たな生成である。吉野弘もまた、傷を受けて創作に向かったのではなかったか。労働組合専従役員となって二十三歳で肺結核に罹患、およそ二年間の入院を経て、二十六歳での詩篇「爪」「I was born」の「詩学」への投稿となる経緯は、労働と病との闘いが詩作を促したことを仄めかしている。「創業」もまた、新たに事業を始めることである。それは、三十六歳で石油資源開発㈱を退社し、コピーライターに転じた己が半生を浮き彫りにしている。つまり、吉野弘は　労働と病から「創作」へと着手し、詩人としてのアイデンティティーを確立していった。

傷としての創は、生命の飛躍そのものを演出する。内面の衝動を抑えきれずに表出し、表現することで自らが救済されていった過程として創は捉えられる。創《きず》を超えようとして創を展開する。不思議ではないか。生命の衝動は創（傷）を経て新たな相を迎える。そして、新たな相は、傷によってしか生成されえない。世界の絶え間ない創の展開こそは「創造的進化」であり、秩序(cosmos)を志向する。混沌へと向かう世界を秩序あるものへ導こうと画策すること、創とはそのことである。

『現代詩入門』(1980)、『遊動視点』(1981)、『酔生夢詩』(1985)、『おしゃべりポエム　風の記憶』(1998)、『詩のすすめ』(2005)など、評論集にも深い摂理が盛り込まれており、吉野弘の認識と考察の方法を垣間見ることができる。また、高田三郎作曲『心の四季』など、合唱組曲や独唱曲が数多く作られており、今なおいたるところでそれらの歌唱作品を聴くことができ、認識と叙情のアマルガムを堪能することができる。また、酒田市立琢成小学校、酒田市立泉小学校、遊佐町立遊佐中学校などの校歌や社歌を合計十二篇作詞し、ここでは教育者としての一面を窺うことができる。

１９９６年11月には、それまでの創作活動が郷土のイメージを高め文化振興に貢献したとして山形県酒田市から平成８年度酒田市特別功労賞を受けた。１９９８年11月には、第41回埼玉文化賞（芸術部門）を受賞。２００７年、静岡県富士市に転居。２０１４年、米寿を翌日に控えた1月15日、八十七歳で富士市の自宅にて永遠へと旅立つ。

＊吉野弘の代表的な作品については、拙著『吉野弘その転回視座の詩学』で百篇、『詩神たちへの恋文』で四篇を、取り上げている。本小論においては、詩篇「過」を再度取り上げ、計十五篇の詩篇を新たに論じた。

花を迎え育む北の言の葉
――近江正人詩集『北の種子群』

アンソロジーも含めれば九冊目となる近江正人《おうみまさと》の詩集『北の種子群』が、２０１６年８月に書肆犀より刊行された。タイトルには深い思い入れが込められているように思われる。「あとがき」によれば、〈「北」とは、春を待ち望み、豪雪と闘いながらも心豊かに生きようとする郷里最上の地であり、たとえば未曽有の大災害や原発によって土地と暮らしを奪われながら必死で復興を目指す東北全体を指すもの〉である。つまり「北」は、単なる四方の一つではなく、自らが地上に足を据えて住まうその地であり、広義では地域としての人々が暮らすための生命《いのち》の磁場である。

第三詩集『北の鏃』(1992.9)にもまた、タイトルに「北」が用いられていた。「北」はこの詩人にとって自己という存在の核心から離れえない方位と概念である。そして、「鏃」とは心のなかに植え込むべきメルクマールであり、新庄最上に鬱蒼と生い繁る《杉》が表象として示されていた。天を目指す針葉樹群は自己の気概と志向性を示す象徴であり、その地から離れずその地で生きその地で生を全うしようとする気魂が、言の葉となって詩集に漲っていた。

では、「種子群」とは何か? 種子とは、植物の胚珠が受精して成熟したもの。多くは成熟後に散布され、その発芽したものが新しい個体となる。つまり、「種子」とは詩人の想念が受精して成熟した詩篇一つひとつである。そうとすれば、「種子群」とは詩集そのものでもあるだろう。そして、種子はさらなる育みを目指し、新たな個体へと成熟する。こうして、「北の種子群」というメタファーは、詩人の想念が結実するものである一方で、新たな生命体を育もうと企投する営為であることをも仄めかしている。それは育まれるものであるかぎりにおいて存在し、読み手という他者の存在がそのことによって希求されている。その理はすでに次の序詩によって暗示されている。

種子について

コスモスが　風に揺れている
大空に顔を向け
いま　咲いておかなければ
もう二度と開くことができないと
全身で　こころをひらき
コスモスは　咲く

イマ　ココニ
ワタシハ　咲イタ
ワタシノ名ヲ呼ンダノハ　ダレ？

花びらは

やがて　風に散り
問いの種子は
コ・ト・ノ・ハ　となって
大地にまかれる

花、とりわけコスモスは、近江正人が一貫して追求してきた主題に関わる具象でありキーワードである。それは生命体であると同時に、名称が示すとおりに小宇宙である。コスモスは天からやってきたのだ。大空に顔を向けるのは、そのためである。さて、コスモスは誰から呼ばれたのであったか？

問いこそが実は、種子となって大地に播かれる。第二詩集『羽化について』(1987.8)では、空に対峙している花がひとつの宇宙であり、咲いているという存在が問いであり、問い続けることが存在そのものであることを発見した詩人がいたが、この第九詩集でも問いは育まれるべき問いである。かつて花そのものが問いであったが、いまなお問いは内部から膨らみながら持続している。つまり、問いは種子となってリレーされているのだ。

これまで近江正人の多くの詩篇に現れてきたコスモスと同様に、直接的には最上という地域に咲くコスモスが心に映じているにちがいない。〈いま　咲いておかなければ／もう二度と開くことができない〉——この心意気こそが「北」に咲く花の意地なのだ。《咲く》を《生きる》に代えてみれば、事の切迫さはより鮮明になってくる。つまり、いまを生きなければ、もう二度と生きることはできない。

宇宙は存在するのではなく、宇宙として常に新たに現出する。眼に留めず通り過ぎる者にとって、コスモスは存在しないだろう。名を呼び愛でる者にとって、その宇宙はある。問いかけ応答し、応答し問いかける自己と他者の関係性が、おだやかに現成している。配慮・関心をもって気遣う者、すなわち呼んだ者とは、他者性を帯びた存在である。

花はやがて散り、ひともまた散ってゆく。しかし、新たな個体へと霊性はリレーされるであろう。播かれる種子とは詩人による言の葉であり、そこで目論まれるのはある種の願いである。つまり、播かれるのはひとの思いであり、それは可能性を拓いてゆく。では、花や種子がそのようにあるならば、私たちはだれから呼ばれたのであったか？

通路

身体は　通路である
空気と　水と　光と
土からやってきた生命たちが
毎日　ぼくを通過する

九月の食卓は　にぎやかな待合室
上等のなすに　じゃがいも
枝豆と　菊の花のおひたし
ぴちぴちしたさんまに　ビール
時には　あおい目の牛が通っていった
ぼくは　それらから
少しばかりの通行税をもらい受ける

妻は　ふたりの男の子まで
こちらに通過させたと驚いている
どこから来たのかわからない
ひどく乱暴に通り抜けたという
通行料は出世払いだと　笑った
今日も台所で　包丁をふりあげ
みごとに通行人をさばいている

ぼくも　やがて
この宇宙を通り抜けるだろう
置いてゆくにはあまりに乏しい中身に
料金所では
頭ばかりなんども下げて

形而上の問いが、形而下の相すなわち現実の家庭生活へと引き降ろされて、検証されている。身体を通過してゆくものがあるという。なす、じゃがいも、枝豆。通過するのは、野菜ばかりではない。菊の花や、牛もいる。待合室はにぎやかである。土で育った生物ばかりではない。海のなかで育ったさんまもいる。通過するためには通行税を払わねばならぬという。ウィットが効いている。通行税とは、自らが受けることになる他者が通り抜けることで払わねばならない味わいとしての付加価値である。その証拠に、嗜好品としてのビールまでもが登場する。

この詩篇のスケールは、それだけにとどまらない。空気や水や光も通過してゆく。すると、一個の身体がひとつの小宇宙である。起承転結の四連構成となっているが、転の連における妻の意外な登場はもうひとつの小宇宙を創成して、ユーモラスな哲理を顕している。つまり、ふたりの男子が妻の身体を通っていったのだ。ひどく乱暴に――。どこから来たかわからぬという。まるで、自らの宇宙のありよう、すなわち創成の原理を本人でさえ認識しがたいとでもいうように。そして一方、ふたりの子どもたちもまた、なぜこの世にやってきたかを知らないであろう。そのうえ、ここでは通行税どころではない。通行料が必要である。それは出世払いだという。それを愉しみにしてか、妻は今日も台所で通行人を包丁でさばいている。

最終連では一転して、自らの存在が俎板に乗せられる。多くの事物を通過させていた自分の身体がこんどは、通り過ぎてゆかねばならないのだ、この宇宙を。ここでもウィットが効いている。料金所で払う中味の乏しさに恐縮して、何度も頭を下げながら通っていかねばならない。

種子が言の葉という比喩になる以前の原初の姿が現れている。つまり、種子は畑の野菜の種子である。種子から育った野菜が身体を通り、そして別の相である海では精子と卵子から育った魚が、身体を通ってゆく。植物や動物ばかりではない。人間もまた。そして、ひとの身体もまたいつかこの宇宙を通過するだろう。しかしながら、詩篇が伝えているのはそれだけのことではないように思われる。

詩人の身体は言の葉を播いてゆく。ここで言の葉とは通行税とも通行料とも言い換えてよい。言葉は詩篇を紡ぎ、詩篇は人々の心に宿るであろう。すると、宇宙とは循環とリレーの相を拓き、誕生と死の祝祭を準備する空間である。詩集『北の種子群』に収められている四十一篇は、題材を変えながら小宇宙を構築し、遠大かつ深遠な生命の循環する大宇宙へと向かっている。

近江正人は、１９５１年2月14日、豪雪で知られる山形県新庄市に生まれ、近くに県営デンマーク農場（現山形県立神室産業高校）などがあるなど豊かな山野に囲まれ、幼少より宇宙や野草に関心を抱いて育った。高校三年の夏に国語の教師を志したのは、命や自然に対する感動を子どもたちに伝える職業として選んだからであったという。そして、山形大学教育学部に入学・卒業し、山形県立高校の国語の教員となった。また、詩作にも意欲的に携わっており、二十九歳の折の１９８０年3月には、学生時代から書きためた短編詩をまとめ詩集『暁闇』を手作りで発行している。中世文学の思想的支柱として曹洞宗の道元哲学を卒論とするなど、己れがなぜここにこのような生命《いのち》で存在するのか、という問いを追い求めてきたが、詩作はその生き方と連関しているように思われる。教職に就いたことにも影響されてか、生徒との関わりを描いた作品が少なくないが、概して花や樹木を素材にしたものが多く、その眼差しと姿勢は清楚で思索的である。生命体がこの世に在ることへの探求に、詩作の源を置いているからである。そして、問いながら追求する営為によって、共時的存在への気遣いと愛が生まれる。それは、この詩人が持って生まれた抒情的資質と、詩人を育てた自然が織りなす技に拠っているように思われる。

円熟味を増し六十五歳の折に上梓されたこの詩集『北の種子群』でもまた、これまでの主題が引き続き追求されている。とりわけ、「生命」と「宇宙」についての省察が刊行毎に深化していることが了解される。生命体のなかでも樹木や植物に寄せるスタンスは一貫しており、とりわけ花のありように詩人は惹かれてきた。それは、花が生命体の表出であると同時に花それ自体がひとつの宇宙(cosmos)を創成しているように考えられるからだ。詩篇「飛べ　ぎんがとんぼ」もまたその一事を伝えており、詩人として拠って立つ志向性が象徴的に描かれている。なお、この詩篇はのちに刊行された詩集『空へ誘う道』（2019.7）では加筆訂正されており、本論ではこちらを引用する。

飛べ　ぎんがとんぼ

そうそうと　風吹きぬける
心象の　あおい透明宇宙を
ぎんがとんぼが一匹　飛んでいる
目玉をくるくる動かし
銀の羽を左右に広げ
ながい尾をすっくりと伸ばし
宇宙風に乗って　銀河を周回する
幼い日の　夏の夕暮れ
ぼくの小さな家の玄関と
夕立を吸ったあとの砂利道を
涼しげに周回していたギンヤンマのように

気が付いたのだ　人はいつでも消えゆくことを
あ　という時間に　蛍のように命は消えゆき
ん　という声は　もう届かないことを
この宇宙に　偶然　一滴の命を受け
一時　けんめいに生きるにせよ

墓石はやがてビルとなり　荒れ地となり
水面のさざ波のように　名前は失われる

それでも　確かに一滴として生まれ
蓮の葉に宿る一滴が　銀河を映すように
宇宙の凡ての願いが　投影されているなら
「いま　生きて　在る」という事実は　現実を超える
夜明けの光に誘われて咲く　朝顔のように

ダカラ　モウ殺シ合ワナイデ！
スベテノ命ヲ　慈シミ合ッテ！

空の彼方からきれぎれに聞こえてくる声の波紋
すると　銀河の湖面を　雲が流れ
失われた命が　星座となって輝き出し
舟を浮かべた岸辺には
無数の蓮が　滴を浮かべて咲き始め
百三十八億年の　銀河湖を
いま　ぎんがとんぼが
無心に　ゆうゆうと飛んでゆく

近江ワールドに頻繁に登場する〈ぎんがとんぼ〉は、宇宙を周回する空想上のトンボである。幼少のころの夏の夕暮れ、家の周りの道路を悠々と周回していたギンヤンマのイメージであり、子どもたちは、かげやんま、ひかげとんぼ、などとも呼んでいたという。夏の昼の暑い盛りではない。薄暗くなり始めた涼しい時間に銀河トンボは飛行している。こと穏やかに周回するさまは脳裡を離れることなく、やがて宇宙を飛ぶ不滅の命を持ったトンボへと現成してゆく。

近江正人は手塚治虫のライフワークである『火の鳥』を愛読していたという。〈火の鳥〉と呼ばれる鳥の血を飲めば永遠の命を得られるという設定のもと、主人公たちは火の鳥と関わりながら悩み、苦しみ、闘う物語である。古代から未来まで、地球や宇宙を舞台に、生命の本質や人間の業に関わる物語が壮大なスケールで描かれている。近江ワールドと通底する世界がここにある。銀河トンボは、北国の雪底から芽吹く草のように活力と勇気を与えてくれる存在の象徴であり、不死鳥としての火の鳥のメタモルフォーゼなのだ。そして、火の鳥がそうであるように、人間の思うようにはならない宇宙的威力を持った存在でもある。

そう、思うようにはいかぬこの世である。生きる意味と存在の意義を問い続けなければいけないのは、それゆえである。銀河トンボは、問いという種子をいたるところに蒔きながら、宇宙を周回している。問いかけながら進みゆく存在は自己の化身であり、時空を超えゆく生命力をもつありようは憧憬のシンボルである。

さて、宇宙の歴史138億年のなかで詩人は気づくのだ、ひとはみな死にゆくことを。この宇宙に生を受け、懸命に生きるにせよ、元の宇宙へと溶け入ることを。しかし、生きたという事実は消え去ることがない。言い換えれば、ひと独り生きた履歴は消し去ることができない。なぜであろうか？

第5連で、押さえられていた痛恨の叫びが嗚咽のように洩れる。〈ダカラ　モウ殺シ合ワナイデ！／スベテノ命ヲ　慈シミ合ッテ！〉――この訴えは無音の叫びであり、山川草木一つとして永遠なるものはないとする、禅者道元の無常認識がここに反映している。いまここにある存在すべては他者との関係性を保って現出しているのだ。そうであるからこそ、宇宙の全存在を投影して咲いている朝顔や、命あるすべての生き物を、人為的に殺傷してはならない、と。憎み合い殺し合うことは淋しく愚かなことであるという認識に至ったとき、これまで失われてきた生命たちの無音の声が銀河の湖面に輝きだし、花たちもまた声なき声で咲き出でる。そのとき、問いは悲願と同質の命題となっている。

花はなぜ美しいのか？　宇宙に咲く花があるという一事が、何よりも尊い。美は意味を超える。蓮の花が咲いて、銀河トンボが悠々と飛んでゆく世界。それは、心が癒やされる世界であると同時に、ひとという存在が救われる世界である。この詩の原型では、〈蓮〉ではなく抽象的なイメージの〈アメジストの花〉が現れていた。アメジストは紫水晶と呼ばれる紫色の水晶で、近江正人が生まれた2月の誕生石である。アメジストに導かれる花たちはすべて地上のコスモス（cosmos）の変容と変奏であり、宇宙を飛びまわる銀河トンボはコスモスからのメッセージを宇宙に伝え続けている。

詩集『北の種子群』でいっそう顕著に現れてきたのは、希求と祈禱の熱い思念である。その求道的な姿勢は、岩手県花巻の地に根ざして活動した、あの宮沢賢治の姿を彷彿させる。思えばそのありようは、第一詩集『日々の扉』（1882.7）から継続して見られるスタンスであった。長期にわたる一貫性と志向性の純度は円熟味を増しながら比類なき輝きを放ち始め、これまで奏でられてきた主題はいよいよふくよかな交響となって響き始めた感がある。振り返ってみれば、第一詩集からこの第九詩集まですべての詩集が、ひとつのまとまりあるライフワークであった。

ノアの時代

梅雨時の蛙のように
夏草の露天風呂から首だけ出して
雲の割れ目から射す光を
原子の熱線に見立てて　顔をしかめると
湯ぶねに蜂が浮かんでもがいている

日々　もがいて言い訳を考えているが
もう　思いつかない
昨日を悔いることばと
明日をつぐなうことばだけで
今日の夢はすっかり疲れて　溺れている

マドリッドから南のコルドバまで
バス窓から　一面に続く黄色のひまわり畑を観た
左右どこを向いても　地平線まで整地された
美しいオリーブ畑に　雲が浮かんで
白い教会がひとつだけ　丘に光っていた

この星にはまだ
　美しい緑の朝の風景を創り出す農民がいる

絶滅危惧種の生物がにわかに増えて
希少の種を残すことが使命だと騒ぐ時代
この星の本当の絶滅危惧種がヒトであることを
まだ　気づかない
世界のニュースでは　幾人もの預言者が
神の正義を　血と銃弾で奪い合い
ぼくらといえば　偽物のブランド品のように
自分だけの幸福を買い集めて　太っている

古びた大聖堂の庭に何本も突き刺さる
炎天下の糸杉のように
ぼくらのＤＮＡは修羅の鏃を抱えたまま

カタルーニャの青い空が地平線と交わる
あのオリーブ畑から
小枝をくわえてくるはずの鳩は
繰り返す災難と大洪水の時代

ぼくらの箱舟に戻ってきてくれるだろうか

夏草がまわりに生い茂る露天風呂から、蛙が首を出している。いや、それは詩人であった。原子の熱線に射られるように、雲の割れ目から射しこむ光に顔をしかめると、湯気の沸き上がる水面に蜂が浮かんでもがいている。その光景もまたメタファーであり、もがいているのは詩人自身である。日々もがきながら、過ちを謝する弁解を考えているのだという。が、思いつかない。昨日は後悔の言葉で、明日は償いの言葉で、頭が支配されているからだ。したがって、今日見る夢はすでに疲れきっている。さて、疲れているのは、いかなる理由によってなのか？

マドリッドからコルドバまでの、バスの窓から見える一面のひまわり畑、地平線まで整地されたオリーブ畑。上空にふわりと雲が浮かんで、丘の上には白い教会が光っている。どこまでも広がる土地を耕している農民たちの姿は見えない。が、その存在はこの光景の深層に潜んでいる。疲れた心にとりわけ深く沁み入る風景であろう。景色が美しい。それは、感受する自らの心が痛んでおり、平穏な秩序を希求しているからだ。

マドリッド～コルドバ区間の列車は、現在一日平均二十四便、約四十三分間隔で運行されており、平均所要時間は一時間四十七分という。バスならば所要時間はずっと長く、異国の地の美を享受するに豊かな時間が与えられるであろう。詩篇に現れる光景は、昔ならばごくありふれたものであったにちがいない。しかしながら、環境汚染が蔓延し自然が破壊される現代、およそ見かけることのないスケールの大きな景観がここにある。自然を保護すること以上に今や自然を創り出す営為が必要になったことが告げられている。つまり、美しいのは自然だけではない。そこに携わる農民の心もまた。

地球上では近年、にわかに絶滅危惧種が増え始めた。絶滅が危惧されるに至った主な理由として、「角や毛皮、食用などを目的とした乱獲」「森林や河川などの開発・破壊などによる生息地の減少」「獲物となる動物の減少」「気候変動などによる生息地の環境変化」などがあげられている。２０１６年９月の時点で公開されている国際自然保護連合（IUCN）のレッドリストにおいて、最も絶滅の恐れが高いとされる「近絶滅種、絶滅危惧種、危急種」の三つのカテゴリーに記載された野性動物の数は、2万種以上である。動物が１２３１６種。その内訳は、哺乳類１２０８種、鳥類１３７５種、爬虫類９８９種、両生類２０６３種、魚類２３４３種、無脊柱動物４３３８種。そして植物が１１５７７種。その他が３５種。すべての合計種数は２３９２８種。このなかにヒトは入っていない。

詩篇「ノアの時代」は衝撃的な一事をあっさりと告げている。この星の本当の絶滅危惧種は、ヒトなのだ。ありえぬ話ではない。いや最も確からしいことではないのか。自ら作りだした核によってか？あるいは姿の見えないウイルスによってか？　いや、破壊的攻撃的兵器やウイルスによらずとも、実は人間が内包している一部のＤＮＡの性悪的な気性によってであろう。

すべての事象に終わりがあり、人間の文明もまた例外ではない。終末へ向かっている加速度は、日増しに増しているはずだ。２５００年にわたる近代化の歴史の最後の３００年は思いもせぬ逆転の舞台だった、と山崎正和が『世界文明史の試み　神話と舞踊』(2012.12) のなかで述べている。啓蒙主義によれば、人間は偉大な存在であり、近代は偉大さを拡大する時代になるはずだった。しかるに、実現された結果はまるで正反対だったからだ。技術革新によって高度に体系化された現在の文明は、もはや他と交換不能であり、今ある「世界文明」が最後の文明であることを告げている。

終焉へと向かう文明のただなかで、神の正義を主張し殺戮を繰り返す者たちがいる。しかし、それは正義とは呼ばないのだ。一方、平和ボケした国では、せっせと偽物のブランド品を買い集める者たちがいる。しかし、名の通ったブランド品は自分だけの幸福を求める者たちに似合わない。そのことを本人が知らない。細胞核内の染色体の重要成分であるＤＮＡすなわちデオキシリボ核酸は、いまだ修羅と欲望の鏃を抱えたままである。現代社会の諸相を見渡せば、あのノアの箱舟の神話はもはや昔物語ではない。最終連に呟きのように現れる内省が、ことさらに美しい。箱舟に乗りうるのは、どのような生物か？人間はそこにはいないはずだ。カタルーニャの青い空が地平線と交わるオリーブ畑から小枝をくわえて飛んでくる鳩と、あとわずかの生き物たちであろう。

詩篇「ノアの時代」がとりわけ滋味あふれる作品であるのは、絶滅へといたる予兆のなかで平安への希求と祈禱が光り輝いているからだ。終焉を前にしてなすべきことは、絶望ではなく希望を創り出そうとする営為である。その企投それ自体が詩篇となって結実している。

次の詩篇は、「北」の象徴である東北の歴史に思いを馳せた問題作である。

ナマハゲ

北国の底深い潮騒を背景に
張りぼての包丁をふりあげ
吠えてみせる二匹のナマハゲがいた
そのたびに　スマホをかざし
嬌声を上げる都会のギャルたち
田畑でも漁でも食えない
観光組合の必死のサービスなのだが

かつて　まつろわぬ北の民人が
ヤマトの軍勢に襲われ
土地を奪われ　村を焼かれ　女は犯され
生き残ったものは奴隷にされ
殺されたものと追いやられたものは
東北の鬼にされた
蝦夷由来の悲劇のナマハゲ
いま　乏しい漁村の観光収入源となり
道化を演じる平和な光景に
ぼくは　にがい笑いを浮かべ
観光客といっしょに拍手し
遠い水平線に目をそらすしかないが

平成のナマハゲよ
大地震に　津波に　原発に
土地を奪われ　家族同僚を喪い
過酷な農政に過疎化した村　ムラ
再び　故郷を追われる流浪の民人の
哀しみと怒りを　どうする
失望と悔しさと疲労と

強いられたあきらめを　どうする
肩に抱きつくVサインのギャルたちに
こびなくていいじゃないか
もう　がまんしなくていいじゃないか

偽の鬼面を棄ててその素顔を見せてくれ
本音でものを言ってくれ　そして
声にならない声で呻きながら
魂の出刃包丁ふり上げ
生っちろいぼくらの首を刎ね落とし
悲しみと憤怒の
本当のナマハゲの顔にすげ替えてくれ！

「ナマハゲ」に関わる行事は本州北部の日本海沿岸部各地にあり、秋田県秋田市の「やまはげ」、秋田県能代市の「ナゴメハギ」、山形県遊佐町の「アマハゲ」、新潟県村上市や石川県能登地方の「あまめはぎ」などが伝えられている。ナマハゲの語源は「生身剝ぎ」という言葉が語源だと言われている。手にしている包丁は「火斑《ひだこ》を剝ぐ」ためのもの。火斑とは、炉端にかじりついていると手足にできる赤いまだら模様のことを言い、火斑を方言ではナモミと言う。そのナモミを剝ぎ取り、怠け者を戒めるための「火斑《ナモミ》剝ぎ」が訛り「なまはげ」になった。
ナマハゲ行事は大晦日の晩に男鹿半島のほぼ全域で行われている。「怠け者はいねが。泣く子はいねが」

と奇声を発しながら各家庭を巡り、悪事に訓戒を与え、厄災を祓い、豊作・豊漁・吉事をもたらす来訪神として練り歩く。1978年に「男鹿のナマハゲ」の名称で国重要無形民俗文化財に指定された。

ナマハゲの起源については諸説ある。男鹿の本山・真山は古くから修験道の霊場であり、修験者は山伏の修行姿で村里に下りて家々をまわり祈祷を行い、その凄まじい修験者の姿をナマハゲと考えた「修験者説」。また、海上から男鹿を望むと日本海に浮かぶ山のように見え、村人の生活を守る山の神が鎮座する所として畏敬され、山神の使者がナマハゲであるという「山の神説」。また、男鹿の海岸に漂流してきた異国の人々の姿や言語が村人には鬼のように見え、ナマハゲはその漂流異邦人であるという「漂流異邦人説」。また「漢の武帝説」は、荒唐無稽な物語を好む現代人にはとりわけ受ける逸話であろう。漢の武帝が連れてきた五匹の鬼たちが作物や娘たちを略奪するなど村を荒らし回るのに対処して、村人たちは「一晩で五社堂まで千段の石段を積み上げることができれば娘を差し出す、できなければ村を出ていってもらう」と取り決めをする。鬼たちがあっという間に999段積み上げあと1段というときに、村人が一番鶏の鳴き真似で夜明けを告げると、鬼たちは驚いて逃げ去り、二度と姿を現さなくなったという。

まるで娯楽小説のような様相を呈しているが、神話は本来単なる言い伝えや都合のいいフィクションだけではない。人々の暮らしが培ったその土地特有の知恵と経験が、そのなかに内在している。その証拠に、神話は日常生活に大きな効力を発揮している。ナマハゲは大きな出刃包丁や鉈を持ち、鬼の面、ケラミノ、ハバキをまとって、家々に押し入り、怠け者や子どもや初嫁を探して暴れる。家人は正装をして丁重にこれを出迎え、主人が一年のあいだにしでかした家族の悪事を釈明するなどした後に、酒などをふるまって送り返すという。恐怖心を与えそれをバネにして成長させる幼児への教育手段であるばかりではない。大人も大いに訓育されている。神話における信憑性は、物語を語りうる人々の知恵に拠っており、元来の姿は時を経るにしたがって、伝承の綾をかいくぐり、暮らしの知恵となってきたはずである。では、平成のナマハゲ伝説の実態は、どうなっているのか？

近江正人の描く詩篇「ナマハゲ」は、「山の神様」などに代表されるこれら一般的な民俗学上の解釈とはまったく相容れない。込められている思念は信仰ではなく怨念であり、ヤマト王朝に滅ぼされたまつろわぬ民への共感である。インディアンやアボリジニなどの先住民が山に追いやられたように、東北の原住民が中央から侵略され収奪されてきた、その被差別への怒りがここにある。歴史は忘却させられ、侵略された先祖の人々は面白怖いナマハゲに変貌させられ、いまや観光の売り物にさせられている。その現代における二重の意味での新たな差別と侵略をこそ、詩人は見逃さない。言い換えれば、詩篇「ナマハゲ」は、慣例化されてしまった伝統行事を嘆いているだけではない。観光という名に曳かれて都会の資本と支配にへつらう伝統行事を撃っているのだ。すなわち、ナマハゲは東北人の怒りのメタファーとなって再生されている。

現代では奇声をあげるのはナマハゲではなく、スマホをかざす都会のギャルたちである。「ナマハゲ」による素朴な教育的手段などは、ここにはもはや存在しない。むしろ教育の反面的な悪弊こそが表面にあぶり出されている。しかもこれは、観光組合の必死のサービスなのだという。にが笑いを浮かべてなす術なく立ち去るわけにはいかない。東蝦夷が中央から侵略されてきたことへの怒りが、腹の底では煮え繰り返っているからだ。

詩篇によれば、蝦夷由来のナマハゲは、ヤマトの軍勢に襲われ、土地を奪われ殺された者と山野に追いやられた者が鬼にされた姿である。その哀しみと怒りは、共感する者にしか感受されない。Vサインのギャルたちはそれを知ってか知らずしてか、ナマハゲの肩に抱きついてはしゃぐ。一方、演ずるナマハゲはそれをいったいどのような気持で受け留めているのか？

詩篇で繰り広げられている抗議はナマハゲ行事についてであるが、深層では現代社会の支配構造のありようそのものについてである。たとえば、東日本大震災。家族を失った人々、家を失った人々、財産を失った人々、ひいては生きる希望を失った人々の哀しみと怒りをどう受け留め、どう援助すべきであるのか？　復興への援助は困難をきわめているように思われる。しかし、「復興」の掛け声だけで恩を着せるように終わらすのではなく、思いを馳せ手を差し伸べることがまずは初歩の基本的な対処ではないのか。課題解決への模索を諦めるわけにはいかない。解答と解決に志向する気概にエールは贈られるべきであり、中央行政の貧弱さを怒るその旗振り役にふさわしいのが平成のナマハゲではなかったか。

ナマハゲとVサインのギャルたちの対照は、そのままで一幅のカリカチュアであり、この風刺は二重の意味で強烈である。ひとつは、神話の真の意味を失った現代社会が批判されていることであり、もうひとつは、忘れ去られた神話の果てに蜂起する観光ビジネスが許容されていることへの批判である。大地震・津波の恐ろしさに目をつぶり再稼働させる原発システムの支持と、それは似ている。その功利主義と欺瞞性が。

２０１８年12月1日、国連教育機関（ユネスコ）は、山形県遊佐町吹浦の「浦通り」と呼ばれる三集落に伝わるアマハゲを含む「遊佐の小正月行事」や秋田県のナマハゲなど八県十行事で構成する「来訪神：仮面・仮装の神々」について、無形文化遺産登録を決定した。しかし、ユネスコは知っていたであろうか？　かつて東北は、都の人が卑しめて呼んだように荒夷《あらえびす》の住む土地であり、中央政府によって刀と矢で支配され、服従を強いられてきた地であることを。戦中は、貧しい農村の二・三男を兵士に駆り立て、寒さに強いからと満州の前線に送られ、貧村の女たちは都会で身売りを強いられた。現代は膨大な札束で貧小な村に原発が建てられる地である。ここにナマハゲはもういない。

詩篇は第3連で驚くべき昂揚を誇示するにいたる。現在、ナマハゲはスマホをかざすギャルたちにこびて、その魔性をすっかり抜き取られている。しかし、ナマハゲに潜むはずの本来の魔性を呼び覚まし、元の姿を取り戻して決起せよと告げるのだ。〈こびなくていいじゃないか／もう　がまんしなくていいじゃないか〉と詩人は告げる。我慢の限界がきたのだ。忍耐の我慢こそはこれまで虐げられてきた者たちのものであろう。

最終連におけるナマハゲのきらめく躍動ぶりは、この世のものとは思えない。作られた偽の鬼面はかなぐり棄てられ、素顔がむきだしになり、手にしているのは張りぼてではなく真の出刃包丁である。家々をまわり、ナマハゲは生っちろい首を刎ね落としてゆく。この幻映は険しく荒っぽい。いや、詩人が胸に秘めたる希求こそが荒々しく熱くたぎっているのだ。

平和を手繰り寄せるノアの箱舟の到来は、間近に迫っているのだろうか？　娯楽映画の世界ではゴジラが新たなヴィジョンとして登場したように、現実世界ではナマハゲが救世主のように現れるのだろうか。暴れ回りひとを誡めるナマハゲ本来の姿は幻のようにいまここにある。それは詩人の希求と祈願の幻であり、ひいては私たち現代人の祈るべき祈禱である。

熱き願いは次の詩篇で、ふたたび形而上的主題を打ち鳴らしている。

種子について　～闇に蹲るものへ

闇にうずくまるもの
闇をふかく抱えるものは　種子である
つぼみが花となって開くまでは
闇は種子をはらみ
種子が闇を抱えているなら

宇宙もまた　何ものかの種子である

花火もまた　種子である
茎のような導火線を持ち
火が着けば　火柱となって
闇に打ちあがり
とりどりの光の花となって炸裂する

どんなに大きくとも　どんなに小さくとも
どんな固さでも　どんな姿でも
種子は地に落下し　いちど闇に埋もれねばならぬ
闇の孤独に　耐えねばならぬ
雪の重量と寒冷にも　耐えねばならぬ

種子は　闇を抱えて沈黙し
ひそかに導火線を隠し育てる花火である
宇宙もまた　闇に育まれ　闇を取り込みながら
導火線を隠す　巨大な花火である
宇宙も　炸裂して光を放つための
導火線を内部に隠している

宇宙の導火線に　火を着けるものは
光の花を愛するものである
宇宙の導火線に　火を放つもの
その微小で　烈しい刹那の着火は
いま　ここを　生きる
人間の生命そのものかもしれぬ

実に花火は　種子の美しいメタファーである
種子は宇宙の闇に播かれた銀河のメタファーである
花火は導火線を持たねばならぬ
導火線に火を着けるものは
花を愛する花火師の心意気である
導火線に火を放つものは
闇に咲く光の花を観せたいと願う愛と意志である

この宇宙の闇のどこかに
生命の種子を播く　花火師がいる

序詞と同じ題名を持ち副題の付いた詩篇「種子について～闇に蹲るもの」と序詞との共通項は、コスモス＝宇宙というキーワードが展開する世界であり、それは深層では詩篇「通路」ともつながっている。コスモス（cosmos）は、総合体としての宇宙を意味するユニバース（universe）とは異なり、カオス（chaos混沌）の対極としての宇宙であり、それ自身のうちに秩序と調和をもつ。コスモスという花がひとつの秩序であるわけが了解できる。その生命体はひとつの内的秩序を志向している。風に吹かれてコスモスが美しいのは、そのせいにちがいない。

さて、宇宙もまた種子であるという。興味深いではないか。大きな宇宙が小さなコスモスが孕む種子に等しいとは。"To see a World in a grain of sand, / And a Heaven in a wild flower"（一粒の砂に世界を見出し一輪の野の花に宇宙を見る〈筆者訳〉）と記したウィリアム・ブレイク William Blake の視座を敷衍するようにして、近江正人は宇宙もまた種子であると解く。種子植物とは、花を咲かせ種子を形成する植物のこと。種子は、可能性を孕み将来性を内包する胚。すると、宇宙もまた、一個の植物のように、胚を包みこみ養分をたくわえ発芽を促す胚乳であったのか。つまり、ひとが花火を愛するのは、DNAに記憶された138億年前のビッグバンを思い起こしているからであろう。

種子は闇に蹲り、闇を抱える。数年を土の中で過ごす蟬に似てはいないか。いや、蟬ばかりではない。蝶も甲虫も、多くの生物が土に蹲り土を抱え、大空へと羽ばたこうとしているではないか。生命体としての種子は、詩篇では花火というメタファーで語り継がれる。花火は、花開くためには闇を抱え、導火線を育てている。闇という宇宙に光となって炸裂する花こそが、花火である。

宇宙もまた種子。炸裂して光を放つための導火線を淡い闇の次元のなかに隠し持っている。つまり、宇宙もまた、可能性を孕み、将来性を内包している。すると、花開く宇宙という想念は、ひとの願いそのもののように顕れ出る。

花火――黒色火薬に発色剤をまぜて玉として筒につめられ、点火して破裂・燃焼し、光・色・爆音などを生成する。張筒から空中に放つ打上花火、装置して物の形を見せる仕掛花火、玩具として楽しむ線香花火などがある。不思議ではないか。ひとは太古から煙火《はなび》を、「花火」と記してきたのだ。それにまた、花火は他者との通信にも用いられる。すなわち、宇宙との交信とその願いが花火の使命であった可能性がある。

花火もまた種子であると詩人は解く。花火という種子もまた、闇の孤独に耐え、雪の重量と寒冷に堪えねばならぬと。詩人の生地・新庄市では、家屋の1階は雪で埋もれるので、2階からが住居であるのが普通である。厳冬の生活の労苦は、その建物の構えからも推測される。しかしながら、冬を生きる――それは種子を育み春を希求することに連結している。

冬のない国に桜は咲かないという。桜の花芽は前年の夏に形成され、その後休眠期間に入り、その休眠から目覚めるためには冬の低温に一定期間さらされる必要がある。つまり、冬の寒さこそが必要だったのだ。同じように、容赦なく迫り来る厳しい季節のない土地には、美しい思いやりの花も咲かないのではないか。ましてや、気魂や気概といった心意気なども また。

種子には、闇に蒔かれるだけでなく、茎を伸ばし花を開かせる喜びがあるはずである。つまり、種子とは闇のなかで孤独に苦しむ者の心象を象るメタファーでもある。暗黒の苦しみはやがて青空へと解き放たれるだろう。種子が成熟して開花へと向かう理はそこにある。

原発に懲りることなく、科学技術は前進をつづけている。宇宙進出もまた。しかし、この宇宙空間にあって、闇のなかに光の花を咲かせるそれ以外になすべきことが、私たちにはあったであろうか。宇宙は志向し望む者に向かってこそ、光を放つであろう。種子を播く者は、直接的には詩人のことであるが、広義では志をもって生きる者すべての人々である。すると、願いそれ自体が一冊の詩集として結実したことが了解される。播かれる言の葉とは、希求と祈禱の種子でもあったのだ。

さて、私たちはだれから呼ばれたのであったか？　その解答は最終連に暗示されているように思われる。〈この宇宙の闇のどこかに／生命の種子を播く　花火師がいる〉――宇宙花火の大爆発は、無数の種子をこの時空に発芽させる花火師の意志に拠っていたのではなかったか。私たちはこの宇宙のどこかに潜む演出者のようなその花火師に呼ばれたのだ。では、花火師は宇宙のどこに存在しているのか？

ふたたび問いは循環し、リレーされる。問いは問いゆえに問いという存在理由を孕みつづける。種子はなぜ存在するのか？　それはつねに問いであるようにある。問いはいくつもの解答例を導きうるが、正答に辿り着くことはない。とはいえ、花火師とは詩人そのひとではなかったか？

だれから呼ばれたかも知らず、私たちは束の間この宇宙に現れ出て、自らの花を咲かせ、やがていずこかへ立ち去ってゆく。長い宇宙の歴史を俯瞰してみれば、百年の寿命など花火の一瞬の閃光のようなもの。しかし、それゆえにこそ一瞬の生命の花を開花させ、ふたたびいずれかの種子に導火線をリレーする準備を心に留めおかねばならない。一瞬の燃焼と発光こそが、その一生を他者へと引き継ぐ存在証明の契機になりうると考えられるからである。そしてそこに顕現するのが美であれば、人類の祝祭こそが花火師によって目論まれている。

詩集のソフトカバーには、詩行が花火の残り火のように天から降りてくる。それは次の花を迎え育む言の葉である。第一詩集より一貫して詠い継がれてきた生命讃歌の希求と祈願がこうしてまた、詩集『北の種子群』に結実している。旅はまだ終わってはいない。旅はつねに種子という生命核の意志に振鈴されて生起されているからである。

微睡む永遠
――いとう柚子詩集『冬青草をふんで』

冬が春へと届けられたかのように、五月の薫風に乗って、いとう柚子《ゆうこ》（１９４１年新庄市生まれ、山形市在住）の第四詩集『冬青草をふんで』（2019.6）が送られてきた。手触りのよいソフトカバー（装幀・奥川はるみ）は清楚な白色に青草が抽象化されて描かれており、内包されている詩世界をゆたかに空想させる。次の序詩はそのデザインと地続きになって共鳴している。

冬青草をふんで

秋野の果てをふみこして
足裏にはいま
冬草の原
片時雨がやんで
みじかい草々に
いつくしむように陽差しがそそいでいる

いっしゅん青緑の広がりに
なつかしい匂いがみちわたる
記憶の底ふかくから掬いあげられる
春のさざめきを
夏のまぶしさを
もうしばらく抱きしめて歩いてみよう

すぐそこであるような
まだすこしむこうであるような
ほんとうの果てで
一人称の物語が閉じられる
その日も　きっと
この草の原から遠くはなれた
見知らぬ明るい地で
見知らぬだれかの胎内に
あたらしい命が育ちはじめている

四季の時間が詩集に流れている。歳月を経た記憶が詩作を推し進めていたからであろう。第一詩集『まよなかの笛』（1987.10）から三十二年の遥かな時空を経て、激しい情念と鎮魂の内省が綯い交ぜになって繰り広げられてきた詩業が、ひとつの帰結を迎えたように思われる。踏み越えて向かうところは、最果てであり、〈すぐそこであるような／まだすこしむこうであるような〉ところだという。その場所は、具体的にはどこであろうか？

冬青草とは、冬なお青く枯れ残っている草、また常緑の草。一面が枯れている野原のなかで、とりわけ雨が上がったあとに降りそそぐ陽射しによって、緑色がひときわ鮮やかにきらめく。冬を耐えて根を張る生命には力強さが秘められており、自らが知悉することはないにせよ、生きていることはそれ自体がきらめき輝いていることである。そのきらめきを踏みながら歩むのだという。そして、歩みながら、来し方を振り返る。既在はあったがままの自己をふたたび取り戻す反復としてあり、先駆し反復することで開かれてくる状況の瞬間として現在がある。

秋野の果てを踏み越えてきたところである。第二詩集『樹の声』（2000.5）は、樹の声に耳を澄ますことで顕れる摂理、すなわち個を集積して時を超えゆく生命存在の永遠を詠いあげていたが、それは本詩集における経めぐる四季の循環という摂理に共通している。巻末詩「陶片」に現れる〈幾たびもの四季のめぐり〉とは、自己の履歴の比喩である。

やがて見えてくる風景は、見知らぬ明るい風景であるという。冬青草を踏んで歩むのであるが、実は自身が青草のようにある。草は記憶しているはずである──〈春のさざめき〉と〈夏のまぶしさ〉を。

秋の野を踏み越えて向かうところ──それは、〈一人称の物語が閉じられる〉もっとも自己的な存在の可能性への先駆としてある将来がフィナーレを迎える場であり、霊性としてある生命存在が他者へとリレーされる。すなわち、いまここに永遠が夢見られている。

三人称単数現在形の動詞には
ｓまたはesを忘れずにつけて
そういって先生はなんども練習をくりかえした

どうして？　と
中学生の頭をとまどわせたルールに
年経たある日
わたしだけの答えをみつけた
語学の歴史書の中にではなく
わたしが歩いている細い道の端に

私　でもなく
貴方　でもなく
彼ら彼女たち　という
十把ひとからげの存在でもなく
私　と同じに
貴方　と同じに
ここかしこで今の瞬間息づいている
ひとりひとり　ひとつひとつを

貴方や私がしかと心に受けとめるようにと
こんなめんどうなきまりが
ことばという行いにおさめられたのだ

仕事をする　珈琲をいれる　野菜をかう
つましくぎこちなく暮らすわたしの
日々の営みにも
わたしを三人称でよぶ誰かが
何気ない心くばりをしているかもしれない

ありふれていることに難問が秘められていることが多い。たとえば、何ゆえ英語を学ぶのか？　その根本的な問いかけはともかくも、義務教育のなかで行われるので、日本人はだれしも疑問を持つはずではある一例——なぜ複数形の名詞にはｓ　またはesをつけるのか？　さらには、なぜ特殊な複数形の語があるのか？

名詞の複数形の語形変化の理由は、比較的容易に理解されるかもしれない。すなわち、単数と複数の区別をするため——。しかし、問いは答えられて終わりということにならない。つまり、なぜ単数と複数の区別をしなければいけないのか？　逆に考えれば、日本語はなぜ単数と複数の区別をさほどしないのか？　個と集団のありようについての認識という観点から考察することが可能であるが、内実は深い謎と長い歴史に包まれている。

詩篇「三人称」は動詞の語形変化について、あらためて問いを投げかけている。なぜ三人称単数現在形の動詞にはｓまたはesをつけるのか？　さて、ひとはそれぞれどのように自問し、どのように自答してきたのか？　どうであれ、問いは持続し、問いは反転もしうる。すなわち、なぜ3単現以外の動詞にはｓまたはesをつけないのか？

1500年を超える歴史をもつ英語において、民族や人種によって英語は多様に変化してきた。たとえば、古英語では3単現以外においてもそれぞれ特別な語尾が付いていた。しかし、中英語期から初期近代英語期にかけて言語変化が起こり、それらはほとんどが消失したが、例外として3単現のｓが生き残った。そのような経緯は何ゆえであったのか？

英語には方言としてさまざまな形態が存在していた。動詞の語形変化などは地域によって異なり、ｓを付けるか付けないかはさまざまであった。いかなる動詞にもｓはつけないという方言まで存在している。日本の義務教育で学ぶのは方言としての英語ではなく、標準語としての英語であるゆえ、そのようなことに疑問を持つ児童生徒は皆無であろう。しかし、現在なお、アメリカ、イギリス、オーストラリア、カナダなどで用いられている英語はすべて「標準語」として統一されているわけではなく、それぞれに独自性がある。つまるところ、この件に関しては、なぜ標準語が発展してきたかという問題に行きつく。

遠い将来、3単現ｓの問題は消滅するのではないだろうか。すなわち、三人称単数現在もまたｓなどはつけなくともよい、と。煩雑な規則はないほうが使用が簡単で自然であるからである。言語はコミュニケーショントゥールであるゆえ、いかようにも変容しうるものであり、それは簡潔性と簡便性へと向かうはずである。ドイツ語では今でも名詞に男性名詞・女性名詞・中性名詞の区別がなされ語形変化があり、その使用にはある種の困難が伴うが、かつて同じゲルマン語系の英語もまたそうであった。しかし、英語においてはその語形変化が今や消滅していることもまた、拙説を補強する。

一方、いとう柚子は、3単現ｓの現象について独自の見解を示している。おそらく世界初の見解であろう。〈私　でもなく／貴方　でもなく／彼ら彼女たち　という／十把ひとからげの存在でもなく／私と同じに／貴方　と同じに／ここかしこで今の瞬間息づいている／ひとりひとり　ひとつひとつを／貴方や私がしかと心に受けとめるようにと〉――すなわち、わたしたちという一人称複数ではなく、あなたたちという二人称複数でもなく、その他すべてという三人称複数でもない。三人称単数の、彼、彼女、それ、あれ、これ、などの存在を軽視せず、配慮し気遣うことの大事を告げているのだ。

末尾の〈わたしを三人称でよぶ誰か〉が序詩の末尾における〈見知らぬだれか〉と照応する。〈仕事をする　珈琲をいれる　野菜をかう〉――これらの所作は、私たちだけが行うのではない。あなたたちだけが行うのでもない。彼ら彼女たち十把ひとからげのひとたちが行うのでもない。現在の暮らしにおいて遠くにいる見知らぬだれかが、そして未だ知らない未来の人間が行う行為であり、それゆえかけがえのない営為であり、ひいては彼／彼女という単数存在が取り変えのきかない存在である、と詩篇は伝えている。したがって、sという摩擦音によって区別する語形変化がくっきりと際立つ。その表現法は、話者の気遣いによって生じているのであった。

もっとも遠いはずの未知の存在が自己へと関わりを持ち、もっとも近いはずの自己が遠い存在へと関わりを持つ。想像力によって現成し、可能性によって連関する、共存在としてのありよう。驚くべきことではないだろうか。関係性とは予知できないものでありながら、確実に訪れる相互存在性である。すなわち、〈わたし〉という存在は、配慮し気遣う対他存在であることを希求しながら、将来を見据えている。

序詩「冬青草をふんで」によって起こされた詩集は、彩り豊かに描かれた二十三詩篇の小世界を旅したあと、巻末詩篇「陶片」へと辿り着く。絶唱とも言うべき詠唱であり、序詩から導かれた内省の旅がある種の帰結に辿り着いたように思われる。

陶片

すべり落ちた瞬間　頭をよぎった
こんな日がくることを
ずっと忘れていた　と

旅の店先でえらばれた日から
あるじの質素な食卓に
ちいさな愉しみと慰めをそえてきた

幾たびもの四季のめぐりと
幾つもの笑みと涙を
盛られるものたちとわけあった

お客たちがほめそやした
矢羽根の紋様は　いまも
飛ぶいきおいを失くしていないけれど――

掌と眼差しのぬくもり
洗われてくるまる布巾のやわらかさ
食器棚のあの場所のほどよい暗さ

ぜんぶ覚えている
やがて
ぜんぶ忘れるだろう

いつか　あるじが土塊に還っても
朽ちない月日を
果てもなくまどろみつづける

陶器という食器の予期せぬ不意の崩落が、やがてやってくる自己のありようを鮮やかに活写している。〈すべり落ちた瞬間　頭をよぎった／こんな日がくることを／ずっと忘れていた　と〉――ある日、不意に襲った出来事を描いたこの第一連は、これ自体で優れた三行詩である。そして、すべて三行で統一された清楚な居住まいの全七連のなかに、穏やかで静謐な世界が創成されている。

旅の途中で不意に選ばれた愛しいものは、その日から主人のもとに顕現する。質素な食卓に持ち込まれ、ささやかな愉しみと慰めを添える存在なのだ。しかしながら、望んだことではないが、いとしい陶器が手元を滑り落ちる。ありうることであり、むしろ必ず起こることである。持ち主はそれを忘れていた。道具存在はそのような運命をいつでも待ち受けており、その逆はありえない。約束されているのは、崩落というゴールであった。

　すると、創造の意義が逆説として顕れてくる。道具存在は、人間の生きる智恵によってこの世に現れたものであり、現存在の実存を支援するものであった。そして一方、崩壊の過程を進みゆく時間が人間にも流れていることをあらためて教えることとなった。

　すべて形あるものは瓦解し霧散し滅びる。その一事に人間はもはや、ひれ伏すしかないように思われる。それゆえ、創造する存在者は不滅を夢見て崩落する、いっときの生命体である。日々の暮らしとはつまり、混沌を秩序へと変えようとする不断の創造であり抵抗であったのだ。

　それまでの抗いが一瞬にして緊張を解かれると、生命体の機能が停止する。実存的志向はそれに抗する創造の営為であったことを、道具存在が教えてくれる。日々の暮らしに必要なものは、尊大なものではなく質素な食卓とちいさな愉しみであった、と。それだけではない。〈幾たびもの四季のめぐり〉と〈幾つもの笑みと涙〉をもまた、陶器は分け持ってきたのだった。主人ばかりではない。客人もまた〈矢羽根の紋様〉を誉めそやしたという。

　洗われてくるまる布巾のやわらかさを主人は記憶のうちにしっかりと受け留めている。陶器が置かれていた食器棚のほどよく暗い箇所をも。そしてまた、掌に伝わったぬくもりと、眼差しに優しさを与えてくれた紋様を。〈ぜんぶ覚えている〉という。そして、なんということであろう。やがて〈ぜんぶ忘れるだろう〉という。

　主人も陶片も同じ境遇を生きてきたのだった。この巻末詩篇は第一詩集の巻末に置かれた絶唱とも言うべき詩篇「一本の樹」へと連結している――〈わたしの小さな骸を抱きとるために／わたしの柩の六面に装われるために／地上のどこからか／いまも確かに近づいている／いとおしい一本の樹〉。ともにフィナーレを迎えるこの詩篇で、詩人は〈ふたりは〉と詠っていた――〈定められたある日／樹であることから／人間であることから／ついに解き放たれる時を共有しながら／ふたりははじめて／互いの歴史を語りあうだろう〉。「一本の樹」と「陶片」の共通項が浮き彫りになる。陶器も詩人もまた、等しい宿命を負う〈ふたり〉と言うべき存在ではなかったか。

ところが、〈いつか　あるじが土塊に還っても／朽ちない月日を／果てもなくまどろみつづける〉と詩篇は閉じられる。つまり、陶器は割れてなお大地に横たわりながら、主人が土に還ってもなお、微睡みつづけているという。主人の代わりに永遠の存在を生きる、美しい情景が夢見られている。しかし、そうだろうか。頑強な岩がいつかは砕け、石塊となり、小石となり、砂となるように、陶器もまた細かな粒子へと溶け、土に還るのではなかったか。その果てしない時間をひとも陶器も知ることはない。つまり、陶器もいずれまた、滅びてなお行くところがあるのではないか、主人の心のもとへと。

引き継がれる生命の交響
――伊藤啓子詩集『ユズリハの時間』

伊藤啓子《いとうけいこ》（1956年鶴岡市生まれ、山形市在住）の新作詩や新詩集が出ると、ほぼいつも最初に交わされる台詞が「うまいね」である。それはまず真っ先に技法に触れているように思われるが、しかし、どのようにうまいのであろうか？　すぐに了解されることは、書法に無駄がないことである。主語や修飾語を排してフレーズを構築し、行立てと連の構築に工夫を凝らすスタイルは当然のこととしても、とりわけ巧みであるのは、語法 diction の妙にあるように思われる。比喩や寓意がそれゆえ際立ち、張り詰めた緊迫感が文体に漲っている。

新たな詩集が第五詩集『ユズリハの時間』（装丁・冬澤未都彦　2019.9）として九年ぶりに刊行された。共著を含めれば六冊目の詩集である。三十篇の詩が収録されており、自らの身辺に起こった事柄を現在から丁寧に照射する持ち前のスタイルが、この詩集でも遺憾なく発揮されている。物語に見せかけたかのような日常、あるいは日常に見せかけたかのような物語性は、読み手を詩世界へと引きずり込んでゆく。登場する人物がほとんど女性であり、女性が主役であることも伊藤啓子ワールドにおける特徴的な顕れである。詩編「白鷺温泉」には〈ででぽっぽうやカナカナの音が聴こえ／わたしたちは耳を澄ませて／夕暮れまで過ごす〉とあり、ここには男が潜んでいるように思われるが――。

わたしたちの秘密

スキップができないんだと
わかちゃんが言った
後ろをだれも歩いていないのを確かめると
パカッパカッ
やってみせたが
仔馬が跳ねているようにしか見えない
ひとにしゃべったらころすよっ、と凄まれたが
笑いころげるしかなかった

日本海に浮かぶ佐渡島を見ながら
かなづちなんだと言ったら
わかちゃんの目が丸くなった
こんなに海の近くにいて
それはないだろうと自分でも思っていたが
中耳炎でプール授業を見学する夏が続き
かなづちのままになってしまった

わかちゃんもわたしも
運動神経抜群だった
だからこそふたりだけの秘密だった
海岸通りを毎日いっしょに歩き
夕陽が落ちるまでおしゃべりをした
スキップができなくとも游げなくとも
高校に行けるし
人生を歩いていけるさと思っていた

夕べからの雨があがり
濡れた樹木が寝起きの目にまぶしい
スキップしたくなるような気持ちの良い朝
遠くの街にいる友だちを思い出した
わかちゃんはこういうとき
スキップしたくなるようなとは
絶対言わないだろうな
スキップができなくとも游げなくとも
わたしたちは
支障なく人生を歩いてきた

でもプールサイドで
ぐずぐず見学しているようなところが
今も　わたしにはある

詩編「わたしたちの秘密」は、過去の秘密を掘り起こしながら内省を拓いている。どちらも運動神経抜群なのに、どういうわけかスキップができないわかちゃんと、かなづちの〈わたし〉。ひとに知られることは屈辱であり、アイデンティティーの喪失を引き起こすほどの秘密である。コンプレックスは誰もが抱えているが、秘密を分け合った者同士こそは盟友となるのであろう。〈海岸通りを毎日いっしょに歩き／夕陽が落ちるまでおしゃべりをした〉などという想い出があるのは、その証左である。

コンプレックスを抱えても生きていけるのは、同類である友の存在ゆえにである。たとえば、ある日、〈わたし〉の人生に〈スキップしたくなるような気持ちの良い朝〉が訪れる。そして、わかちゃんの気持ちを思い計る、心優しい存在がここにいる。

長い人生の半ばで、思うことがあるという。〈スキップができなくとも／わたしたちは／支障なく人生を歩いてきた〉と。そうであったか。短所を矯正する努力をするよりは、長所を伸張する努力をしたほうがいい。わかちゃんも〈わたし〉も、自分の長所を存分に伸ばして生きてきたのではなかったか。

詩編は最終連へと収束する。〈でも〉と詩人は呟く――〈プールサイドで／ぐずぐず見学しているようなところが／今も　わたしにはある〉。落語の落ちのように決まっている。この最終連によってそれまでの連すべてが振り返られ、過去を照射し将来へと放たれる現在の内観が余韻となって豊かに響いている。

妖怪待ち

厚着ばかりしているから肩が凝る
夏が待ち遠しい
早く木綿のワンピース一枚で過ごしたい

家の前にユズリハの木を植えた時
あなたがおばあさんになる頃大木になるでしょうと
母が言った

まだはたちだったから
おばあさんになどなるものかと思っていた
ちゃんとなるものである
昨年の夏
ワンピースからはみ出した手足が
どこか見覚えがあって懐かしい
と思ったら
祖母や大伯母たちの
痩せた手足に似てきているのだった

子どもの時分
年かさの大伯母が怖かった
角度によって
ひゅるひゅる荒い息をする妖怪に見えた
こっちにおいで
枯れ木のような手が近づくと後じさりしたものだ
妖怪とは血が繋がっている
いつかわたしも立派な妖怪になる

風の強い日には
大木に育ったユズリハの枝々が揺れる
しゃがれ声が混じったように聞こえてくる
ほら　あのこだよ
あんなふうになっているよ
大家族の末っ子は得だ
いつまでも女の子でいられる

今年の夏も白いワンピースを着て
縁側に足投げ出して
ユズリハを見上げるんだ

ユズリハは、葉や樹皮に有毒物質（ダフニマクリン、ユズリン）が含まれており、家畜が食べると立てなくなったり食欲不振や心臓麻痺を引き起こすという、高さ四〜十メートルほどの常緑高木。しかしながら、この木は庭木としても植えられ、葉は正月飾りに用いられたりして、記念樹として植栽する縁起物である。葉の入れ替えは6月〜7月にかけて行われ、新芽が展開すると古い葉が一斉に落ちる。つまり、新葉が揃うまでは古葉が落ちない性質を、円滑な家系の引継ぎに見立てている。

巻末に置かれた詩篇「妖怪待ち」は、そのタイトルからしておどろおどろした内容かな、と一瞬思う。しかし、内容はその反対。祖母や大伯母たちの祖先から引き継がれた生を譲ってもらったかのような「私」の生への愛おしみが詠われている。ユズリハの時間とは、受け継がれる生命の時間である。

伊藤啓子の詩群に特徴的であるのは、時制 tense の使用の巧みさである。体系化された日本語の文法が見当たらないのは祖国日本に住む日本人の不幸であるが、今や小学校でも必修化された英語が言語の本質を投射してくれる。現在時制 present tense が現在だけでなく未来の事象などをも表し、過去時制 past tense が現在の仮定や不変の真理などをも表し、未来時制 future tense が単純未来 simple futurity と意志未来 volitional futurity などを包含しうることなど、英文法の知見に学ぶことは多い。とりわけ、過去の出来事を現にいまここにあるように表出する歴史的現在 historical present の多用は、伊藤啓子の特徴的なスタイルである。

詩篇「妖怪待ち」では時制が頻繁に入れ替わる。第1連が現在時制、第2連が過去時制、第3連で過去時制から現在時制へ移り、過去時制から〈祖母や大伯母たちの／痩せた手足に似てきているのだった〉という現在完了時制 present perfect tense へと移行する。この移行はすこぶる印象的である。いまや見る自らの手足がかつての祖母や伯母たちの痩せた手足なのだという認識は、たどり着いた己れの現在の了解なのである。

第4連は過去時制から起こされ、〈こっちにおいで〉ではお化け屋敷での冷や汗が蘇り、一瞬ひるむ。中間話法 intermediate narration の技法である。かつて〈荒い息をする妖怪に見えた〉女たちが口にした台詞が、今まさに現前している。そして、過去時制へと移行し、最後の〈妖怪とは血が繋がっている／いつかわたしも立派な妖怪になる〉は、現在時制による究極の真理へとたどり着いている。

第5連では、かつての妖怪たちの〈しゃがれ声〉が今まさに聞こえており、その具体的な内容が台詞となって際だっている。そして、最終連の〈今年の夏も白いワンピースを着て／縁側に足投げ出して／ユズリハを見上げるんだ〉の現在時制が、現在依って立つ自己の心境をさりげなく力強く放り込む。野球に喩えれば魔球であり、バッターボックスに立つ者は誰もこの決め球を打ち返すことはできまい。

「ある時間」を創造してゆく
――佐々木悠二詩集『詩的生活のすすめ』

山形市に在住する詩人・佐々木悠二《ささきゆうじ》(1943年旧満州生まれ)は、《歩み出ること、進みゆくこと》が日常における新たな慄きであることを詩集ごとに題材を代えて示してきた詩人である。詩集『詩的生活のすすめ』(2014.9)は全六十五篇を三章に編み、巻頭詩「今日も散歩」は〈何の目的も持たずに家を出る/未来のことは考えない〉と開かれる。簡明で屹然とした文体は、この詩集でも健在である。家を出ること自体が大事であり、外へ出かける存在こそが自己なのだ。

失踪者

散歩者の究極は
景色の中に入り込むことである
景色の一部に成りすましてしまう
縦に伸びる木々にあやかって
背筋を伸ばして歩くと

木陰の鳥たちも気づかない
ノラ猫たちも仲間と思い込む
休日か体調が良好のときは
完全に無の境地になって
風の音も、大気の香りも
木々のざわめきも一緒になって
自然のシンフォニーを奏でる
こんなときだ
永遠というものがあるとすれば
散歩者は禁断の入り口に忍び込み
ある日突如として姿をくらます
彼の消息は風から知るしかない

現在からの失踪が新たな現在を呼びこんでいる。すると、景色もまた新たなアプローチで眺められることになる。外界と視ていたものが自らの内側へと取り込まれ、むしろ自己が景色の一部と化す。外へ出かけ、景色の中に入り込むとき、新たな相が拓けている。詩篇「失踪者」が象徴的に告げているのは、散歩によって顕現する存在の慄きである。ふとほかの《いまここ》へと現出することの、驚きと愉悦と言い換えてもいい。

詩篇に現れる〈無の境地〉とは、アタラクシアであろう。人間の真の楽しみは、結婚することを避け子どもをつくらず、「lathe biosas 隠れて生きよ」という指針によって生きるときに得られる、とエピクロスは考えた。熱情がもてはやされ狂騒が渦巻く現代には、逆説的な思想と言える。自然が奏でるシンフォニーは、忙しく目の前しか見えていない現代人には聴こえることはないであろう。永遠もまた見えることはないはずだ。

禁断の入り口であるという。〈ある日突如として姿をくらます〉――そんなふうに生き終えれば、幸福と言えるだろう。しかるに、煩悩に悩むこの人生である。とはいえ、詩人は次のような警句を詩篇「歩きたくなくなったら」で放っている――〈早く自分の人生を諦めてみることも必要だ／すると美しく生きられるようになる〉。おだやかな諦念こそは人生に必要であり、それは散歩から生まれてくる。つまり、あれこれ思い悩むことは得策ではない。

ラウンド・ミッドナイト

街にはコンボジャズが似合う
誰もいない街並に
テナーサックスが流れること自体
奇跡というものだ
ジャズだけしか
この街を修復することができないのさ
誰も人影のない街に帰ってきはしない
雨が降り時折タクシーを利用しても
しょせんこの街を愛する人は少人数の

この街の住人だけだから
ミュージシャンが他人の故郷を想う
俺たちは自分のことしか想わない
明日の暮らしさえできればいいなんて
産みっぱなしでこの街を見捨てたくせに
言葉を発する代わりに
テナーサックスが吠えピアノが語る
闇夜に雄弁に
「今よりいいことなんて」無いからさ

ジャズミュージシャンへの応援讃歌でもある。セロニアス・モンクが創った不朽の名曲 *Round Midnight* はマイルス・デイヴィスのミュートソロの演奏がすぐに思い起こされる。モンクとの喧嘩セッションは有名であるが、マイルスは名曲には一目置くアーティストである。最終コードこそメイジャー（長調）で終止するが、この曲の構成もムードはマイナー（短調）である。闇夜に響くサックスの音は、もの哀しくせつないであろう。〈ジャズだけしか／この街を修復することができない〉――そうであったか。いましかない深夜に息づくジャズの音色は、生きていることを証してくれる。ジャズの即興演奏が伝えるのは、常に《いまここ》にあることとの生命の息吹である。

一方、次の詩篇は一般大衆を描いていて、日々の暮らしの問題を提起している。夕方であろうか。しかし、この時刻もなぜか闇夜のうちにあるように思われる。

信号機

信号がこっそりと赤になった
突き当たりにひっそりと我が家
信号の下を無口な人が通る
自分に不満な中学生が通る
失業中の父を持つＯＬが通る
ＤＶの母親が信号待ちだ
一様に何かに耐えている
優しさが通じない世の中の何かに
信号が変わった
意を決したように歩き始める
壊れそうな世の中を必死に支える
景色が愛しく見えた

散歩の帰り道なのかもしれない。我が家に帰らねばならぬのだ。散歩の帰りには内省が奔流のように押し寄せてくる。この世の中は悩みを抱えた人々であふれているのだ。多くの人々がなす術なく耐えて暮らしているように思われる。

信号が変わる。オセロゲームのように、黒が白に反転すればいい。しかし、赤が青に変わっただけである。それでも、意を決して歩み始める。立ち止まることが不可能であるこの時代、歩いていかねばならない人生である。とはいえ、どこへ歩いて行くのか？　街にはさみしい人々の背を支えている景色がある。それにしても、何たることであろうか。景色だけが愛しいとは。

しかしこの星は今瀕死の状態だ
海が荒れ空気が熱く空の天井に穴が開き
容赦なく招かれざる外敵が襲ってくる
おまけにここの住民どもはいがみ合って
ののしり中傷冒涜と浪費陰謀に明け暮れ
気がついたら放射汚染の海の中だ

（詩篇「宇宙の小人たち」より）

詩篇「宇宙の小人たち」では、視線は外界へと向けられる。進展とは言葉の矛盾であって、ほんとうは私たちは後退しているのではないか。つまり、技術革新によって高度に体系化された文明とは妄想ではないのか。

自然は景観の比率を守って
決して自ら破綻させることはない
もしこの黄金比率を破るとすれば
それは人間たちだ

（詩篇「自然の比率」より）

文明はすべて滅びる。今ある世界文明は人類の最後の文明であるとも言われている。地球規模にまで及んだ文明であり、これが滅びたあとの世界はもはやないからである。詩篇「聴こえる」は〈一日のうちで／何もしない時間をつくることが必要だ〉と始まる。つまり、「すること」ではなく「あること」によって充足する存在が志向されている。慌ただしく日常を過ごす現代人は耳を貸すべきである。パソコン遠隔操作、ネットバンキング不正引き出し、3Dプリンターによる拳銃コピーなど、することによる奇怪な犯行が横行している一方、何もしない時間をつくることは社会的にも人道的にもきわめて意義深いと言える。コロナ禍が伝えるのは、その一事である。

目的を持たない散歩は、消極的な営みなどではなく積極的な営みである。それは内省が創成される営みである。詩集のタイトルがすでにそれを告げている。つまり、外的な力を生むのではなく内面的な自律をもたらすこと。いま見上げている空はかつてあった空とは異なり、そして二度とはありえない空である。

空を見ているとドラマのシーンが浮かんでくる
モントレーへ母を訪ねて行くジミーの
貨物列車の屋根の上に広がる空
海と空が一緒のようなニース海岸の
太陽がいっぱいの空
ナチ親衛隊が監視するトラップ一家の
演奏合唱会とエーデルワイスの空
二十四の瞳が見つめる瀬戸内の空
啄木がサボって仰いだ盛岡城の空
皆同じ空だが違う

何もしたくない日は
何も考えないで空を見上げることだ
（詩篇「空」より）

山崎正和は『世界文明史の試み　神話と舞踊』（2011.12）のなかで、「世界開豁」にある「する」身体と「世界洞窟」にある「ある」身体という概念を創出している。前者は開かれた世界に向かって冒険的に働きかけ、後者は閉じられた世界のなかで身を慎んで生きる。前者は外的な力を生むのに対し、後者は内面的な自律をもたらす。「ある」身体は神話・舞踊・言語の起源であり、現在のうちに完結する藝術の意義がそこに秘められている。すなわち、「する身体」による暴走を抑制し、「ある身体」による現在の充実をもくろむこと。すなわち、いまここにある時間をゆるやかにそしてしなやかに創造してゆくこと。詩的生活のすすめとは、そのことである。

自然との共生の暮らし
――奥山美代子詩集『曼陀羅の月』

詩集『曼陀羅の月』(2013.5)は、1953年9月15日に福島県郡山市に生まれ、嫁ぎ来て山形県村山市に住む奥山美代子《おくやまみよこ》の第一詩集。五十一篇の詩を収めている。曼陀羅とは、悟りの世界を象徴するものとして、諸仏・菩薩および神々を網羅して描いた図。そして月は、ぬくもりとやさしさの象徴。月に関わる詩篇が多いのは、月が持つ不思議な力に痛んだ心が癒やされたらいいと願う気持ちの反映である。日々、諸事に言寄せ、月を見上げる。内省が生まれるのは、それからである。もっとも穏やかな時間が、潤いある思いを流してくれるからだ。そして、母、父、祖母、姉、夫などに寄せる思いは、深い気遣いにあふれている。

一方、日常の一見何気ないような光景を取り上げて結実した佳品も多い。とりわけ肩の力を抜いてスケッチ風に描いたような作品は滋味深い。小篇のなかにスケールの大きい世界が組み込まれていたりして、驚かせもする。

夕立

八月が
「ゴクン」と
コップ一杯の水を
一気に飲み干し
健康な喉もとを
潤すと

たくさんの緑が
一斉に
立ち上がって
大きく深呼吸した

夕立が通り過ぎた後の
遠景の
爽やかさ

北国とはいえ、山形県はかつて日本の最高気温の記録(40.8)を保持していた県である。海沿いの地域とは異なり、昼夜の温度差の大きい盆地は暑さもひとしおであり、コップ一杯の水が喉元を通る爽やかさは格別である。生きる力がリセットされるはずだ。

詩篇「夕立」は、夕立が通り過ぎた光景を描いている。一瞬にして大量の雨をもたらす夕立は、炎暑の熱でヒートアップした大地を癒してくれよう。そんな恵みの雨を飲みこんだのは、遠くの山であり、近くの丘陵でもあり、歩道や庭の草木などでもあろう。擬人化が詩の世界を豊かにしている。草木は待ちかねた雨を立ち上がるように受けて、深呼吸をするのだ。

そしてまた、擬人化の技法のレベルを詩人は、さらにアップさせている。擬人化されているのは、山や草木などの具象だけでなく、八月という季節である。意表を突いていて、斬新な着眼である。つまり、抽象的な時間概念が擬人化されているのだ。コップ一杯の水を飲み干したのは、山や草木というよりは、むしろ八月である。八月が一瞬の夕立をまるでコップ一杯の水を飲むように飲み干したのだ。さわやかな認識が一幅の絵画と化している。健康な喉元が八月にもあったとは！

大寒

ドアを開ければ
そこは
白一色の世界

一月を
すっぽりと飲み込んだ
冷凍庫ひとつ

凍り付いた風景に
止まった時間

あなたがそこから
一枚の額を外そうと
力任せに手をかざせば
バリバリと音を立てて
壊れていく一日

一転して、厳寒の冬である。村山市の冬も厳しい。海岸沿いとは異なり、盆地では風はさほど強くはないが、それゆえ凍りついたような冷感が身体の芯に沁み込んでくる。詩篇「大寒」でもまた、比喩が冴えている。戸を開ければ、外は白一色に染まった世界、つまり巨大な冷凍庫のなかにいるのだ。冷凍庫は山や家を飲み込んでいるだけではない。一月という季節をすっぽりと飲み込んでいる。つまり、人々の暮らしがこのなかに閉じ込められ、息づいている。

白銀の世界は美しい光景かもしれない。南国の人々は雪景色に感嘆し、「地吹雪体験ツアー」などに興じたりもする。しかし、美しい光景は、鑑賞用の絵画として持ち帰ることはできない。額縁はしっかりと風景に凍りついていて、春まで溶けない。冷蔵庫の内側に張り付いた霜を取ろうと悪戦苦闘し、金具で剝ぎ取ろうとしても剝がれず、無理をして指を怪我してしまった経験は、誰にもあるだろう。しかし、詩篇はさらにリアルな事象へと迫ってゆく。空間だけでなく時間が、つまり一月が凍りついて止まっているのだ。

近年、除雪車が活躍して、道路わきに巨大な雪の壁などを作ったりしている。しかしひと昔前、人々は雪女などの話をしながら冬を豊かに過ごしたものだ。逆らうことなく共生することの大事が、簡明に詠われている。

初心を生きる風
――伊藤志郎詩集『あなたに』

伊藤志郎《いとうしろう》は１９５３年に山形県酒田市に生まれ、酒田東高校に入学し山形大学に進学するが、この間における十六歳から二十一歳までに書いた詩のなかから五十七篇を、詩集『春の日』(1974)に収録している。「あとがき」には〈本気で絵の勉強をしようと思った時期もあった〉とあり、文藝を志向する気概によって青春期を生きたことがわかる。苦悩と歓喜が青春の只中に放り込まれてあがく魂の動揺は、どの頁からも感得することができる。孤独は内省を育み、慟哭は詠嘆へと移りゆく。その不可思議な心の軌跡は、天上のミューズに見守られている。すなわち、感傷と苦悶が詩行へと転位する変容に自ら知る由もない救済があり、そこに詩人が誕生している。この第一詩集がモニュメンタルな結実であることは、〈これらの原稿を渡しおえたら、ぼくは死んでもいい〉などという言説からも窺うことができる。

ひとは初心によって一生を生きる。しかるに、伊藤志郎は小学校の教員となる。山形大学教育学部中学校課程美術科を１９７７年に卒業し、１９８０年に酒田市の小学校に勤務することになる。この間にも詩集は発行されている。『近くて遠いもの』(1990)、『よい子のたより　道徳教育　私の心のかけら』(1992.2)、『あなたらしいあなたへ』(1999.8)。これら手造りによって刊行された詩集は、詩や絵画のみに傾倒する者としてではなく、責任ある社会人として、〈ひとりの教師として、ひとりの父親として、それだけで精いっぱいの日々〉（詩集『近くて遠いもの』「あとがき」）を生きた結実を示している。夢想と激動の青春を生きた証の記録である第一詩集から一転し、他者へ思いを寄せるスタンスへと文体は移っている。勤務校の児童や我が子に寄せる詩篇が多いのは、そのせいである。

伊藤志郎は、酒田市立南遊佐小学校校長や酒田市立八幡小学校校長などを務め、２０１４年の定年退職を機にまとめあげられた第五詩集『あなたに』（2015.1）は、手造りの三冊の詩集で沸き起こっていた、他者へと思いを寄せる詩想の継続的発展的な結実を示している。

詩集名からも推し量ることができるように、主に二人称として他者に語りかける手法を取っており、亡き父、亡き母、息子、娘、弟、妻などに寄せるオマージュが組曲のように構成されている。難解な要素はなく平易であり、実直で純粋な思いがどの頁からも伝わってくる。ある種の相聞歌のような世界が繰り広げられており、読み手という第三者が入りこむ隙間はないほどに一人称と二人称とで世界が閉ざされているきらいもある。とはいえ、両者の間にラブレターのように授受される切実で心温まるメッセージには、いたわりに満ちた思いやりの念を確かに感得することができる。総じて、表現を飾らない率直な思いが滲み出ており、その素朴で純粋な心情の表出は貴重である。伸びやかで向日性豊かな世界が構築され、近年稀にみる愛情詩集として結実しているからである。

他者へと思いを寄せるコンセプトに貫かれている詩集の、最終の二篇へと流れ込む構成は集中の白眉である。近親者への思いから一転し、〈いのち〉に寄せるという意表を突いて、普遍的な生命存在のありようへ内省を注ぎ込んでいるからだ。全十三連の長詩「あなたに（いのち）」において、相聞の対象は命である。

秋になって

急にさみしくなるのは
——そこに　心を残して
去ってゆくものがあるからです
見てごらん
　空を渡っていく鳥の群れを

　この第1連を独立させ、詩人は絵を描き、刊行記念ポストカードを製作している。絵は「バイオリンを抱く少年」と題されている。バイオリンは奏でられるものとして、少年に抱えられ、楽音はすでに少年の心のうちに鳴り響いている。ともに充足しているのは、淋しさを超えた境地にあるからだろう。青と橙と黄の補色が際立つ明快な色使いにより、ある種の心地良いメルヘンが描き出されている。
　心を残して去ってゆくものがあるという。空をゆく鳥の群れである。しかし、鳥の群れは暗喩であり、去りゆくものが残しゆくのは自らが共鳴する心なのだ。消え去らず共鳴するものとしていまここにあるのは、心が生成されている源、すなわち命である。

秋になって
急にさみしくなるのは
——そこに　実りを終えて
閉じてゆくものがあるからです
見てごらん
林檎の木や柿の木の裸になった姿を

この第2連は第1連のフォーマットを継承している。秋になってさみしくなるのは次に、実りを終えて閉じゆくものがあるからだ。つまり、林檎の木や柿の木に閉じゆく存在の姿を感得している。果実はもぎ取られ、裸木になった姿である。しかしながら、ここにもまた消え去らず共鳴するものがある。それは木の命である。第2連もまた、「フクジュソウと子どもたち」と題されて絵とともに、ポストカードとして製作されている。

この絵もまた、黄と橙があたたかい。肩を組んだふたりの少年少女は、福寿草を見守り、福寿草に見守られ、ひとつの存在のように同化し、顔かたちも表情も瓜二つとなって微笑ましい。重なり合い溶け合う衣服の黄色は、福寿草の色から映し返され、心の色となって顕れている。

秋になって
急にさみしくなるのは
——そこに　命を点し
最後の彩《いろどり》を
添えようとするものがあるからです
見てごらん
川辺のヨシ原や海辺の草紅葉《くさもみじ》の原を

この第3連もまた、リフレインによって詩行が心地良く響き渡る。秋は冬へと向かう季節。言わば四季の最後へと辿る季節。葭や紅葉は幻のように、観る者の心に映じゆく。ここにある生命は、最後の彩りを現出しようとする気概に満ちた存在であり、それはそのまま己が志向する信念の形象である。秋は急にさみしくなるという。淋しさは情感の潤いある証。憂鬱こそが哲学を生んだように、淋しさは詩情を生んでゆく。命あっての淋しさという感得は、かつての若き自己が人生の哀切を学んだことを示している。

絵画と詩への志向は伊藤志郎の初心であった。ひとはやはり、初心で一生を生きるのだ。二枚のポストカードが象徴的にそれを告げている。そして、詩人への道程を歩んだ履歴を、次の巻末詩篇が示している。

一粒の砂になって

一粒の砂になって
海を見つめる
やがて
夕暮れがおとずれる
森羅万象のなかに
存在がうずまる

内観が六行詩へと結晶し、組曲のコーダのような働きをして、詩集が完結している。〈昭和49年5月〉という製作年月が記されたこの作品では、円環を閉じるようにこれまでの志向が初心へと回帰している。第一詩集及び第二詩集にも収録されていた詩篇であり、若き青春の自画像がもう一度あぶりだされ、提示されているからだ。

存在とは常に謎である。いまここにあること、これ以外の謎はほかにはない。自己が一粒の砂であるという暗喩から内省は掘り起こされ、海に対峙しているのが自己であり砂であるような複眼的思考が醸成されることとなった。海を見る眼差しは穏やかに変容している。人生の修羅場をくぐった詩人の眼に映っているのは、過ぎし日々であり、将にやって来る日々であろう。獲得しえたのは、広い世界を見渡しうる余裕のある視座であった。

存在が埋まる。それはむろん砂であり、砂であるような自己である。この宇宙の片隅にあって、自己は数多くの砂の群れのたった一粒である。しかし、観照はここから沸き起こる。小さきものが大きなものを見つめゆく。それがすなわち、観照の内実である。世界はいまここにこうしてある。すなわち、自己が森羅万象のたったひとつの事象としてここにある。

やがて夕暮れが訪れる。それもまた、謎ではなかったか。いっさいの物理的現象が解明されたあとでさえ、それは何ゆえであるのか、という問いに答えうる解答は見当たらないからだ。そしてむろん、森羅万象とはそもそも何ゆえにあったのか？

海辺にうずまる存在は海へ駆け抜ける風となることを、詩人は願っている。『近くて遠いもの』に収録されている詩篇「風の街」（昭和55年6月作）がすでにそれを証していた。

風の街

海があることは
窓があることに似ている
はるか頭上

風は
海へかけぬけて
風の余韻が
　街を洗う

海は風が渡るための宇宙の窓。祈りのうちで、微小なる存在が極大なる空間へと飛翔してゆく。詩人の眼には若き日の海の夕焼けが今でも焼きついているはずだ。それは郷里である日本海の酒田の海の夕焼けであり、記憶のなかに育まれた幻映としての夕焼けである。それは画家と詩人を志した者が己が心のスクリーンに見る幻である。

方言が語る生きた証
――ひらのはるこ詩集『雪の地図』

手触りのよい凹凸のある薄グレーの和紙の中央に、墨絵のタッチで雪景色が淡く描かれている。粉雪が舞うなか、こちらを見ている動物がいる。眼だけが黒く浮かび上がり、驚いたようにも見つめ返しているようにも見える。その視線を振り切ることができない。うさぎであろうか。眼差しが愛らしい。人とは交われない生き物が、こうして人里離れた雪野原で、何かを伝えたがっている。一瞬のありようを捉えた墨絵である。

絵の上方には明朝体で「方言詩集」「ひらのはるこ」と横書きで記され、その間に朱で墨書されている「雪の地図」の字体が味わい深い。「雪」の文字は泣いているようにも舞っているようにも見え、「の」は一転して四分の一ほどに小さく記され、「地」はそれより二倍ほどに膨らみ、「図」は「雪」と同じ大きさに回復し、四角の枠が確固として屹立している。地図へと縮約される世界の創成が目されているように思われる。生命の息吹から起こった世界が描かれ、かけがえのない鼓動がひそやかにしかし確かに、大地に鳴動している。田中勇次郎によるこのカバーアートが伝える一事は、生き物が生きてゆくことの大事である。

ハードカバーの表紙を開けると、CDが挟み込まれており、表面にこんどは別の生き物が描かれている。

キツネのようである。胴体と同じほどの大きさの尻尾が、世界地図に何かを描こうとしているのか、遊び心がほほえましい。再生させると、〈ゆきのちず　ろうどく　ひらのはるこ〉というしっかりした声音が飛び込んでくる。〈やぶれかぶれの俺〉と巻頭詩篇のタイトルが読みあげられると、〈母《かが》さば見舞て／日暮になたずハー〉とすぐに方言のアクセントに変わる。波の音のように寄せる激しい風の音が聞こえてくる。やぶれかぶれだという。〈婆婆あ一面《えづめん》の／荒びた風《かじえ》吹ぐ川だジャ〉と呟きながら風に対抗し、〈俺《おら》〉は威勢がよい。母もまた、〈構わねで呉《け》ろ／吾《わり》あなんにも怖《おかね》ぐねぇ／吾《わり》なあんにも有り難《がで》ぐねぇ〉などと、床に伏しても気丈夫である。どんな経緯があったのかは語られていない。しかし、〈母《かが》さあ何にも許すてねなだ〉という述懐からは、のっぴきならぬ過去が母と娘にもあったことが仄めかされている。ともあれ、母を見舞い、風に向かって自転車を漕ぐ〈俺〉もまた、まぎれもなく抗うひとであり、いまこの雪国の地図上の一点を生きる存在者である。

平野晴子（旧姓・佐竹晴子）は、１９４２年に山形県東置賜郡に生まれ、西村山郡左沢町（現大江町）に転居して小学校時代を送り、高校を２年で中退し愛知県に転居し、愛知県の高校を卒業している。１９６９年に結婚し、平野姓となっている。詩集『愛情乞食』（１９９１年）に次ぐ第二詩集『雪の地図』（２００１年／まい・ぶっく出版）は、詩人が暮らした土地の方言を用いて二十一篇を収め、故郷への思い入れが根強い。とりわけ、母と祖母の想い出はその核であり、祖母―母―娘とつながる血と生命の主題が色濃く顕れている。血縁が暮らしの核を構成しており、親子の関係性における配慮・気遣いが生きてきた証であることを、この詩集は伝えている。

詩集『雪の地図』が胸を打つのは、ひとつには方言による朗読詩集であることによる。言の葉によって繰り出される思念は、魂の奥から送り出されてくる。共通語へと翻訳されずに思いは繰り出されてくるのだ。つまり、洗練された標準語ではなく、汗と泥にまみれた生活の言葉により、自らの声で朗読する。

その発話する営為がひとつの作品であり、その作品群が一個の存在を詩人に仕立てている。そして、詩人は言葉を繰り出す巫女のような存在と化している。

第2作「声さ出すて発言《しゃべ》て呉《け》ろ」でもまた、聴き慣れぬ方言がおだやかな音楽のようにきこえてくる。しかし、楽音は日々の暮らしの悲哀を伝えており、哀しい。〈痛えがえ？　聞ぐつうど／痛ぐなぁえ〉と返答する母である。枕元には食べたいときには食べることのできなかった果物が用意されている。〈ずわわ　ずわわ唾液《したげ》が責《しぇ》めぎあいすて／呑み込《ご》むメロンのひと滴《すずく》〉――方言は魂の奥から送られてくる一方、暮らしのなかから立ち上がり、状況をありのままに浮き彫りにするトゥールとなっている。そして、その両面性によって素の思いと素の言葉が迫真的な一事を露わにする。

苦しみの多かった過去である。そして、闘ったゆえに、少しばかり救われている詩人がいる。過ぎ去ってみれば、過去は懐かしい。狂おしい過去でさえ、振り返ってみれば愛おしい。克服しようと抗った気概が自己を奮い立たせていたのだ。聴き手にさえなつかしく郷愁を感じさせるような音楽のありようは、最後の詩篇まで調子を変えない。ところどころ意味が不明である。しかし、気にはならない。気になるはずがない。飾りのほとんどない荘重な音楽と化しているからだ。楽音は言葉の意味を超えている。不明な言葉のその内容は、むしろ推測される余地を残し、余韻を奏でている。

デジタル、ハイテク、ＡＩによる乾いた現代であればあるほど、曖昧でふくよかなアナログの世界には心やすらぐ。なぜであろう。１か０か〇か×かの世界ではじかれてゆくのは、遊び心であり、ひいては想像力である。難解で深い内容を毛嫌いする風潮にあって、曖昧さは敬遠されるであろう。しかし１００％理解できるものは二度と触れる必要はないのではないか。それは触れなくとももともと知悉していた内容であった可能性がある。むしろ、三割ほど未知の部分があるほうが、対象に近づきたいという思いに駆られる。未到の溝があり、空想と想像の働きが喚起されるからだ。

方言は全国各地にいくつも点在している。土地それぞれにあるはずであり、それはかなりの数にのぼるであろう。この詩集に現れている方言が表わしている意味は、地元の者でないかぎり正確には把握できない。しかし、理解するとは、理解していなかったことを了解する営為である。理解を超える感動といったものがある。いや、感動はそもそも理解を超えているはずだ。見知らぬ土地で見知らぬ人間に出会うように、見知らぬ言の葉を耳にする。それは胸躍る遭遇であり、生きていることの新たな発見へとつながってゆく。つまり、方言とはひとがまぎれもなく生きていることを証明するひとつのトゥールであったのだ。真実を語るとき人々は地の言葉を使うという。「地」とは土地であり、「血」でもある。生命とは血縁によってリレーされる当のものであり、言葉はそれによって培われてきたものであるからだ。胸に押し寄せる言葉は、繰り返し強調すれば、標準語ではない。自らが生きた家と地における方言である。

CDからときおり聞こえてくる風の音は、鳴っていないときでも、聞こえてくるようにも思われる。雪の深い季節であり、雪女が出てくる山里である。この世界では、常に木枯らしが吹いているのだ。母が暮らしたのはそのような土地である。そして、そこで精いっぱい生きたことが伝わってくる。

回想は詩集の詩篇を自由に駆け巡り、第8作「鳥追い唄《うだ》」では祖母へと思いが巡る。

鳥追い唄《うだ》

ホッツサホーホ　ホッツサホーホ
稲穂ば撫じえ撫じえ
風《かじえ》が鳥追い唄《うだ》歌《うだ》てるころだケ
とうとう祖母《ばん》ちゃ動げなぐなてハー

黄金《おおごん》雑炊持《た》がてお母《か》ちゃ看護《あづがえ》さ行ぐ
鍋コば袖で隠ぐすて　本家《ほんけ》さでがげる
　嬶《かが》さの処《どご》さ　行って来っがらナ
俺《お》ら食だえな我慢すて
知ゃね振りすてんなだケ
祖母《ばん》ちゃあ七《すず》人の子供産《おぼこな》すた
　仕方《すかた》ねぐ産すたなだべハー
子供産《おぼこな》す終わっと八《はっ》人の内孫《うづまご》ば背負《おぶ》たなだど
孫の子守も要《え》らねぐなっころ
祖母《ばん》ちゃ弱《がお》てすまてハー
暗《くれ》え仏間がら出られねようになてすまたナ
お母《か》ちゃど枕元《まぐらもど》さ座てだどぎだチャ
大《おっ》きぐ眼《まなぐ》ばあげで
かあっと天井ば睨んでナ
最後の戸締《とず》まりするみだえに眼《まなぐ》ば閉《す》ぐてった
まだ生暖かえ祖母《ばん》ちゃの手ば
かわりばんこに撫じぇながら
　今度あ良《え》え処《ど》さ行って呉《け》ろチャ
かわりばんこに声かげで
血《っ》や膿みで湿《すめ》った床《とご》の

この世ならぬこの世の底《そこ》の底《そこ》で
後《あど》あ如何《なづえ》でもすて呉《け》ろチャ
祖母《ばん》ちゃあ仰向えだまんま
　ああ　こだえすて別《わが》っちぇ逝《え》ぐなだガシャ
お蚕《ごさま》の桑咬むなば聞ぎ聞ぎ
障子戸《しょうずど》の桟あだりがら出で行《え》ぐなカシャ
　はるこ触れで来て呉《け》ろハー
俺ば追《ぼ》い出すてお母《か》ちゃ
思すま哭えだみだえだ
　ホッツサホーホ
この世のみーんなちゃ告《おし》える
あの世の人ちゃさも告《おし》える
　祖母《ばん》ちゃあ死《す》んだ
　俺家《おらえ》の祖母《ばん》ちゃあ死《す》んで終《す》またハー
みーんな捨《な》げで
鳥《てで》のあどさ追《っ》いでったハー
　ホッツサホーホ　ホッツサホーホ

〈ホッツサホーホ　ホッツサホーホ〉――わらべ唄のような遥かな声がきこえてくる。どこかもの悲しい。
鳥追いとは、田畑を害する鳥を追払う、主に東日本の農村において行われる行事である。小正月に子どもたちが鳥追い唄を歌いながら鳥追棒で鳥を追い払うさまを演じ、田畑を鳥の被害から守ることを祈念して行われる。しかし、この詩では、唄っているのは子どもではない。稲穂を撫でるように吹いている風である。

　外で風が鳥追い唄を唄っているとき、祖母はとうとう動けなくなってしまったという。母が〈黄金雑炊〉（卵黄で閉じた雑炊）を携えて看護をしに本家に出かける。なぜ、鍋を袖で隠すのだろうか。風から守るためか、人目を避けるためか？　いずれにせよ、高価な卵を用い心をこめて作られた雑炊であり、〈俺〉は食べたいのを我慢している。祖母は七人の子を産んだという。〈仕方ねぐ〉というフレーズが哀しい。人間の誕生のありようにあっさり答を下して容赦ない。意志というものが産む本人にはなかった時代である。それもまた哀しい。

　子どもを産み終わるとすぐさま、今度は八人の内孫の世話にかかる。孫の重さは背にしっかりとのしかかっている。孫が成長して子守が必要でなくなったとき、自らの身体は弱り、寝たきりになる。そして、牢獄に閉じ込められたかのように、暗い仏間の部屋から出られなくなる。

　母と枕元で見守っていたある日、一瞬眼を大きく見開いて天井を睨み、そして最後の戸締まりをするように、瞼を閉じたという。生暖かい祖母の手を母とともに代わる代わる撫でながら、〈今度あ良《え》え処《ど》さ行って呉《け》ろチャ〉という掛け声が、哀しく響く。この世は娑婆であり、それが現実であり、それ以外ではなかった。

　寝床は血と膿で湿っているという。この世ならぬこの世の底の底で、この世に別れを告げようとしている祖母がいる。〈後《あど》あ如何《なづえ》でもすて呉《け》ろチャ〉——捨て鉢の覚悟である。嵐の断崖に追いつめられたリア王のように、肝っ玉は開き直っている。

〈ああ　こだえすて別《わが》っちぇ逝《え》ぐなだガシャ〉——蚕が桑の葉噛む音を聴きながら、障子戸の桟あたりから、出て行くのだという。母は娘を追い出して、ひとり号泣する。〈ホッツサホーホ〉——風はなおも鳥追い唄を歌うように吹いている。

外に出た娘は、祖母の死という一事を、この世のすべてのひとに、そしてあの世のすべてのひとに大声で告げたいという。〈祖母《ばん》ちゃあ死《す》んだ／俺家《おらえ》の祖母《ばん》ちゃあ死《す》んで終《す》またハー〉——すべてを投げ捨てて、祖母は鳥のあとについていったという。〈ホッツサ〉とは「あっちへ」の意である。すると、鳥を追い出す唄は、鳥のあとを追う唄でもあったのか。コッチにもはや留まることのできなくなった者への、最後の哀悼である。

人ひとりが生きて死ぬ摂理の裏に見え隠れするのは、その地で過ごした暮らしとその人生の重みである。朗読は、輪唱のように、冒頭の唄に回帰する。〈ホッツサホーホ　ホッツサホーホ〉——穏やかだ。いや、怨念も諦念も鎮まっているのだ。

人も散る里の哀切
――平野晴子詩集『花の散る里』

平野晴子の第五詩集『花の散る里』(2019.3)が刊行された。小野十三郎賞特別賞を受賞した前詩集『黎明のバケツ』(2016.2)の「あとがき」では、〈病を得た夫のことは書きたくなかった。書くまいと思っていた。病名を告げられてから、七年間書けなかった〉と記したが、むしろ書かずにはおれないとも言うべき続編である。認知症の夫の世話をする生活のなかで内省を吐露するスタイルは、変わっていない。しかしながら、胸の内は穏やかさを失い、激怒と憤懣の沸点に達している。

花の散る里

男が
女の
顔を一発殴った

老猫が

すばやく逃げる
ひとを殴りたくなるときは
顔にかぎる

もう一発を逃れ
軒下に丸まって
ドクダミ草を抜いている女
しろい花が萎れていく
薬の臭いを放ちながら

おーいおーい
殴った顔を呼んでいる
振り向くなかれ
応えるなかれ
過ぎ行くまでは

此処は花が咲き
花の散る里
炸裂したものは

花びらの形で散るだろう

詩集は巻頭詩から風雲急を告げている。〈男が／女の／顔を一発殴った〉――衝撃的な出だしである。それでそれから、どうなるのか？　第2連がその状況を鮮烈に描いている――〈老猫が／すばやく逃げる〉。自分だけではない。ひるむ暇はない。老練の猫までもが身の危険を察知してすばやく逃げ去るのだ。第3連もまた、的を射た簡潔さで自己の認識を語る――〈ひとを殴りたくなるときは／顔にかぎる〉。何ということであろうか。慌てふためいてはいるが、状況分析の眼が威嚇するように鋭い。次のシーンはどう展開するのか？

格闘技の荒業を目の当たりにするかのように、観客は思わず演劇的な時空間に囚われる。〈もう一発を逃れ／軒下に丸まって〉為す術がない、ドクダミ草を抜くことぐらいしか。その折にさえ、状況を描写するしたたかな詩人がいる――〈しろい花が萎れていく／薬の臭いを放ちながら〉。

夫は〈男〉、自らは〈女〉と表され、客観的な記述のうちに不合理な騒乱を鎮めようとする。主観は現実に耐えきれないのだ。詩作とはある種の救済であると、書き手は知る由もないであろう。不意を襲う難局を乗り越え、やり過ごしていかねばならぬ日常に放られているからだ。〈おーいおーい／殴った顔を呼んでいる／振り向くなかれ／応えるなかれ／過ぎ行くまでは〉――女はもはや三人称とも言えぬ事物の〈殴った顔〉と言い表される。呼ぶ声に応えるまいと覚悟を据え、ひたすら過ぎ去るのを待つ顔である。

最終連になってやっと現れる叙景がせつない胸のうちを表している――〈此処は花が咲き／花の散る里／炸裂したものは／花びらの形で散るだろう〉。花は咲き、そして散る。心に沁みるメタファーである。状況は炸裂し、紛糾し、混乱している。しかし、その状況もまた花のように散り、鎮まることを祈るように予感する現在に投げ出されている。

里とはこの世。花が散るとは、存在が逝くことのメタファー。しかし、美しく散るとは逆説である。人の一生とはおどろおどろの闇を彷徨う妖夢であるからだ。人生行路に迷い込んだ夫との最後の数年は、予期せず訪れた悲喜劇の実演である。
男の突発的で衝動的な数々の狂乱の所作に喘ぐⅠの章は、具体的な出来事を露わに描いて読み手を驚愕させる。それとは対照的に、Ⅱの章は静観が入り混じっては消える終章となっており、動と静の二章立てが詩集の真価を高めている。

泡

アラームを鳴らし
チャートに摑まって
彷徨っているのか

加湿器の泡が譜を奏で
酸素が
原初の振りで踊っている
海藻がはびこる舌の奥から
淡紅色の泡が咳きあがる

泡よ
何ゆえ泡立ち
入り江の止りで渋いているのか

ひとよ
何ゆえ
人になり
屎尿の床で喘いでいるのか

悪寒に震える指の岬
冷たい太陽に遵い
曳かれていくのか

握り締めているこの手を
何処までも
何処までも遠退いていく

明滅する泡
反響する泡音
しめやかに死が生まれる

Ⅱの章ではことさらに認識の眼が醒めている。加湿器の泡が奏る虚ろな楽音に耳を澄ませるも、詩人はもうひとつの泡を見過ごすわけにはいかない。男の舌には海藻がはびこり、その奥からは淡紅色の泡が咳きあがってくるのだ。

観察の眼を凝らす第4連と内省を吐露する第5連は対になっていて、リフレインとなっているその描写の仕方に目を瞠る。泡が渋いている――人が喘いでいる。すなわち、何ゆえひとは、人になり、屎尿の床で喘いでいるのであったか？

〈悪寒に震える指の岬〉――状況をえぐる筆捌きは、ここでも冴えている。岬のように見える指は悪寒で震えているのだが、岬の果てに見える太陽もまた心を温めるには至らない。その光は冷たいままであるのだが、それに曳かれていくしかない実情が目の当たりにある。

握りしめているのに、手はどこまでも遠退いてゆく。人生のフィナーレは、何ゆえこんなものであったのか？　やがて病室は空になる。その様子は、詩篇「不在」では〈蜘蛛のいない蜘蛛の巣〉という比喩で語られている。〈鉤につるされ／待ちくたびれたセーター／馴れ合ったズボンの膝の丸み／毛糸の帽子／綻びから垂れている赤いちぢれ毛〉――主人を失った衣服類が所在なげにそこにある。それはいまある自己の比喩としての形象としてもある。

〈しめやかに死が生まれる〉――ひとは死を免れることはできない。しかし、死とは詩でもある。しめやかに詩が生成され、詩によって己が内省が確認されている。〈出港する5N522号室〉――船が出るように人が病室を出てゆく。せつない遠い旅立ちである。

巻末詩の前に置かれた詩篇「黒い鳥が実を食べに来て」では、永遠のような将来が仄見えてくる。冬の訪れ、救済のように光もまた訪れる。

時が刻を思いだし
鳩時計がさえずる
光が色を思いだし
風景を染めはじめる

祝福から解かれたわたし

抱きしめていたはずのあなたは
光に囲まれ
まぶしすぎてわたしには見えない
（詩篇「黒い鳥が実を食べに来て」第8～最終第10連）

光が失われた木のもとに鳥が飛んできて、〈隠れ蓑の実〉を啄む。枝は大きく揺れ、葉が擦れ合う――〈無音を奏でる初冬の午前／玲瓏の空に鳥が発つ〉。どこへ？　出港していった船とは異なる方角へであろう。

世界に光が復活する。心のなかで「男」と三人称で呼んでいた夫もまた、〈わたしの湿潤な胸〉のもとで「あなた」という二人称の呼称によって復活する。この詩集のハイライトである。かつて抱きしめあい、ともに過ごした日々が回想されている。そして、介護が必要になった身を抱きしめ、そしていまもまた心のうちで抱きしめている。

そうとはしても、しかしながら、抱きしめているはずの夫は、満ちあふれた光のなか、眩しすぎて見えないという。花が散る里、そこでは人も散る。とはいえ、わかっていることがひとつある。ここからふたたび立ち上がっていかねばならないのだ。

あてどない憧憬の空
――赤塚豊子の願い

戦後まもない1947（昭和22）年7月27日、山形県天童市貫津に生まれ、一歳のとき、小児喘息、股関節脱臼の疑いがあり、山形の病院で小児麻痺（ポリオ）と診断された一人の女の子がいた。歩行不能、発声機能麻痺、左半身麻痺のため就学を断念し、ひらがなやカタカナは祖父から教えてもらう。そして、当時百五十戸近くあった雨呼山のふもとに並ぶ貫津地区の集落の名字や屋号を一軒残らず暗唱し、祖父を驚かせたという。

十二歳のとき、胸部疾患のため天童市立病院に入院。その後、気管支喘息や心不全を併発するも、十三歳のとき、ラジオの音声と山形新聞の番組表を照らし合わせ、漢字を覚える。父と母は豊子を抱き上げたり背負ったりして育てたが、成長とともに体重は増えていき、農作業のかたわらの難行であった。

十八歳のとき、リンパ腺治療のため天童市の病院に入院。書き取ってもらった詩の断片がある。ポリオは脳性麻痺などとは異なり脳への影響はほとんどなく、思考能力はさほどダメージを受けなかったゆえ、詩作が可能であったと考えられている。二十一歳のときには、山形カトリック教会よりシスター、伝道師がたびたび訪れている。

二十二歳のとき、カナタイプライターを買ってもらい、初めて文字を記すようになる。文字を打ち込むためには、文字盤の上にまず右手の親指をあて、次に左手を置き添え、身体をあずけるようにして体重をかけなければならなかった。少し打ち込んでは休み、休んでは打ち込むという繰り返しであったらしい。

二十三歳のとき、山形カトリック教会の洗礼を受け、ボードレールや萩原朔太郎などを読むようになる。が、二十五歳の1972年の6月、「今年はだめかもしれない」と豊子は母に弱音を吐いたという。病弱な者にとって夏はとりわけ過酷な季節であった。7月に病状が悪化し、それまでかたくなに拒んでいたが、腰まで伸びている黒髪を切るに至る。鏡を見て豊子は、肩を震わせて泣いた。夏が過ぎるも、体力は残されてはいなかった。10月16日、ついに息を引き取ってしまう。

親族が遺影に用いるための写真を探していると、アルバムからは豊子の写真が一枚残らず剝ぎ取られていた。自分の存在をこの世から消し去りたかったのではないかという。遺影として用いられたのは結局、叔父が所有していた集合写真から拡大されたものであり、豊子の写真はこの一枚しか現存しない。

亡くなって一年後の1973年10月、三十八篇の詩が収録された『アカツカトヨコ詩集』が菅野仁の編集によって蒼群社より刊行される。真壁仁はこの詩集の出版記念会での挨拶で、〈詩を書くということは、これ以外に出来ない、たった一つの、表現の形式であった〉と賛辞を贈っている（『別冊蒼群（昭和四十九年四月発行）』）。

それから十四年後の1987年11月3日、永岡昭の企画によって、カナタイプライターで書かれたほぼすべてと推測される詩篇六十六篇を収録した『アカツカトヨコ詩集』が書肆犀より刊行される。それによると、1969年に十篇、1970年に十九篇、1971年に二十六篇、亡くなる1972年には十一篇、書かれていることがわかる。〈彼女は自分の家と、家から西へ四km程離れた所にある病院と、その行き帰りに見る風景――それらのものしか目にすることが出来なかったはずなのに、人間の本質をするどくとらえ、私達にその答えをせまっている〉と永岡昭は栞に書いている。心の叫びを言語化した詩篇、少女の純朴な内省を描いた詩篇、社会問題を見据えている詩篇など、赤塚豊子の詩世界はその行動範囲に比べ広いことが、この新詩集によって新たに了解することができるようになった。

　永岡昭の企画編集による『アカツカトヨコ詩集』の最も大きな特質は、カタカナの一部を漢字に変換したことである。赤塚豊子が現代に生きていれば、カナタイプライターではなくパソコンを使用したであろうことは容易に想像できる。いや、そもそも戦後の復興と医学の進歩により、手足の自由などが少しは許されたのではなかったか。ならば、パソコンでもカタカナで執筆したであろうか。そうではあるまい。書きたくとも書けないひらがなであり漢字であったはずである。そしてさらには、書きたいのは横書きではなく縦書きであったのではないか。そのような推測を辿るならば、この企画編集による詩集は出るべくして出たと考えることができる。

　カタカナの一部が漢字に変換されたことにより、詩のイメージが拡がることとなった。独自の発想によって漢字が当てはめられたが、〈もしこれがまずいなら「じゃ今度は私がもっと他の豊子詩集を造ろう」という具合に議論が百出してくれれば私としてもうれしい〉と永岡昭は「編集ノート」に書いている。

　さらに驚くべきことに、予想されてはいたものの、永岡昭は『赤塚豊子詩集　２０１７年版』を２０１７年9月20日に書肆犀より刊行する。この版の特質は、漢字の使用はもちろんのこと、カタカナがすべてひらがなに変換され、さらには縦書きに編まれ、行替えも一部変更されていることである。これによって赤塚豊子の詩篇はふたたび新たに蘇った。「出版にあたって」において永岡昭は書いている——〈今回の（ひらがなのたて書き）の版と合わせて、豊子詩集には三つの版の本があります。この様に一人の作家の本が三つの版に分かれて存在する形は、日本のどこにもありません。そしてそのことこそが「赤塚豊子詩集」のまれな存在だと思います〉。

　カタカナの一部が漢字に変換され、さらにはカタカナがひらがなに変換された表記は、当然のことながら読みやすく、新たなイメージも湧いてくる。しかしながら、読みやすいとは何であったのか？　抗うようにして生きた人間の詩篇が容易く解読できうるものであるとは思えない。赤塚豊子の詩世界は、むしろ読む者もまたある種の困難を経て到達しうる世界ではなかったか。

通常見られるような表記による詩集からは、カタカナだけの表記に見られた怨念のようなものは消し去られる。赤塚豊子の執筆の磁場に降り立つならば、カタカナ横書きの菅野版に拠るべきであろう。とはいえ、三種類の詩集はいずれも遺稿集であり、自らが編んだ詩集ではない。では、書き手本人が意図し願った表記はどれであったのか？

三種類の版のどれを読むかは、実は読む者の自由である。そのことだけでも世界は豊かに拓けていると言えるが、刊行順に読み直していくならば、何ものかが実感されてくる。豊子の魂がじかに感じられるのは、明らかにカタカナ表記の詩篇であるが、ひらがな縦書き版にも新たな魅力が秘められているように思われるのである。身体が不自由であるゆえ、自筆で文字を記すことができず、カナタイプライターという機器にかろうじてすがるよりなかった書き手である。夢見ていた表記があったであろう。すると、永岡昭の新たな企画は夢のような企画を空想させるにいたる。つまり、読み手一人ひとりが自己の想念によって《赤塚豊子詩集》を編むというような読み方である。

漢字変換はむろんのこと、空きマスのカットを試みることも意義深い。赤塚豊子が繰り出す語法は英語の語法に似ており、単語ごとに空きマスを入れる英語と同じような手法を取っている。カナばかりの連結では単語やフレーズごとに空きマスを入れなければ読みにくいことを、赤塚豊子は知っていたからではなかったか。さらには、原文には打ち間違いによると思われる誤字も見受けられる。その訂正はもちろんのこと、表記の改善こそはそもそも前提として想定されていたのではないか。そのように考えれば、読み手の数だけ存在する詩集が立ち上がってくるのではないだろうか。そして、そのような形態を持つならば、赤塚豊子の詩集は世界でも稀なタイプの詩集となるであろう。
カタカナ表記の詩集を原版と考えながら、読み手が原譜を演奏するように表記を変える。そのような配慮や趣向は、音楽における編曲のような操作でもあろう。そこにはいくばくか読み手の感性も込められていよう。言い換えれば、読み手が書き手の領域に参加しうるような、世界初の詩集となるのではないか。読み手による編曲であるならば、行替えなども施して、たとえば次のように趣向を凝らしてみる。

アスファルトの道

ひとは　なぜ
アスファルトという
偽りの道を造るのだろう
ひとは　なぜ
自然の荒れた道を豹変しようとするのか
そして　ひとは
偽りの道に　豹変した道に
何を捜し求めようとするのか
かれらはきょうも　額に汗をにじませ
アスファルトという　ネズミ色の
偽りの道を形造っている

だが　わたしはきいた
アスファルトの底に埋められた
無数の生き物たちの嘆きを
そして　その嘆きが
自然を破壊する人間のわれらを呪詛する
祈りに変わっているのを
こんなわたしに　ひとは言うだろう
それが文明社会というものさ　と
しかし　わたしは怖いのだ
あのネズミ色のアスファルトの内底に
生き物たちを埋却した人間のわれらを
呪詛している　祈りが聴こえるのを

道はかつては当然のことながら、土の道であった。いつしかそれはアスファルトの道であることがあたりまえになり、今日に至っている。しかし、アスファルトの道は〈偽りの道〉だというのだ。高度に発達した現代文明を告発する心を、豊子はどこで育んだのであろう。アスファルトの舗装によって、自然が破壊され、自然破壊によってしか文明が成り立たないのなら、それによって文明も滅びるだろう。とりわけ、生き物たちの〈祈り〉を聴いているところに、詩篇「アスファルトノミチ」の特質がある。ところが、アスファルトという〈偽りの道〉を歩いている文明人をよそ目にして、豊子は自らの道を歩むしかない。しかし、歩くことのできなかった豊子の「ワタシハアルク」という詩篇は、哀切きわまりない。

わたしは歩く

わたしは歩く　幻の足で
そう　幻の足で歩くのだ　どこまでも
田舎道のようなでこぼこした人生の道を
たとえわたしの肉体が燃える炎のなかへ消えても
わたしによってつくられた幻の足は
歩きつづけるのだろう
わたしはよじ登る　幻の足で
そう　幻の足でよじ登るのだ　力のあるかぎり
曲がりくねった山道のような人生の道を
たとえ私の遺骨が黒い土のなかへ消えても
わたしの魂は幻の足の動きを止めないだろう

豊子の人生とその気概を象徴する詩篇である。けして平坦ではない、むしろでこぼこして歩きにくい道である。曲がりくねった険しい山道のような人生を、力のかぎり登るのだという。しかし、たとえ遺骨になろうとも、自らの気概があったことを、自らが存在したことをも、消すものはない。ひとの存在とはこの世に生きた履歴である以上、肉体ではなく霊性としての存在は永遠を生きる。その証拠に、かって生きた豊子の祈願はいまも響き渡っている。歩もうとした地平の彼方が、なおも幻の足によって夢見られているからだ。

雨は

雨は　知っていたのか
この寂しさにゆがんだ　わたしの顔を
雨は　知っていたのか
この虚ろな　わたしの日々を
雨は何も言わないで　ただ細い雨足が
寂しさにゆがんだわたしの顔を洗うだけ
それがわたしへの
唯一の慰めのしぐさであるかのように
雨は　知っていたのか
独りでいることの辛苦にゆがんだ　わたしの顔を
雨は　知っていたのか
心の青空を失っている　わたしの日々を
雨は　何も言わないで
レースのカーテンを作って
胸のうずきでゆがんだ　わたしの顔を　隠すだけ

それがわたしへの
唯一のいたわりの行為であるかのように

孤独な存在者が独り雨に語りかける。応答はない。代わりに、自らの内省だけが孤独の淵へとふくらんでゆく、虚ろな日々。寂しさにゆがんでしまった顔。辛苦にゆがんでしまった顔。それを雨が洗い流す。雨との対話は、寂しさを確認する営為であると同時に、永遠に解けない問いの行方を探る対話である。心の青空を失っている日々、雨が青空を隠してくれる。現実の青空は何の意味も持たず、胸のうずきでゆがんだ顔をレースのカーテンが隠してくれる。それが唯一のいたわりであるとしたら、人生は哀しすぎる。

豊子の気持ちを少しでも慰めようとして、父は「手乗り文鳥」を買い与えたという。そして、豊子はその文鳥に、自分では発音しづらい「ポピー」という名前をつけて、可愛がるようになる。ヘルマン・ヘッセの小説『ペーター・カーメンチント』のなかの身体機能に障害を持つ男性の名で、身体が衰えて死ぬ薄幸の人であった。

ポピー

ポピーよ　痩せたわたしの肩に乗って　おまえは鳴いている
やっぱり　おまえも　寂しいんだね
私もおまえも　ひとりぼっち
紺碧の空の海に泳いでいる　仲間の姿をみつめているおまえ

ポピーよ　わたしがこんな体でなかったら
きっとおまえと一緒に　あの白い雲で舟を作って
見知らぬ国につづく　あの紺碧の空の海を　放浪したいね
ポピーよ　こんな細い灯火のような　儚く消える夢をみながら
わびしい人生を　おまえとわたしとで　背負っていこうね

気ままに放浪しうる時空への旅は、どんなにか楽しいことであろうか。白い雲で舟を作って見知らぬ国へ旅立つという、叶えられぬ夢をみながら、あてどない憧憬を小鳥といっしょに抱き、紺碧の空を眺めている。とはいえ、夢さえもはかなく消えてしまう。なぜか？　小鳥も自己もともに、こちら側の相に囚われの身なのだ。最終行は精一杯に灯される幻の灯火である。この侘しい世界を二人で背負っていこうと――。

しかし、運命はどこまでも非情である。二十二歳の夏の7月のこと。赤塚家に守り神のように棲みついていた大きな蛇が、天井からぬっと現れ、鴨居から首をもたげ、ポピーを見据えたという。その様子を窺いながら、手も足も動かせず、声すら思うように出せない豊子に、なす術はなかった。一瞬にしてポピーは、蛇に飲み込まれてしまう。

記された文字の深層に潜むように思われる、幻の言の葉の深みから伝わってくるのは、一個の存在者の比類ない孤独と叶えられぬ憧憬であり、生きづらいこの世にあって生きようとあがいた精神の強靱さである。臨終に際し指を組ませようとしたとき、ひび割れて堅くなった豊子の親指を見て、父母は号泣したという。書き記すよりほかに術のない人生であったろう。その一事が、せつなく哀しい。

＊赤塚豊子の生い立ちの記述については、永岡昭編集『アカツカトヨコ詩集』(1973. 10) 及び高沢マキ著『詩と詩論』(2014.9) に拠る。赤塚豊子の詩篇引用に際しての漢字表記及び行替え等の変更は、筆者の創案による。

希望へと向け直す意志
――二度生きる詩人・加藤千晴

手触りの心地良いクリーム色のソフトカバーで包まれた『加藤千晴詩集』が、２００４年４月１日、加藤千晴詩集刊行会（代表：石井上子・齋藤智。発行所：酒田市千石町、齋藤智）によって刊行された。第一詩集『宣告』（1942）と第二詩集『観音』（1946）、それに兄の画家・加藤丈策によって編まれた遺稿詩集『みちのく抄』（1952）と二十三回忌法要編纂の『厭離庵そのほか』（1975）、ほかに拾遺詩篇を収め、生誕百年を記念している。詩篇だけでなく、著者の肖像写真や家族のスナップ写真、それに千晴の手になるスケッチやカットを収録する編集は、細部にわたって趣向が凝らされており、新たな千晴像を浮き彫りにしている。

加藤《かとう》千晴《ちはる》（本名・加藤平治）は１９０４（明治37）年９月19日、山形県酒田町利右衛門小路（現・酒田市本町三丁目）に、米穀問屋の加藤磯太・とみ江の次男として生まれる。琢成尋常高等小学校尋常科を卒業し、荘内中学校を経て青山学院高等学部文科英文学専攻に進み、詩作を始めた。元来身体は虚弱であり、１９３０年に京都の第三高等学校（現京都大）事務局に教務担当書記として勤務するも、１９４１年には眼病進行のため退職。二冊の詩集『宣告』『観音』を刊行したあと、１９４７年に酒田に帰郷したあと、１９４９年には完全に失明し、１９５１年４月24日に四十六年七ヶ月の生涯を閉じた。

流れに寄せて

流れのそばで
娘は花を摘み
私は草の上に寝る
白い花をいつぱい盛つた
灌木の疏林のなか
春の日は
空も水も光にふくらみ
平和の歌をうたつてゐる

むかしの女よ
娘の年よりも古いむかし
この同じ流れのそばで
私たちは別れた
かりそめの
逢ひと別れをかなしんで
二人はかたく抱き合つた
そして　あのとき

この流れに
おまへの流す笹舟が
いくつもいくつも消えて行つた
ああ　時は夢なるかな

花を摘んでゐる娘よ
おまへの毎日の幸福を
私はこんなにも希ふのだが
白い花が咲きみだれ
空も水もかがやいてゐる
こんなにも樂しい日が
いつまたおまへに訪れよう
ああ　流れて行く　流れて行く
あの日も　この日も
行方も知らず流れて行く

そして　そして
春の流れよ
おまへは何をささやくのか
かうして静かに

いつまでも　いつまでも
おまへは何をささやくのか

春の日、ひとりの娘が流れのそばで花を摘んでいる。空も水も光にふくらんでいる。〈私〉は草の上に寝て、かつての恋人を回想している。むかし、ふたりは同じこの流れのそばで逢い引きを重ね、そして別れた。時は夢だという。振り返ってみれば、残っているのは記憶だけ。ほかは跡形もなく消え去った。過去が夢幻のように思われるのは、そのせいである。〈私〉はかたわらにいる娘の将来へと思いを馳せる。似た運命を辿りはしないかと、気遣っている。娘の〈毎日の幸福〉を願っているのはそのためだ。千晴の詩の特質である優しい語り口が心地良く響いている。その響きに導かれるように、詩世界の深層を希求と祈願の内省が貫流している。

娘と昔の女から最終連では〈春の流れ〉へと、想いは寄せられる。〈かうして静かに／いつまでも　いつまでも／おまへは何をささやくのか〉――穏やかな内省が抒情の調べを奏でる。答えは返ってはこない。春の小川の流れは、過去からやって来て将来へと注がれる。悠久の流れは今ここにあり、それは淀みなく将来へと流れている。答えは返ってこなくともいいのだ。ただ、未来に平和を願い、安穏を祈るのみである。千晴の詩作の動機は自らの宿命に負っているにちがいない。希求と祈願の世界が澄みわたってゆくことに、千晴は自らの救済を認めていたはずである。

夢みる葦　　**結婚する姪に**

人間はかよわい一本の葦にすぎないが

その葦は考えることによって
宇宙を呑んでしまうほど偉大である
そう言ったパスカルが考える葦なら
僕は夢みる葦でしょう
じじつ葦よりもかよわい僕が
いろんな悩みや苦しみにたえて
あたまに白髪のまじるようになった
今日のいままで生きてきたのは
僕が夢みる葦だったからです

考えることと夢みることは
人間にゆるされた最大の恩寵です
人間は天使にもなり悪魔にもなる
ひどく奇妙な存在ですが
幸福をのぞんでやまない
そのいじらしいたましいは
考えることと夢みることによって
愛というたった一つのものを得たのです
それこそは凡てのものを
幸福をかなでる歌にするのです

考える葦は偉大であり
夢みる葦は不滅です
まことに一本のかよわい葦も
かたくつよい意志になり
かぎりない生命になるのです
僕が観音をたたえ
それにむかって祈るのは
つまりそれが愛であり
人間のすがたであり
きわまりない妙智力であるからです

不幸や苦痛にさいなまれて
くづおれてしまった僕に
いくたびとなく復活を告げた
あの美しい歌ごえは
どこからきこえてきたのでしょう
夢は現実の煙ではなく
現実をみちびく歌ごえです
それはかよわい僕のこころの

宇宙を吸いこむほどの
夢みる葦の力なのです

絶望へと墜ちゆくベクトルを希望へと向け直そうとする営為は、千晴の作風の特徴である。そして、そのように画策するしかない生涯であったとも言える。結婚する姪に贈った詩篇「夢みる葦」は、失明する前年の作である。祝婚歌として語り寄せる文体を取ってはいるが、失意の底で光明を見ようとあがいた自己の精神のありかが浮き彫りになって、その危ういバランスがほかに類例のない抒情を生成している。

人間は考える葦であるというパスカルの言説を敷衍して、自分は夢みる葦であるという。か弱い存在でありながら生き延びうるのは、その夢みる力に拠っているのだと。言の葉は生き延びようとする強靭な意志を伝えている。つまり、無為自然のうちに瞑想し思考することにまして、夢想することこそは自己を生かしめるのだ。

〈〜です〉で終止する十行四連のフォーマットは、散文に陥ってしまいそうな叙述を引き締め、ふくよかな構成のうちに確固たる主情を盛りこみえている。その最終連からは澄みきった祈りのように響く復活の歌声がきこえてくる。いまここにあらぬものを視聴する志向性こそが自己を救済する。酒田の風に吹かれながら夢みる葦は、諦念に似た静観を体得することを、自らは知らなくともいい。生き直すためになすべきことはただ、夢見る葦になって内省を整えることだ。加藤千晴の詩群がアダージョのようなおだやかで美しい韻律に支えられているのは、それゆえにである。

蛍

蛍　ひとつ
ながれたり
たまゆらの
蒼きひとすぢ
かつ消えぬ
闇をよぎりて

たまゆらの
蒼きたゆたひ
かつ消えぬ
闇をのこして

二行四連の端正な構成は豊かな音楽性を帯び、存在の儚さと美しさが詠われている。第1連で蛍という生きもののありようが活写される。その手捌きは、俳句の情趣を思わせる。偶数連である第2・4連はリフレインとなって、美しい音楽を奏でている。

玉響《たまゆら》とは、一瞬、かすか。万葉集の「玉響《たまかざる》」を玉が触れ合ってかすかに音を立てる意としてタマユラと訓じた。蛍の寿命は一週間ほどだという。この世に現れ出て、消える。光輝く一筋のその一瞬の生命の迸りが、たゆたうように美しい。
奇数連の第3・5連はその偶数連を受けてのリフレインとなり、〈たまゆら〉の柔らかな響きとは対照的な〈かつ〉という確固とした響きを打ち鳴らして作品を引き締めている。蛍は闇を過《よ》ぎり、しかも闇を残す。その端的な描写が、生存の摂理を顕わして美しい。消えることの美しさが詠いあげられていて、ひとつの絶唱となっている。

驚くべきは、『加藤千晴詩集』に続き、翌年の2005年5月15日には『加藤千晴詩集Ⅱ』が刊行されたことである。『加藤千晴詩集』刊行の後、千晴をめぐって多くのエッセイが書かれ、詩が掲載された詩誌や写真など未知の資料や情報が次々と発行所へと送られてきたという。ふたたび詩人は二度生きる。詩作を志向した霊性が作品のなかに生きており、機会があれば未知なる読み手を常に誘っていることを、それは証した。

クリーム色のソフトカバーで包まれた造本が、ふたたび手に優しい。遺稿のなかから選び取られた詩六十八篇のほかに詩論が収められ、年譜も補充されており、孤島に宝を発見した人々の慄きが伝わってくる。詩人の新たな相貌が浮かび上がってくるのは、七十四人もの刊行会員をはじめとする加藤千晴に寄せる人々の熱き思いゆえにである。

詩論「詩への覚醒」に次の叙述がある――〈詩を求めるこころは、要するに生きんとする意欲にすぎない。真実を把握せんとする欲求にすぎない〉。この世に生まれ出た者の決意と覚悟が、ここに読み取れる。そして、それは詩作という祈りのような営為へと結実することを、天上のどこかで詩神が約束している。

戦争という狂乱の世もまた、千晴の詩作に影響を与えていたにちがいない。悩みも悲しみも、戦闘も殺戮もない世界が、きっとどこかにあるだろう。それを憧れ祈願し、凪を迎える悟りにも似た心境を迎えようとする意志は、絶望を希望へと変えようとする意志である。次の詩篇もまた、そのような志向性を伝えている。

静かなこころ

静かなこころ
なやみかなしみも
底に沈んで
何も思わない
何も夢みない
ただ憧れる
ただ祈願する
この静かなこころ

生きる日の
なやみかなしみの
嵐のなかに
かくも静かなひととき
これは神のたまもの

時間空間のまんなかに
ひとり在る
この静かなこころ

ああ　このひととき
生きている　生きている
ただ安らかに
ただ充ちたりて
静かなこころよ
われに在れ　われに在れ
生きる日の
この神のたまもの

四九・一二・二〇

『加藤千晴詩集Ⅱ』刊行後もなお、齋藤智は熱心に千晴の作品の発掘に努めた。詩集に未収録の詩篇「静かなこころ」は、完全に失明したあとの、生涯最後の作品であろうとのことである。この日以降に詩誌五誌に発表されている十六篇は、すべて１９４９年以前に制作されていることが遺された原稿綴りから判明したという。

希求と祈願の詩人であることを、この詩篇もまた証明している。静けさと平穏を祈る内省そのものが言葉によって写し出されている。〈静かなこころよ／われに在れ〉と願うのは、哀しいかな、それが今ここにないからである。平穏を呼び寄せる心のうちでは、生きることの不条理が襲っていたはずだ。

とはいえ、詩篇における穏やかな心情は、哀しいまでに美しい韻律の調べを伴って響いてくる。祈願そのものが吐息から言葉となって詩篇を構成し、詩作へと超え出る営為そのものが詩人の存在を顕し、語句が祈りの調べとなって交響している。詩作とは自己救済のひとつの方策であることを、千晴の詩群が伝えてあまりある。すなわち、生きることは耐え難い痛みであり、詩の創出はそのアウフヘーベンに拠るものであった。

八行三連のフォーマットの各連の最終行は、韻を踏んで整然と居住まいを正している。〈この静かなこころ〉〈この静かなこころ〉〈この神のたまもの〉――〈この〉というリフレインの頭韻と〈静かなこころ〉〈神のたまもの〉という脚韻は、穏やかな楽音の響きを共鳴させてものがなしくも美しい。静かな心は神のたまものなのである。リフレインの効果もまた、この詩篇をひとつの音楽に仕立てている。〈生きる日の〉及び〈なやみかなしみ〉が二回、〈静かなこころ〉は四回繰り返される。楽音のたゆたいを千晴の詩世界に感得するのは、こういう技法ゆえにである。

時は移りゆく。1940年に離縁し43年に復縁した妻・富美江は1996年に八十三歳で逝去。六冊の手製の詩集の装丁に携わった兄・丈策は1998年に九十八歳で逝去。さらにひとり娘の千草は2001年に六十七歳で逝去。千晴の人生に関わった親族もまた次々と鬼籍に入る。とはいえ、千晴の詩篇は読み手が存在するかぎり生きつづけるだろう。

ひとは死ぬと共鳴するひとのこころのなかへいくという。〈時間と空間とを超越する詩の世界〉〈詩集『観音』の「詩集のあとに」〉に詩人の霊性は潜んでいる。書き手によって読み手の世界に風が送られ、読み手によって書き手はいつでも蘇るからだ。二度生きる詩人の至福がここにある。〈たゞひとつの希望〉である詩に存在を託した詩人・加藤千晴はその詩篇によって今なお読み手のこころのなかに生きていることを、加藤千晴詩集刊行会による労作が告げている。千晴の詩篇は、こうして永遠を生きる。

Ⅱ　やまがた詩篇逍遙

永遠なる母性への思惟 ――梅村 久門（1902-1988）

梅村久門《うめむらくもん》（筆名：有海久門）は、1902（明治35）年6月6日、山形市に生まれ、1923年に山形県師範学校卒業。1929年、小樽商高（現・小樽商科大学）を卒業し、小樽中に英語教諭として赴任。その後、神戸商高、福島女子商高を経て、1947年、山形女子商高校長となり、米沢商高校長などを歴任し、1963年に定年退職。小樽商高時代より堀口大学に師事して詩作を開始し、有海久門の筆名で『人生を行く』（1934）、『百花譜』（1941）『六月の歌』（1941）、梅村久門の本名で『みちのくの雪』（1949）、『燃える雪』（1962）、『黄昏心象』（1966）などの詩集を出版。ほかに『英詩教授法』（1952）、写真詩集『雪に描く幻想』（1966）、エッセイ集『米沢慕情』（1972）、『鎮魂花賦』（1979）、『百花賦』（1981）などを刊行。米沢文化懇話会初代会長や米沢児童文化協会長などを務め、1988年に逝去した。

教育者で詩人の梅村久門は愛妻家であり、詩集『黄昏心象』などに亡くなった妻を回想する多くの詩篇を残している。教育実践と執筆に明け暮れる日々であったのであろう。エッセイ「美の権化」によれば、旅行どころか温泉にも一度も泊まったことがないと愚痴をこぼす妻に、ようやく借りを返す機会が訪れたという。関西暮らしの経験がある詩人を案内役に見立てた知人夫妻の企画によるもので、関西南紀を二週間に渡って巡礼する旅に恵まれたのであった。

竜安寺や南禅寺の石庭や西芳寺の池泉庭の日本美に心打たれ、仏像では中宮寺の如意輪観音と、とりわけ広隆寺の弥勒菩薩に魅了されたという。詩篇「みろくさまに」はそのときの感動を素直に簡明な言葉で表している。注目すべきは、西洋美の極致と言われるミロのビーナスに対し、弥勒菩薩半跏思惟像を崇高な東洋美の極致として鑑賞していることである。

みろくさまに

みちのくから参上いたしましたが
あまり大勢のご面会者で
お話も申し上げられず残念でした
あなたのみもとにむらがる人々を追い払い
ただ独りでお目にかかって
お話し申し上げたかったのです
みろくさま
これが我欲というものでしょうか

その日見学したもろもろのことなど
私はすっかり忘れて
どこをどのようにして宿に帰ったかも
はっきりしませんでした
その夜　静かな興奮で眠られぬ枕辺に
笙・篳篥の楽の音が流れ
その調べのさざなみの中から

あなたのお姿がおみえになりました
たそがれ色のただよう霊宝殿に
多くの仏様がおわしましたでしょうが
ただお独り輝いていたあなたのお姿が――
半跏の膝の上右肱のなめらかさ
宝珠の環を描かれた手指
浄海の水にきよめられた額
きれの長い伏し目のまなざし
知性と理性を高ぶらぬ高い鼻すじ
ほのぼのと　あたたかに
ほほえみの頰と口もと
煩悩の苦海解脱のやすらぎ
さりげない自然のままのおおらかさ

　みろくさま
申し上げたいこと胸いっぱいですが
やさしく　気高く
おごそかに　なごやかに
いずみ出るあなたのムードに
私の言葉が溶け失せてしまいます

みろくさま
失礼ではございますが
あなたは女性にましますか
それとも男性にましますか

ミロのビナスは女性
あらゆる男性の伴侶たる「女」
あの生動する豊かな肉体から
発散する強力ななまめかしさ
万人の男性の口づけにたえ得るような
赤裸々な生命の奔流に魅了する美女

けれども　みろくさま
あなたは性を超越なされた性
生命の奔流を静かにたたえて
洋々たる慈愛の深淵に
善男善女はもとより
衆生の心をおひたしなさる

みろくさま
何千年前のお産れでしたか
仏像にお姿をかりて
この国にお越しになりましたのが飛鳥朝とか
濁世《じょくせ》の魔性を打ち払い
時の魔の手もねじ伏せて
衆生の済度に
未来永劫の理想郷を思惟なさる
あなたは
永遠に若く　美しく
強いおん母

筋の通った鼻から窺われる知性、慈愛に満ちた口元の微笑、うつむいた眼差しから注がれる視線、頬に軽く触れる右手の指先のしなやかさ。濁世の魔性を払い、時の魔の手をねじ伏せる力は、静寂のうちにある。心に深く考え思うのは静謐な時空に身をひたすことによってであり、そのスタンスが不動の瞬間に顕現している。その姿に相対している者こそが、煩悩を背負い、疫病に苦しんでいる。老いゆく衆生の摂理とは乖離し、若いしなやかさを誇示するまでもなく、思惟像は永遠に美しい。

思索するひとの姿という点で、弥勒菩薩半跏思惟像はロダンの「考える人」との相似性が、よく指摘される。しかし、対照的なありようも見出される。最も異なるのは、「考える人」が筋骨逞しい男性であるのに対し、優美でしなやかな姿からして弥勒菩薩は女性のように思われることであろう。

しかしながら、詩人の見方は違っていた。弥勒菩薩を性を超越した存在、生命の奔流を静かにたたえて洋々たる慈愛の深淵に衆生の心をひたす存在と考え、さらにはその存在性に母なる本性を認めている。教育者であり詩人であった梅村の信条と信念がここに顕れているように思われる。思いやることが存在の根底に据えられ、永遠なる母性への思惟こそが人類を見守る〈未来永劫の理想郷〉への思惟であると詠われているのである。

癒されぬ魂の傷痕 ――長尾 辰夫（1905-1970）

長尾辰夫《ながおたつお》は1905（明治38）年、宮崎県都城市生まれ。1929年、早稲田大学高等師範部国語漢文科卒業、国語教師として、東京、静岡に居住。1942年、満洲の吉林中学校に派遣され、在職中に現地召集により関東軍に徴集。敗戦となりそのままシベリヤに四年間抑留される。1948年、郷里都城市に復員し、1950年、吉林で親交のあった阿部襄（山大農学部教授）の誘いで山形県鶴岡市に居を移し、山形県立山添高等学校に勤務。1951年、『シベリヤ詩集』を刊行し、日本ヒューマニズム賞受賞。1954年、真壁仁、佐藤總右らと詩誌「げろ」を創刊。山新詩壇の選者として多くの若手に影響を与えた。1964年、山形県立温海高等学校長を最後に退職し、晩年を山形市で過ごす。1966年、詩集『花と不滅』刊行。1970年3月3日に逝去。
〈愚直なまでに真面目な人間――長尾辰夫が、引当てたその大凶の籤もて作りあげた苦作、悲痛の書〉と北川冬彦が序で述べる『シベリヤ詩集』(1952.2)は、復員してから記憶を頼りに書かれた四年間にわたるシベリヤ抑留生活の過酷な記録であった。〈私は　シベリヤで　仮面を剝ぎとられた　人間野獣の実体を　見究める機会を得た〉と書き起こされるこの叙事詩集は今なお、怨念と抵抗の地声がどの頁からも響いてくる。次なる詩集は、解放され生き延びた喜びを込めながら、復興社会に後押しされる気概を示す書となるはずであったろう。しかし、第二詩集『花と不滅』からもまた、底知れぬ呻き声がふたたび洩れ聞こえてくる。

おまえは

おまえは黄昏の階段を降りてゆく
こえのない人垣をかき分けて急ぐ
砲煙のくすぶるジャズの街を走る
――おまえが降りて行ったのはさびしい葦原だった
　おまえがかき分けていたのは亡霊の波だった
　おまえが走っていたのは余燼の城跡だった
おまえは風にゆれる長い長い橋を渡る
思い出の歌をうたいながらかえってくる

部屋の入口でやさしい妻につきあたる
——おまえが渡っていたのは胴体のきれた吊橋だった
　おまえがかえって行ったのは孤独の墓場だった
　おまえがつきあたったのは片脚の折れた机だった

おまえは牢獄の扉をたたいている
血に渇いた池のふちをめぐる
無限にひろがる灰の中を走る
おまえはすすり泣く
すすり泣く幾億のこえをきく

おまえは水の音のする棺の中で眠る
すると肋骨をめぐるベルトの音がとまって
闇の中からかすかな光がもれてくる
その光の中にとび立とうとするおまえは
すでに凍った一塊の石と化している

詩篇「おまえは」には悪夢のような幻映が描かれている。〈おまえ〉とは誰なのか明瞭ではないが、おそらくは行方不明になって彷徨っている自己であろう。自己のアイデンティティを明らかにするために状況を解析してゆくが、意に反しむしろ幻聴と幻視の世界へと落ちてゆく。ダッシュのあとで付け加えられる叙述は、詳細に述べられたり、言い換えられたり、前述が否定されたりして、書き手の磁場は揺らいでいる。つまり、何事も解決されてはいない。いや、むしろ混乱している。過去は過ぎ去ってはいない。どの階段を降りていってもあるのはさびしい葦原であり、掻き分けて進む人垣は亡霊の波であり、帰って行くのは孤独の墓場なのだ。すべては混沌のなかにあり、なぜかは知らぬが、急き立てられている。しかし、どこに辿り着くべきなのかわからない。

囚われの地の牢獄の扉をたたき、血がぬりこめられた池の淵をめぐる。そして、同胞の幾億ものすすり泣きを聞き、自らもすすり泣く。詩作は自己救済のためであったろう。しかしながら、解放されてなおシベリヤに囚われている。何ということであろう。華麗に散りゆく花とは対照的に、魂の痛みはどこまでも不滅である。酒席での酩酊ぶりは自己流の救済法であったにちがいない。悶死寸前の鶏になって自らの首を絞める長尾辰夫――抑留生活は悪夢であった。いや、人生それ自体がまるごと悪夢なのである。

燐と燃える情熱　――真壁　仁（1907-1984）

真壁仁《まかべじん》（本名：真壁仁兵衛）は、1907（明治40）年3月15日、山形市宮町に農家の長男として生まれた。1922年に市立高等小学校を卒業し、家業である農業を継ぎ、詩を書き始める。詩集『青猪の歌』は1944年に「神聖舞臺」というタイトルで某書肆から出版されるはずであった。が、詩集は戦火のため焼けてしまい、幸いにして戻ってきた原稿を編み直し、題名を新たに1947年に発刊された、稀有な運命を持つ詩集である。が、最も奇異なのは、「序」の冒頭で高村光太郎が〈これは出羽山形の土著詩人眞壁仁君の第一詩集である〉と述べ、眞壁仁もまた「おぼえがき」の冒頭で〈これは私の初めての詩集である〉と声をそろえて述べていることである。1932年、二十五歳のときに出版された処女詩集『街の百姓』は、確かに血気盛んな若書きではあるが、棄却されるべき詩集ではない。

眞壁仁は徴兵忌避を画策し、二十歳の1927年5月、下剤を飲んで減量し徴兵検査で首尾よく丙種合格と判定されている。1932年8月20日には治安維持法違反という名目で検挙され、1940年2月15日には「山形賢治の会」が社会主義の研究を行っているのではないかとの追及により山形警察署に検挙され、七十日間にわたって取り調べを受けている。つまり、両者の声明は、社会批評性の強い『街の百姓』を棄て、芸術探求を志向した『青猪の歌』を持ち上げることによって、憲兵の監視や特高警官の保護観察の眼をくらます策略のようにも推測される。1973年になって『街の百姓』が復刻される経緯は、その推測の確からしさを保証する。

とはいえ、視点を変えれば、『街の百姓』は芸術讃歌と生活リアリズムの世界であり、『青猪の歌』は芸術探求とロマンティシズムのより深い複合的世界である。第一詩集であるとの表明は、戦後を再スタートするためのスプリングボードとしうる自信作であったことの証左でもある。

詩集『青猪の歌』は四つの章を持ち、それぞれ独自の小宇宙を形成し、揺るぎない。青猪・鶴・岩燕などに実存のありようを追求し最上川・蔵王山などの自然に哀歌を奏でる第Ⅰ章。黒川能や絵画を追求し青猪に実存的志向を映し視る第Ⅱ章。艶やかな想念の相聞を収める第Ⅲ章。冷害や凶作の現実を直視し祈りと希求を詠い上げる第Ⅳ章。〈私の三十代のトルソ〉と述懐するこの複合体は、戦争という狂気と浪漫的精神高揚に後押しされて若き詩魂を燃やす、眞壁仁の記念碑的詩集である。

振り返ってみれば、眞壁仁の生涯にわたる多彩な仕事の基盤や萌芽が、詩集『青猪の歌』にすでに現れている。巻頭詩「第二自然」ではベートーベンの第九交響曲「合唱」を詠いあげ、音楽芸術を追求する姿勢をすでに顕し、詩篇「色彩論覚書」ではゲーテの色彩論をも引きながら、哲学に等しい絵画論へと展開させる。色彩への探求はのちの『紅花幻想』や〈紅花をつくる農民は藍を着ていた〉と記す『紅と藍』などの著作へとつながっている。そこには、青い秘めやかな熱情を胸の内に沸騰させる青猪の新たな顕れが見て取れる。

詩篇「神聖舞臺」「歌舞の菩薩」は、黒川能の本質を探り当てようとした作品であり、のちの黒川能研究の著作群へとつながっている。民衆が農に従事しながら立ち上げた芸能に激励を送るスタンスはまた、民族史的景観を探りながら新たな領域を開拓していく。たとえば、一代かぎりで途絶える覚悟に迫られながらも強靭な精神力を秘める本物の職人の姿を描き出した『手職』『続手職』の著作などでは、風土に根差した文化の追求と発見へと思考が展開してゆく。

詩集『青猪の歌』は万華鏡のような様相を呈している。学究的であり求道的な詩精神を放ちながらも、一方では自らが〈大濡れの詩〉と告げる相聞の抒情的な詩群も眩い。次の詩篇は第Ⅰ章に収められているが、まるで相聞歌のような様相を呈している。

歌集「すだま」に寄せる

すだまの招き
しげきゆゑ
きみが不惑の

よはひ路に
情熱　燐と
もゆるなる

六行に行分けしており詩篇のように見えながら、五七五七七の韻律を持っている短歌である。あるいは、短歌韻律を持った詩篇と言い換えてもよい。この作品は結城哀草果の歌集出版の祝いとして贈られた作品であるが、内実は相聞歌における恋歌に似ている。結城哀草果へと贈る燐と燃える情熱とは、詩篇「青猪の歌」等に窺うことのできた、自らのあの青猪の熱情でもあろう。短歌への傾倒はやがて大著『人間茂吉』へと高まってゆく。

青猪とはどこへ向かうとも知れぬエネルギーを内に秘めた自己の形象であった。無骨ながらも諦めず前へと歩む姿は、自己が脳裡に描いた幻の形象でなくて何であったろうか。峠がそうであるように、進むには捨てねばならぬ相があり、行く手には未知の相が希望の虹のように待ち受けている。詩集『青猪の歌』が出発の記念碑的結実であるのは、そのゆえにである。

苦悩と祝祭を生きた奇才　――佐藤 十弥（1907-1980）

佐藤十弥《さとうとうや》は、1907（明治40）年に山形県酒田市に生まれ、琢成第二小学校卒業。東京神田の錦城中学卒業。法政大学仏文科入学、中退。浅草エノケン一座で舞台装置担当。雑誌社「ベースボールマガジン」勤務後、帰郷し、看板屋の営業や中央座の宣伝部を担当する。同人誌「骨の木」を仲間と発行し、文芸活動、宣伝美術に専念。詩誌「緑館」主宰発行、「みちのく豆本」など多くの著書や詩誌の装幀を担当する。詩集『かられらる物語』（1936）、詩集『つぶらなるもの』（1967）。詩画集『髪譜』（1971）。詩集『私の紋章』（1975）。詩集『形』（1977）。共著人形写真詩集『妖し』（1980）。1974年に高山樗牛賞、1977年に斎藤茂吉文化賞、1978年に酒田市市政功労賞を受ける。1980年に七十二歳で逝去。没後、追悼本『佐藤十弥　絵と詩』（1985）が出る。

酒田が生んだ奇才・佐藤十弥は、進取の気性に富んだ画家・デザイナーである。が、彼は画家と呼ばれるのを嫌って自ら詩人と称したという。とはいえ、詩人としてのみ十弥を捉えるのはむろんバランスを欠く。絵、壁画、扁額、軸装、屏風、陶画、絵馬、色紙、文字絵、ポスター、俳句、小説と、活躍した分野は広大であるからだ。

たとえば、句集『鵄鼎嶺（A TE NE）』（1963）は、陽にかざすと「鵄鼎嶺」の透かし文字が浮かび上がる二十葉の耳つき鳥の子の特漉紙が、厚さ5ミリの二枚の秋田杉に挟まれた無綴の豪華本。詩集『つぶらなるもの』（1967）は、本邦唯一とみなされている直径25センチの円形紙装本。方形箱に収められたこの二作は、文学作品であるとともに工芸品の輝きを放っている。

海について

古風な母の五指の間に
海があった
海は母に似て
静かに微笑むかと思うと
時に怒りのチェロを奏でた

海の色彩について
船出の感傷について
解き明かしてくれるもの

あなたの行く方で
放心の帆を孕ましてくれるもの
微風であったり
嵐であったり
刻々に変る海の鏡に

あなたは
あなたの顔を
映してみないか

涙の一滴も海水と化す
大いなるものについて
あなたは
大胆に微笑み
且叫んでみないか

そこには
茫洋という名に価する
海があるから

――『荘内文学』第六号（佐藤十弥追悼号）より

十弥は自らの絵画を掲げて同人誌『荘内文学』の表紙の装幀を担当したが、詩篇「海について」は第六号に自筆で収められた詩篇である。〈母〉〈船出の感傷〉〈涙〉などの語彙で自らの心の内を覗かせながら、広い海へ読み手を誘う。穏やかなときもあれば荒れ狂うときもある酒田の海。その沖合に出た舟の帆に、放心の情を重ね見ている。陸地での暮らしの塵芥を払って、海の面に自らの素顔を映してみないかと。海に対峙しながら遥かな時間を回顧している。すると、こぼれる涙も一瞬にして海水に溶けてしまう大海。

兄弟姉妹七人から早くに死なれ、若くして父母と最愛の妻をも失う不遇は反骨心を育み、華麗なる創造の世界へと十弥を誘ったにちがいない。平板ではなかった一生を振り返ると、放心は茫洋という名の海へとほどけてゆく。自ら称する「詩人」とは、ポエジーを心に解する人の意であり、苦悩と祝祭を生きた者の意であったろう。

無明世界に灯るやさしさ　——佐藤 總右（1914-1982）

佐藤總右《さとうそうすけ》を思い返すたび、世の中が卑屈になったことがよくわかる。屈託のないあの高笑いを久しく聞く機会がないからである。陽気で面倒見のいい人柄は出版記念会や合評会を取りしきる気配りにも現れ、その手腕には厳しさとともに愛情がこもっていた。不思議なのは、あのふっきれた笑いは詩篇が内包している悲憤や痛恨と対照的であることだ。

反抗と背理に支えられる寂寥と無明の世界は、負の局面から表出される思念によって何度でも読み手に伝達される。それは生き延びる術を探りえた詩人の書法であった。移り変わる月ごとの叙景を記した詩画集『風の道』(1970.4) にさえ、それは見て取れる。たとえば、詩篇「夜の構図」には、血を流すしかない月が象徴しているように、己れの存在が拠って立つ抗いの構図が示されている。

夜の構図

たそがれの
灯台に灯が点いた
みんな砂浜をひきあげる

松林の中のテント村から
ギターや歌声がきこえ……
やがてそれがやむと
遠い沖の方へ誰かが歩いて行く
ゴヤの描いた巨人のように
のっしのっしと大胆に

よく見ると巨人の手には
夜更けの月がつかまれている
月はあえぎながら
たらたらと血を流している

季節はめぐり、夏もまた。見渡せば、吸いこまれそうな空の青さ、鳥の声、山脈に聳え立つ入道雲。空は海を映し出した鏡のようにあり、浮遊する雲は磯の香りを運ぶかたわら、灼熱する太陽は幻想の海のなかで自らを鎮めるように沸騰している。見えない星となって天空にきらめき、生きている者の澄みきった現在へと送られて来るのは、かつてあった死者たちの熱情と自己企投の熱が静まり返った記憶。大地は午睡のあとの放心のように無防備で、夢のような人々の暮らしを長閑さのうちに解放する。すべてが赦されてあり、浄化された輝きのうちに空は照り返される。

炎天の海に夕暮れがやってくる。祭りの熱気を一度、冷ます必要があるように。生きている証としての海辺の熱情、あるいは狂気から生成された幻の昂揚。そしてやがて、世界は夜の闇に包まれゆく。テント村からは、ギターの演奏や歌声。一方、それに背を向け、沖へと向かう巨人。添えられた橋本晶夫による黒のモノクロの素描もまた、黒色が寂寥を、白色がきらびやかさを表象しながら、詩人の意識の二律背反を叙景のうちに顕している。つまり、灯台も月もそこでは黒か白なのである。

昼の熱狂のあとでくつろぐ人々に背を向け夜の海へと歩き出すアウトサイダー。それは佐藤總右の分身であるが、心の闇を詩篇に吐き出しえたあとの快活さが、生活者としての生命のほとばしりを自らにもたらした。それは、対他存在としての己れを実現しえたからではなかったか。

佐藤總右は、1914（大正3）年6月22日、東村山郡大曾根村（現・山形市）生まれ。夜間中学に通いながら雑貨店の家業を手伝い、その後五年半、市内の油店に見習い奉公。日本光学に入社して上京。陸軍歩兵隊に入除隊し、敗戦後に帰郷。詩業はその生い立ちと無縁ではあるまい。第二次世界大戦の狂騒のなかで抵抗し血反吐を吐くように書き綴り、出版には長い歳月を必要とした詩集『がんがらがんの歌』(1974)。それに、不条理な世に己れの獣性を研ぎ澄ませ、H氏賞候補となった詩集『狼人』(1953)。マーシャル諸島ビキニ環礁でのアメリカの水爆実験に怒りを示し、わずか三か月で成った詩集『死の行方』(1954)。若くして逝った最愛の妻への哀切を綴った詩集『神の指紋』(1957)。半生を回顧し彷徨いながら生きる指針を探りゆく詩集『冬の旅』(1966)。これらの詩集における詩群は荒寥とした時代のなかで産み落とされたものだ。

詩作のかたわら詩人金子光晴の評伝にも精力的に取り組み、1972年に『金子光晴・青春の記』、1974年にはさらに『金子光晴・さまよえる魂』を著し、この年に斎藤茂吉文化賞を受賞した。總右はその評伝において、自分の行きざまを金子光晴の詩業と人生に透視している。また、1975年には、山形県内の詩人・竹村俊郎・板垣芳男の伝記『北の明星』をも上梓。この年に詩と小説誌『季刊恒星』を主宰創刊。これより一貫して連載詩篇「無明」を1982年5月6日に急死するまで書き継ぎ、1984年にあうん社より遺稿詩集『無明』が刊行された。また同年、山形市霞城公園内敷地に詩碑が建立され、毎年、桜の季節に總右忌が詩碑保存会によって守られている。碑面は詩画集『風の道』からの詩篇「風の道」より、〈そこは新しい風の通り道　吹きぬける風の中で　ふるさとの雪はめざめる〉。總右の自筆を刻んだものであった。

無明　17

秋も末ごろになると
北の秋田から
とんぶりや
烏賊の燻製などが送られて来る
一行の手紙も書いて来ないが
これが姉からの

季節がわりの挨拶だ。

母がわりに
ときどき私を叱ってくれたのは
この姉だったが
亡き母の年齢に近くなって
このごろはとんと
叱ってくれなくなってしまった。

昔は誰もが貧しかった
貧しいなかの
病気がちな姉の人生は
人に倍して苦しかった
そんな姉をいたわることもなく
なぜに私はめくら獅子のように
つんのめりながら走って来たのだろう
味方同志に裏切られるように
それでも
遠去かって行く私を
眼も離さずに見送っていた姉。

初めの夫が失踪したとき
姉は
涙のなかで水子を産んだ
二度目の夫に死別したとき
すでに姉は
女の強さを身につけて
人生の暗さや深さを見据えていた。
一度び
無明の闇に迷い込んだものは
やたらに人を信じようとはしないものだ
しかし
過ちだらけの人生でも
それに慣れれば清々しく
強さもやがて
やさしさに変って行くらしい。

こわれた皿を数えるお菊のように
姉はけっして
積みあがった悲しみを数えはしない

こんな姉のために
私は今日
どんな手紙を書こう
いや私も
一行の文字も書くことなく
黙って
一枚の毛布を送ってやろう
それだけで
総てが了解ということになるからだ。

佐藤總右は、多くの詩人の詩集発行に力を尽くし、多くの人々に慕われた。晩年は囲碁を愛し、「私の人生しごくたのしい」と駄洒落を飛ばし、句会にも参加して俳句を作り、句集『十七文字付近』(1982.6)をも上梓し、「星冴えて山湖の魚を覚ましおり」「逃げ水やかつてはきみも浪曼派」「寒き灯にわがてのひらは占わる」などの秀句を収めている。最後に主宰した詩と小説誌『季刊恒星』(1975-82)は、最終号には三十四名をかかえ、「總右学校」と呼ばれる同人誌だった。毎号かかさず校正作業と合評会には自宅に同人を集め、直会の酒を振る舞い、さらには有志を引き連れ、ギラギラした目で夜の裏通りを闊歩する。その姿からは、『季刊恒星』に掲載の連載詩篇「無明」に予告された死は詩作における修辞法にすぎないと思われた。心不全による急死は自らにも思いがけない出来事であったにちがいない。

詩集『無明』(1984.6)のなかの詩篇「無明 17」は、そのタイトルが暗示する煩悩に捕らわれた迷いの世界とは反対に、好日性豊かな思いやりが明瞭に滲み出ている佳品である。詩人は不遇な人生を送った姉に自分の人生を重ね見ている。姉の心遣いが優しい。はるかなる旅路の果て、詩人の心もまた和み、かつての反抗と熱情はおだやかな思いやりへと変容している。他者を思いやるその深さは、くぐってきた闇の深さに比例しているのだ。

時代の足枷に抗って生きる情念　――葉樹えう子（1918-2002）

葉樹《はぎ》えう子《ようこ》（本名：堀江ユリ子）は１９１８（大正７）年、酢の醸造を家業とする山形県東根市長瀞の地主の家に生まれ、１９３７年、女子経済専門学校商科を卒業し、山形市の旧家工藤家に嫁ぎ、夫の勤める名古屋大学のある名古屋市に住む。１９４１年に長男誕生、その二年後に夫が病死。息子とともに工藤家に戻ったが、まもなく実家に帰る。１９４４年、息子を実母に託し東京の軍需工場で働くも、空襲を受け、工場の疎開で北陸へ向かい、終戦を受け実家へ戻る。１９４９年、山形家庭裁判所に就職。１９５７年に詩集『地球と鴎』出版。１９６０年、女性だけの同人誌『蔵王文学』を発行人榎本晈子とともに創刊、第4号から最終35号まで発行人を務め、新関岳雄、栖坂聖司、山形新聞論説委員長、詩人や作家などを招いて合評会を開催し、意欲的に詩・小説・評伝等を発表する。１９７４年、詩集『鍋が小さくなる』出版。１９７８年、大宮市（現・さいたま市）に転居。１９８１年、『葉樹えう子詩集』出版。１９８２年、小説集『田沢稲舟』出版。２００１年に『短編集』を出版し、２００２年に逝去。

〈昭和十二年頃、物怖じしながら詩を書きはじめてこのかた、詩は何人もおかすことのできない高貴なありかとしてどれ程、生きるよろこびを与えてくれたことであろう〉——第一詩集『地球と鴎』の「あとがき」の冒頭に記されたこの述懐は、詩作が自己救済の方策のひとつであったことを証している。昭和25年から32年までの十篇のみを収め、初期の作品は〈息苦しい耐えがたさ〉のため捨てたのだという。それらは、戦争の荒波に翻弄され、傷痕あらわな青春の蹉跌を生きた者による、ひそやかな存命の記録であったはずである。

山《やま》薊《あざみ》

山麓の野辺に　生　を　うけて
小川の不穏なせせらぎに　耳を　かたむけて久しい

すなわち
花のかんばせは﨟《ろう》たけて逞しく
茎は佇立したまま孤高をささえる
最後の　主張　は葉脈にしのばせて
幾變幻の　流れの音に構える

雑草は　かたく手をつなぎ合い
渦を巻く水の表情と地の底のうなりに

緊張　と　恐怖　のまなこをささげる
山裾より　はい寄るつめたい風に
山薊　は視界を　ひろげて
もろもろの雑草に　手をかざし

いのちのいとなみは
ひつそりと守られる

詩集『地球と鴎』に収められた詩篇「山薊」に現れるのは、薊と雑草と小川と風。それだけであるが、山薊には自己のありようが重ねられており、山麓の光景は自己の心象風景となっている。苦しくとも逞しく生きる一個の存在が映し出されており、哀しく美しい情景である。

山薊は、高さ二メートルにもなる多年草で、太い角ばった茎は直立し二十〜三十センチの棘の多い葉をびっしりとつける。小川のせせらぎは時代の不穏な流れであり、山裾より這い寄る風は世の不条理な風である。ひしめく雑草に女王のように手をかざすのは、ありたけ背伸びするしかない自己の孤高と気概を暗示している。つまり、地球の片隅の山麓に生を受けたのは、詩人自身でもあったのだ。

葉樹えう子は小説の書き手でもあった。たとえば小説「田沢稲舟」。明治の城下町鶴岡に医師の長女として生まれ、作家を志しながら思いなかばにして夭折したひとりの女性に心を寄せるのは、時代の足枷に抗って生きる情念の激しさを自らも心のうちに秘めていたからである。

二十世紀の逆説　――茨木のり子（1926-2006）

茨《いばら》木《ぎ》のり子（本名：宮崎のり子）は１９２６（大正15・昭和元）年6月12日、長野県出身の医師・宮崎《みやざき》洪《ひろし》と山形県東田川郡三川町出身の大滝勝《かつ》の長女として、大阪に生まれる。１９３９年、愛知県立西尾女学校入学。１９４３年、帝国女子医学・薬学・理学専門学校（現・東邦大学薬学部）入学。１９４９年、山形県鶴岡市出身の医師・三浦安信と結婚し、埼玉県所沢市に住み、のちに東京都に転居。１９５５年に第一詩集『対話』を刊行したあと、『見えない配達夫』、『鎮魂歌』、『人名詩集』、『自分の感受性くらい』、『寸志』、『食卓に珈琲の匂い流れ』、『寄りかからず』などの詩集を刊行。１９９０年には、『韓国現代詩選』の刊行により読売文学賞受賞。１９９９年には鶴岡市制施行75周年記念委嘱作として掲出詩を含む八詩篇が鶴岡市出身の佐藤敏直によって混成合唱組曲『はじめての町』として作曲され、山形交響楽団によって初演。庄内地方には幼少より頻繁に訪れ、２００６年2月17日、七十九歳で逝去。夫も眠る鶴岡市加茂の浄禅寺の三浦家の墓に納骨される。

マザー・テレサの瞳

マザー・テレサの瞳は
時に
猛禽類のように鋭く怖いようだった

マザー・テレサの瞳は
時に
やさしさの極北を示してもいた
二つの異なるものが融けあって
妖しい光を湛えていた
静かなる狂とでも呼びたいもの
静かなる狂なくして
インドでの徒労に近い献身が果せただろうか
マザー・テレサの瞳は
クリスチャンでもない私のどこかに棲みついて
じっとこちらを凝視したり
またたいたりして
中途半端なやさしさを撃ってくる！

鷹の眼は見抜いた
日本は貧しい国であると
慈愛の眼は救いあげた
垢だらけの瀕死の病人を
——なぜこんなことをしてくれるのですか
——あなたを愛しているからですよ

愛しているという一語の錨《いかり》のような重たさ

自分を無にすることができれば
かくも豊饒なものがなだれこむのか
さらに無限に豊饒なものを溢れさせることができるのか
こちらは逆立ちしてもできっこないので
呆然となる

たった二枚のサリーを洗いつつ
取っかえ引っかえ着て
顔には深い皺を刻み
背丈は縮んでしまったけれど
八十六歳の老女はまたなく美しかった
二十世紀の逆説を生き抜いた生涯

外科手術の必要な者に
ただ繃帯を巻いて歩いただけと批判する人は
知らないのだ
瀕死の病人をひたすら撫でさするだけの
慰藉の意味を

死にゆくひとのかたわらにただ寄り添って
手を握りつづけることの意味を
――言葉が多すぎます
といって一九九七年
その人は去った

マザー・テレサ（1910-1997）は、コソボ州・ユスキュプ生まれ。十八歳のとき聖座の許可を得て故郷のスコピエを離れ、アイルランドで女子教育に力を入れているロレト修道女会に入会。１９２９年から１９４７年までカルカッタの聖マリア学院で地理と歴史を教えた。１９４８年、教皇・ピウス12世から修道院外居住の特別許可が得られ、カルカッタのスラム街の中へ入り、ホームレスの子どもたちを集めて街頭での無料授業を行った。テレサの活動はカトリック教会全体に刺激を与え、「神の愛の宣教者修道士会」や「神の愛の宣教者信徒会」などが次々に設立されていった。１９７９年のノーベル平和賞授賞式には、普段と同じ白い木綿のサリーと皮製のサンダルという粗末な身なりで出席。賞金19万２千ドルはすべてカルカッタの貧しい人々のために使うこととし、晩餐会の費用は貧しい人々のために使うよう要望した。「世界平和のために私たちはどんなことをしたらいいですか」というインタビューでは「家に帰って家族を愛してあげてください」と答える。

マザー・テレサは、誰もが憧れてなしえない対他存在の象徴的な顕現となり、献身と思いやりを示す美しいひとつの伝説となった。詩編「マザー・テレサの瞳」は、テレサの人間像は瞳に象徴されていると伝えている。そう言えば、写真で観るマザーの瞳はどれも猛禽類のように鋭い。しかし、獲物を狙い襲うことなどはなさそうな瞳は、よく見ればむしろ優しさの極北を示している。とすれば、険しい眼は社会に向けられたものであったのか。

茨木のり子は両極を併せ持った瞳に〈静かなる狂〉とでも呼ぶ妖しい光を認めている。鷹の眼は鋭く見抜くのだ――〈日本は貧しい国であると〉。そして一方、慈愛の眼はやさしく救いあげる――〈垢だらけの瀕死の病人を〉。テレサが告げる〈愛している〉というひと言は、現代社会の中途半端な愛のメッセージを暗に撃つ。

〈二十世紀の逆説〉――生産手段の発達によって生活水準が上がり、人権尊重と機会均等などの原則が認められている近代社会の豊かさは、ひとつの逆説である。国家間の争いは絶えず難民は増え、物質的貧困はもとより精神的な飢餓が蔓延している。科学技術の進展もまた社会を豊かにしてはおらず、医学生理学が発達している一方で、思いやりの心がゆきわたらない。二十世紀の逆説は二十一世紀にも有効である。

〈言葉が多すぎます〉と言って去るテレサに、茨木のり子は自身の詩篇「賑々しきなかの」の第1連を思い起こしているはずだ。〈言葉が多すぎる／というより／言葉らしきものが多すぎる／というより／言葉と言えるほどのものが無い〉――言葉はことさらに、精神とでもいうべき形象である。眼には見えないものに視線をやり、ひとの心に思いを寄せる。顔に皺を浮かべ、二枚のサリーを取っ替え引っかえ纏うマザー・テレサが美しいのは、世界に光輝ある逆説を放射するからである。

ガリ版印刷に賭けた生涯　——佐藤　武美（1930-2013）

佐藤武美《さとうたけみ》は1930（昭和5）年1月1日、神奈川県横須賀市田浦町に生まれ、青森県大湊（現・むつ市）、山形県鶴岡市、京都府東舞鶴で幼少年期を過ごし、1945年、戦時疎開でふたたび鶴岡市に移り永住する。1946年、旧制鶴岡中学校を卒業し、ベニヤ工場工員となるも五年ほどして結核に罹患。1951年秋、自宅療養中に佐藤治助主宰詩誌『寒流』に第5号より参加し、第6号からガリ版の印刷を担当したことがきっかけで、二十五歳からガリ版印刷を生業とし、四十七歳からは重度身障者授産施設の鶴峰園の印刷指導員として勤務し、六十歳で定年退職。

1989年に詩集『出生記』を出版。〈寒々しい貧血の額を支えながら／僕は思うのだ／こんな　ひ弱な心と体を／どうやって鍛えていこうかと〉と閉じられる詩篇「出生記」は、誕生から引き起こされた生への困惑を顕わしていて、せつない。生きるとは、傷を、痛みを、愛することであるが、その処し方がわからない。希望はなく、あるのは将来への不安である。戦争をかいくぐったこの世代の多くがそうであるように、病に病んでまともにも生きえなかった青春の悔恨を引きずって現在がある。一方、自らの生活体験を反映してリアルな詩篇もある。軌道に乗った生活のなかでも、夢こそが現実的でほのかな希望なのである。

夢

雪だ

と思ったのは文字であった
毎日　毎日
ガリ版で書いて来た文字だった
数字や記号もいりまじって
空一面降って来る
どこに寝ているのか確かではないが
とにかく　まわり一面文字で白くなっていく

僕の名前がバラバラになって降ってくる
8に3が引っかかっている
6や9が　くるくるまわって
みさかいがつかない
0が蛙の卵のようにつながって降ってくる
「革」と「命」が二機編隊で顔をめがけてくる
「馬」が「蚤」から離れて
せいせいしている
「親」の上に「子」がのっかっている
それはもう　降ってくるといったらなかった
見とれているうちに
埋もれてしまって

寒さで目がさめた

仰向けに寝ていると、文字が雪のように降ってくる。数字や記号も入り混じり、見惚れているうちに身体は埋もれてしまい、寒さで目が覚める。シュールな展開が小気味いい。しかし、根底には生活苦が滲んでいる。ガリ版屋に徹夜はつきものだったという。冬の晩、締切の仕事が終わらず、仮眠のうちに見た夢であろう。ザラ紙一〆を六つ敷き、毛布を一枚かぶると想像以上に暖かかったという。

蠟引きの原紙をやすり板にあてがい、鉄筆で文字や絵を書いて蠟を落とし、その部分から印刷インクをにじみ出させて印刷するガリ版（謄写版、孔版）は、かつて仕事にかかせない印刷手段であった。二十歳でガリ版を覚え、定年退職後にも流麗な手捌きのガリ版で個人誌「がりばん」を発行した人生は、ガリ版を追求した生涯であった。

楷書体やゴシック・パイロット体など模範の書体はあるが、ガリ版には手書きゆえの個性や信念が反映される。１９８０年頃を境にタイプ印刷や軽オフセット印刷に押されたが、ガリ版印刷は途絶えたわけではなかった。ワープロが出回ったときは、まずワープロで下書きをしてからガリを切ったという。キーボードで簡単に文字入力や印刷ができる現代からすれば、手間暇のかかる時代遅れの機器のように思われる。しかし、多機能化し複雑化する現代の機器は操作の簡便さを奪って画一化し、デジタル化しハイテク化する社会は豊かな文化を醸成しているとは言えない。ガリ切りは指を媒体にして文字文化を創成する、入魂の営為だったのだ。それは機械文明によって切り落とされた。佐藤武美の見た夢は、もはや見ることはできない幻である。

２０００年、個人誌『がりばん』を創刊し15号まで発行し、自ら主宰した「ほしばるの会」より詩・句集『ちぎれ雲』（2006）、随筆集『ガリ版と私』（2007）なども刊行した。２０１３年12月15日に逝去。

諧謔の内に潜む哀感　――駒込　毅（1931～2002）

駒込毅《こまごめたけし》は、１９３１（昭和６）年3月11日に山形県河北町谷地に生まれ、山形大学教育学部卒業を機に１９５３年に第一詩集『夜の焦点』を刊行。その後、山形県立高校の英語教諭の職のかたわら、第二詩集『モンゴリアン　ブルー』(1961)、第三詩集『ぱぴるす』(1971)を刊行。教職を三十一年間務めた後は詩作に専念し、第四詩集『魚の泪』(1985)で山形県詩賞受賞。１９８６年にエッセイ集『菫色の時刻』を刊行。第五詩集『さかなに捧げるオード』(1989)で山形県芸術文化会議賞。第十詩集『きずな』(2001)を刊行し齋藤茂吉文化賞を受け、翌２００２年5月８日に逝去した。享年七十一。

駒込毅という詩人について脳裡に浮かぶのは、屈託のない満面の笑みである。１９８３年の創刊から26号まで八年続いた詩誌『阿吽』の合評会では、鋭い指摘を浴びせて同人を唸らせたが、記憶にあるのは底が抜けたような笑いのほうである。ジョークを飛ばし駄洒落を連発すると、論議で緊迫しかける場はすぐに和むのであった。しかし、光と影があるように、快活な振る舞いの裏には孤独な詩人の肖像が潜んでいた、と今なら言える。

ノンシャランス

鮫　さめざめと泣き
たらたらと泪をながす鱈よ

　　赤い目をした月の出だ
　　結膜炎病みの月の出だ

どじょう　どろどろと泥をもぐり
ドロンドロンの練習をしているどじょう

　ふーッ　さぶーい！
　外は雪か？　知らず？

赤い肌した鯉を恋う黒い肌した鯉よ
恋を知らずして恋をするか鯉よ

　めらめら燃えている野火
　枯れた自分を燃やしているのだ

おおシーラカンスよ　お前を抱いて
しんしんと深く海をもぐろうか

　ふ・ふ　よごれたシーツのように

夜がぶざまに拡がる
飛べ　とんまな鳥よりもすこしははやく飛魚よ
流れ星よりかすこしは太く軌跡を描け
　はるか地上をふらつくけだものたち
　ぬくい体温にしらずと酔ってか
浮袋が痛んで凋む凋む凋む……
いっそ石でもかかえていそいそと眠ろうか

エッセイ「タイトル考」によれば、第四詩集のタイトルはまとめる前から決まっていたという。『魚の泪』である。旅立とうとするときの松尾芭蕉の句「行く春や鳥啼き魚の目は泪」に拠っている。健康や初の東北行きの不安を抱えながらも旅へと心を馳せる芭蕉に似て、定年を前にして教職を辞し詩作に専念する決意と不安はさまざまに胸中をよぎっていたはずだ。詩篇「ノンシャランス」はその第四詩集からである。

「無頓着、なげやり、放逸」を意味する「ノンシャランス」という題名、二行一連によるリフレイン、駄洒落と見紛う押韻、いずれもがノンセンス詩の様相を帯びて軽快である。魚という他者を仮構して自己の視点を投影させてゆく手捌きが見事であり、行く春の生の営みを横目で見ながら繰り出すフレーズに哀感がこもっている。

駒込毅はイギリスのノンセンス詩人・エドワード・リア（1812~88）を愛読していたにちがいない。「ノンセンスこそ命の息ぶき」、「人生は根っからのむなしい悲劇で、大事なのはちょっとした冗談だけだ」とリアは述べる。まるで駒込毅の生《なま》の声のように響いてくる。ノンセンス詩は、言葉遊びの世界を躍動し漂流しながら、意味が無意味になり無意味が意味を持つ地平を志向する。それゆえ詩人は、笑い飛ばしえない局面に遭遇し、抜き差しならぬ場へと自己を追いこんでゆく。機知と諧謔が軽快である半面、魚たちのせつないありようがひしひしと伝わってくるのはそのせいだ。

諧謔の内に生まれる批評　――佐藤登起夫（1931-1986）

敗戦後、食糧不足と栄養失調により肺結核が蔓延したが、1931（昭和6）年5月14日に酒田市に生まれ、酒田工業高校を卒業後、酒田税務署に就職した佐藤登起夫《さとうときお》も同様の運命に見舞われた。二十一歳で酒田市立病院に入院し、やむなく休職。しかし、そこで待ち受けていたのは、吉野弘や大滝安吉などとの文芸活動を通じての交流であった。生涯を通じてそれは、自らのアイデンティティーを掘り起こす活動となる。サークル詩誌『谺』に2号から入会し、終刊57号までの。八年間に詩やエッセイを発表するかたわら、二十五冊の編集に携わり会計責任者も勤めた。１９８６年7月27日、急性心筋梗塞により逝去。対象を観照することで得られる認識を大滝安吉は「形象的認識」と呼んだが、吉野弘・大滝安吉・佐藤登起夫に共通するのは、その認識方法と世界観である。思えば、湊町酒田の空の下、病に侵された身にとって、事物や事象の内実を洞察すること以外、ほかに生き延びる術があったろうか。

歌よりも

日曜の朝。

愛してる
愛してる　とても
とても
愛してる………
と小学校二年生の森夫が
大声で歌っている。

聞き違えたふりをして
何
父さんを　とても　愛してるって　と
聞きかえすと
頬を染めて
ちがう　歌っているんだ

歌だよ
と懸命に　弁解する。
なに　それでは
父さんを
愛していないのかと反問すると
口を閉じて
うつむいてしまう。

森夫
それは冗談だが、しかし
真冬の晴れた夜のように
寒気が骨に刺さってくる
不幸な時代の
愛は
歌となって流れるよりは、むしろ
口をきちんと閉じて
冷たい表情をとるものだ。
凍った湖のように。

日曜の朝

さわやかなお前の口から
あふれ出る　歌声を
咎めだてするつもりは全然ないのだが、

時に　お父さんは
テレビから　何気なしに
国中に流れている
歌
を堰とめて
確かめて見たいことがあるのだ。

歌の流れが退いたあとに
日々の底に沈んで見えなかった
投げっ放しの本や鉛筆や服が
茶わんのかけらのように　寒々と
眼に入ってくることは
ないのか　どうか。

第一詩集『鮭の旅』に収められている詩である。ほかには、〈土もぐり／じょんだ／どんじょ〉と軽快に詠われる詩篇「どじょうの詩」では、〈人よ／この水の中で／登ろうとすれば、その場に合わせて／調

子よく　上下左右に／己をふらなければならないのだ〉と高度成長時代の出世社会を風刺し、メタファーを駆使する諧謔精神は現実を洞察する視力に押し出されていた。そしてさらに、詩篇「歌よりも」において批評と認識の俎上に乗せられているのは、調子よく愛を唄いあげる歌であり、歌を流行歌たらしめている時代の風潮である。愛はむしろ口を閉ざし、胸の内に秘められているはずではないかと。

現代はめまぐるしく技術革新を更新させ、あわただしく流れつづけている。歌もまた時代の空気を読みながら奏でられ、どこへともなく消えてゆく。とはいえ、唄い飛ばされてはならぬものはなかったかどうか。ひとつにそれは、立ち止まって内省する心である。

想念の湧き出づるにまかせ、深層に秘められた真理を掘り起こし、主観と客観の領域を行き来しながら、世界の本質を突きとめようとする。詩作とはこのようにあり、まっとうな社会のありようを模索しながら、新たな世界を拓こうとする気概に満ちていたはずである。そしてその結実は、いまなお現代文明批評として有効である。

痛みゆえに輝く命　――吉原　幸子（1932-2002）

吉原幸子《よしはらさちこ》は１９３２（昭和７）年６月28日、東京四谷生まれ。１９４４年、山形市に集団疎開。１９４５年に帰京し、都立第十高女に書類のみ入学、すぐに母と群馬県敷島村に疎開。１９４６年に帰京。

1951年に都立豊島高卒業。1956年、東京大学仏文科卒業と同時に「劇団四季」に入団。同年秋に退団し、同人誌「沙漠」に参加して詩を発表し始める。1964年に刊行した第一詩集『幼年連禱』及び第二詩集『夏の墓』により室生犀星賞。第三詩集『オンディーヌ』(1972)及び第四詩集『昼顔』(1973)により高見順賞。最後の第十一詩集『発光』(1995)により萩原朔太郎賞。2002年11月28日、十年に及ぶ闘病生活の末、逝去した。

春の萌しが見え始めた1987年3月15日の午後、「山形の思い出と私の詩」という演題で、吉原幸子は山形市民会館小ホールの演壇に立っていた。小学生のころは一日も欠かさず親から日記をつけさせられ、教師や友達に対してもいい子を演じる鼻持ちならぬ「優等生」であったこと、終戦の前年の十二歳のときに山形市七日町の光明寺に集団疎開し、索漠とした思いで約一年間を過ごしたこと、などを淡々と語った。

頭ひとつ抜き出た聡明な児童は、人知れず孤独を味わい、世の不条理を身に浴びたはずである。幼年の体験が記憶として感得されて初めて幼年を持つことができ、〈小ちゃくなりたいよう!〉と詠った第一詩集『幼年連禱』に結実したことは、幼年時体験がこの詩人の出発点にあったことを証している。

思い出話から一転してのアルトの声音による自作詩の朗読は、一瞬にしてホールの空気を変えた。〈まだ　ふるへることができるなんて／ほろびることが　できるなんて〉と朗誦するとき、歌い手ならばメロディーに乗せて歌い飛ばしてしまう感性を、吉原幸子はもういちど自らの身に引き寄せているように思えた。言葉を吐き出すよりほかにない淵に危うく立っている一個の感性が、ひりひりと痛かった。その切迫感あふれる情感のみずみずしさに、感動という言葉があったことをしばらくぶりに思い起こした。パンフレットには、詩集『幼年連禱』のなかから次の詩篇が記されていた。

あたらしいいのちに

おまへにあげよう
ゆるしておくれ　こんなに痛いいのちを
それでも　おまへにあげたい
いのちの　すばらしい痛さを

あげられるのは　それだけ
痛がれる　といふことだけ
でもゆるしておくれ
それを　だいじにしておくれ
耐へておくれ
貧しいわたしが
この富に　耐へたやうに——

はじめに　来るのだよ
痛くない　光りかがやくひとときも
でも　知ってから
そのひとときをふりかへる　二重の痛みこそ
ほんたうの　いのちの　あかしなのだよ

ぎざぎざになればなるほど
おまへは　生きてゐるのだよ
わたしは耐へよう　おまへの痛さを　うむため
おまへも耐へておくれ　わたしの痛さに　免じて

〈おまへにあげよう〉――出産とは有無を言わさぬ押しつけであり、己れの一方的な思惑の結実であることを告白する以外に、新たな生命に語る術がない。もうひとつの生を投げかけることで沸き起こるつらさが、こちらの生の側にあり、耐えることでしか生き延びえない人間という存在の理が、天運となって待ち受けている。詩篇「あたらしいいのちに」では、これから生まれる我が子へと寄せる愛と激励が語られる。とはいえ、何ということであろうか。産むことを謝り、許しを請うている。このような母性を、ほかには知らない。

痛みがある。これはもう、取り返しのつかないことだ。しかしながら、二律背反を病んだ感性の論理的昇華が志向される。すなわち、〈すばらしい痛さ〉という逆説が吉原幸子の発見であり、そう捉え直すことで負の感性は正へと反転する。誕生の意味を問いかけながら、自己のありようをも見つめ、痛みゆえに輝く生命の意義へと認識が辿り着いている。

病みつつ生きる覚悟　――阿部　岩夫（1934-2009）

1934（昭和9）年1月20日、山形県東田川郡齋村（現・鶴岡市伊勢横内）に生まれた阿部岩夫《あべいわお》（本名：阿部岩男）は、鶴岡南高校に入学し、隣町に住む詩人長尾辰夫と出会い詩を書き始め、佐藤治助（1922-2007）らの同人誌『寒流』に参加した。その後、法政大学文学部に入学。詩作から遠ざかり学生運動に加わるも、病のため一時帰郷して入院。復学して卒業し、ふたたび詩を書き始めたのは1970年頃であった。

阿部岩夫は身体的病弊を克服するために言葉の発露を詩となした詩人だったように思われる。生来の喘息に加え、舌潰瘍、胃・腸・肝臓の異変、原因不明の内臓出血など、病との闘いが詩作を促していたはずだ。詩は画策されてあるのではなく、いまある状況ゆえに生み落とされ、生は拒まれてあるそばから詩によって救済されるのだった。つまり、言葉によってというよりは痛みによって詩が書かれている。高見順賞を受賞した最後の詩集『ベーゲェット氏』（1988）は、その一事を象徴的に伝えている。その詩集は死と病という不条理との壮絶な闘いを記した物語であり、部分引用は不可能であると同時に禁じられている。言葉は拾えても痛覚は拾えないからである。

散逸したと思われていたが、後に『阿部岩夫詩集』（1987）に初期の三篇が収められた。そのひとつである詩篇「夢鳥」は、己れが拠って立つ磁場とそこからの解放を祈りのように詠っており、詩人阿部岩夫の資質をすでに伝えている。

夢鳥

冬の病いを
地球をまわる海に沈めよ
発作のあとの疲れを
そこで癒すのだ
そうすれば私も鳥も
小さな冬の木のように
空にながされるだろう
いま病床のなかで
気が狂《ふ》れた
自分のことを考えている
ただそれだけのことで
人びとの呟《つぶや》きや
笛や鼓《つつみ》の音にまじって
祈りの詞《ことば》がきこえてくる
眠りの雨は
音が流れ出るのを怖れながら
わたしを地球のそとに
流しつづける

己れの病を冬の海に沈めたい。そうすれば、小鳥のように軽々と空を飛べるのではないか。祈りの詞を聴きながら、眠りへと誘われる。――そのように読むことができるこの詩篇は、しかしながら、描出が屈折して特殊である。つまり、空を飛ぶのではなく〈空にながされる〉。眠りに就くのではなく、眠りが〈わたしを地球のそとに流しつづける〉。このような統語法の変換が阿部ワールドの基本的な書法であり、言葉は病との闘いから生まれ、痛みとともに産み落とされている。

阿部岩夫の詩業を思い返すたび、脳裡に甦ってくるのは談笑した数々の場面である。詩集『不羈者』(1981)の山形県詩賞受賞式会場の山形市民会館と懇親会場「すずらん」。詩集『月の山』(1983)の出版記念会場「火の鳥」。「阿部岩夫・小松章三詩画展」(1991)会場の「ギャラリーあべ」など。それに鶴岡に帰郷するたびに懇談した彼の生家や拙宅。不思議なことである。文学について語りながらときおり目を細め満面の笑みを浮かべる阿部岩夫に、病との抗いを執拗に描いた詩の世界を感じ取ることは一度もなかった。

晩年の佐藤治助氏の自宅をともに訪れた穏やかな秋の日が、最後の談笑の機会となってしまった。病からいっとき解放された幸福の表情があった。しかし、２００９年6月12日、肺炎によって七十五年四カ月の生涯を閉じる。月山を仰ぎ見る赤川が流れる伊勢横内の、生家のすぐ近くにある田種院に阿部岩夫は今も眠っている。

一輪の花の哀切　――工藤いよ子（1935-1993）

工藤《くどう》いよ子は、1935（昭和10）年、画家工藤義雄の長女として山形市に生まれる。1968年に上京。1975年に『季刊恒星』同人となり、さらに翌年の1976年に「日本未来派」同人となる。1979年に第一詩集『遠い夏』を出版。1981年、佐藤總右の媒酌により写真家木村清一と結婚する。1982年、佐藤總右の急逝を受けて発行者を木村清一とする佐藤総右句集『十七文字付近』の制作においては、鉄筆でガリを切った安元昭鄙とともに尽力する。詩篇は『季刊恒星』最終第二十四輯まで発表し、1984年には近文社発行『全国詩人特選詩集⑬』に五篇の詩が収録された。しかし、晩年には乳癌を病み、第二詩集上梓の念願叶わず、1993年に逝去する。

冬のあざみ

生れてしまった　ということ

切り取られ
温室の土を離れて
ガラスつぼの中　水に已れを支え
花が息づく

葉を空にのべ
棘を張り　息つめて　触れる者は刺す

紅い花は　確実に老い
色褪せ
白い　細い　棘を　空に刺し

葉の緑が枯色に変り　それでもまだ棘は刺す　乾ききったミイラのようであって　死にきれない茎の示す切られた時の姿勢への執着

つぼの水を捨てる

縮んだはなびらが見るうちに萼から浮き上る　浮いて来ては凝って落ちる　後には種が綿毛さえ整えて待っていた　種に押され　押されて散るはなびら　微かに紅色を光らせて

總右によって合評会や多くの詩集出版記念会が開催されていた「火の鳥」で、一度だけお会いしたことがある。詩集に花が頻出していたことから連想されたのであろうか、清楚な面持ちで聴き上手だった工藤いよ子は、多くを語らぬ花、すなわち「秘すれば花」の存在であった。さて、花が秘しているものは何であったか？

詩集『遠い夏』は、過ぎ去った遠い風景を思い起こさせる。それは記憶のうちに蘇るひとりの詩人の心象であり、一個の存在が生きた記録である。それだけではない。旺盛な活動を展開していた詩と小説の同人誌『季刊恒星』をいつでも思い起こさせる。発行人が佐藤總右、発行所は季刊恒星社であるからだ。

アンニュイでシニカルな視点を詩作の根底に据え、生きづらい現代社会を迎え撃っている作品が、工藤いよ子の詩には多い。しかし、深層には繊細な感性が潜んでいて、どの詩篇もいわく言い難い哀愁を帯びている。

掲出詩は詩集『遠い夏』の巻頭詩であり、〈生れてしまった〉という表現が、繰り広げられる詩集の世界を予言している。アザミは初夏から秋にかけて咲く野草で、棘が多くさわると痛い。ここではガラスつぼに入れられた冬のあざみ。切り取られ老いてもなお触れる者を刺すあざみである。〈切られた時の姿勢への執着〉——それは己れの生の時間への執着。激しい。しかし、つぼの水は捨てられる。〈種に押され　押されて散るはなびら〉——それならばなぜ、ひとは生きるのか？　死にきれないのは、この世に執着しているからだけではない。この花は反抗心を育んでいるのだ。アザミの花言葉は復讐である。詩人はおそらく花に自己のありようを透視している。

さて、花が秘しているもの、それは存在の哀しさである。種に押されて散る花びらとは、自らの生命に重ね見られていた幻影の現し身である。

蒼天の高みを泳ぐ山　──富樫　善治（1937-2015）

　富樫善治《とがしぜんじ》は１９３７（昭和12）年２月２日、鶴岡市大宝寺に生まれ、１９５２年、鶴岡第二中学校卒業後、鶴岡南高校定時制入学。以後、市内の活版印刷所に勤務し、植字工として生涯を送る。かたわら、「やましん詩壇」選者の長尾辰夫に作品を推され、佐藤治助・鳥海淳・佐藤武美らと詩誌『詩人の眼』（１９５７年創刊～6号、復刊～4号終刊）の発刊に加わる。また、吉野弘・大滝安吉・佐藤登起夫らの『岙』に43号（１９５８年）より参加し、個人詩誌『紡錘形の家』（１９７０年創刊～6号）、『荘内文学』（75年創刊～6号）、『詩』（１９８１年創刊～11号終刊）などに作品を発表する。詩集に『山』（1961）、『少年哀夏』（2002）がある。詩集にはほぼ書き下ろしの作品が収録されており、したがって各詩誌に発表された詩篇は詩集にほとんど未収録である。２０１５年12月9日、逝去。

　富樫善治の詩について藤沢周平は、よく訪れた総合文芸同人誌『荘内文学』の合評会の席上、比類のないイメージの生成と修辞のあでやかさを指摘していた。藤沢は『荘内文学』の顧問のような存在で、主宰者の富塚喜吉宛に毎号にコメントを寄せ、合評会のあとの懇親会にも付き合い、鶴岡の小さな飲み屋のテーブルに居座ると鶴岡の田舎のおじさんという雰囲気で、遠慮なく談笑する機会に恵まれた。富樫善治はというと、ケラケラとよく笑った。きっと大作家同様、こういう詩人は書斎での険しい顔つきを人前ではしないのだ。

　言葉は、発せられると用済みになる日常生活のツールであるばかりでなく、記されてからあとで効いてくるツールでもある。中津玲に宛てた書簡のなかで「異能の天才」と藤沢周平が呼んだ富樫善治の詩篇はどれも凝りに凝っているゆえ、読み返すたびに新たな感慨が湧き起こってくる。つまり、揺れ動くのは常に読み手の感性のほうである。

月山

いたり着くあてどのない流れを断ちきり
どんな修辞の岸辺で憩っているのだろう
ゆるやかに崩れる残りの雪もいとおしく
ほとんど悲しみだけの細い線で曳かれた
臥牛の背骨を水の眼差しで触れてゆけば
剝けた肩さきに白昼の満月が滲んでいる
遅れてきた死者たちの手の届くあたりに
耽美な伝説を妍った未成熟な果実として
慌しく沸きたつ積雲の餓鬼どもに狩られ
淫らに食い散らされて歪んだ風穴からは
透明な錫の音がりんりんとしぶいてきて
支えもなく佇つ萱草の裾をぬらしてくる
此処はまぎれもなくいちどは死んだ古里
きらりと風の分れる葦叢に浅く埋もれて
壊れた水門の羊水には古い胎児が棲息し

合掌の形に溶化して臥牛の空を視ている
青みどろの眸を裂く鳥影のように掠めて
弥陀ヶ原の池塘を浄化させる淋しい風に
吹き寄せられてきて溜る精霊たちよりも
さらに淡く漂うわたすげの冠毛を仰いで
身を反らせた赤腹が暗い口を漱いでいる
誰が隈笹と磧礫の境で揺り起こしたのか
首を断たれた草食獣が静かに立ちあがり
神遊びの荒れ庭を射す白昼の満月を肩に
退屈な蒼天のたかみを泳いで還ってゆく

修験者による山岳信仰として親しまれている出羽三山は、庄内地方の側から眺めれば、臥牛山とも呼ばれる月山が前世、牛が頭をもたげた部分にあたる羽黒山が現世、後脚を曲げた隠し所にあたる湯殿山が来世、を表すとされている。つまり、この世を去ってあの世に行き、ふたたびこの世に生まれ変わる。三山をまわる巡礼は、この世にあって輪廻を感得し、悟りの境地に達することである。

若き日の詩集『山』に現れているように、山は生涯にわたって詩人の心の拠り所であった。晩年近くに発表された詩篇「月山」の十八文字の行は、巡礼の旅路のように二十五行にわたって矩形を構成し、呪術に似た詠唱となってある種の浄化に辿り着こうとしている。〈ほとんど悲しみだけの細い線で曳かれた／臥牛の背骨を水の眼差しで触れてゆけば／剝けた肩さきに白昼の満月が滲んでいる〉――悲しみの形象のように横たわっている牛は、静かに立ちあがり、白昼の満月を肩に担いで蒼天の高みを泳ぎ、自らの存在の核へと還ってゆく。この詩篇が「ジーンズのうた」『山形新聞』に掲載時、〈月山よ、お前は歩むべきだ〉と詩人はコメントを寄せている。歩むべき山への呼びかけとは、いまここを超え出ようとするすべての存在への激励である。富樫善治にとって詩への表出とは、険しく新たな世界へと躍り出るための方策であった。

悠久無限の時空を仰ぐ相輪 ——中津　玲（1940-2018）

中津《なかつ》玲《れい》（本名：奥山作美《おくやまさくみ》のち弦木《つるき》作美）は、１９４０（昭和15）年2月3日、山形県西田川郡加茂町大字湯野浜（現鶴岡市）生まれ。印刷会社に勤めながら山形県立鶴岡南高等学校（定時制）において勉学に励む。卒業後、上京して就職するも、健康を損ねて二年ほどで帰郷。療養後、鶴岡市内の建築事務所に勤務。１９７８年には、地元で一級建築士事務所・弦木建築設計室を立ち上げ、２００２年まで建築設計監理業務に従事。高校時代に第一詩集『遠い心』(1959)を発行。その後、『詩人の眼』『火山系』『荘内文学』『詩』などの同人誌に詩や評論を発表。１９８５年、第二詩集『日の底で』刊行。２００９年、第三詩集『建築有情』刊行。後年は小説の執筆にも意欲を燃やし、２００３年に善寶寺五重塔の建立秘話『五重塔遺聞』を刊行し、第19回「真壁仁・野の文化賞」受賞。２０１５年に『上弦の月　詩人・星川清躬／伝』を刊行し、第58回「高山樗牛賞」受賞。２０１８年2月12日逝去。

２００７年の自身の誕生日に刊行されたずしりと重いＡ４判１３６頁の大冊写真集『五重塔詩情』は、限定わずか二十三部の私家版・非売品であり、人目に触れる機会は皆無に等しいと思われるが、中津玲の詩心のありかが顕現しており、貴重である。マリンブルーの強固な上製箱から書籍を取り出すと、補色の紅色のカバーが目を射る。頁をめくると、両面マットコート紙に国宝および重要文化財に指定されている日本全国の二十五塔の五重塔のうちの二十二塔が活写されている。添えられている小文も簡潔に深い抒情を伝えている。驚くべきことに、撮影・執筆・印刷・装幀はすべて自身によってなされている。

五重塔は生涯、中津玲の心を捉えて離さなかった。詩集『建築有情』のカバーには室生寺五重塔の相輪が映写されており、写真集の巻頭に掲載された詩篇「塔」が再録されている。

塔

そこの
伽藍の一隅に佇んで耳を澄ますと
とおく空にこだまする槌音が聞えてくる
みどり匂う風に抱かれて逝った情念が
いま永劫の大地から生れてきたのか
深い寡黙の中で立ちつづける　塔
騒然となだれてゆく日の底で
ふと　めぐりあい

異形の塔を仰ぐ幾千幾万のこころは
そのたびに不思議な想念に捉われながら
やさしく　拒まれ
はるかな塔の四囲をめぐりつづける

たとえ漆黒の夜が重くのしかかろうとも
たとえ嵐の中で風鐸が鳴ろうとも
しなやかに
塔は己が細い裸身を支えて立ち
ゆたかに重なる軒の奥ふかく
つらぬいている意志を垣間見せもしない

それは
荒涼とした今日を生きつづけるための
果てない孤独の堆積なのか
それとも
古代の稟質が風化して　なお
熱いかたちの　まぼろしなのか

塔は　空へ

人は　大地に
連綿と過ぎる愛憎の日夜へ訣れようと
祈りにこめた思惟を綴り合せて
相輪は　いつも
哀しみの孕む天空を指している

太古の風をまとい時空を越える塔の存在は、自らの憧憬の象徴と言ってよい。想念は熱く沸き起こり、やさしく拒まれながらもまた、塔の四囲をめぐりつづける。塔の細い裸身は己が裸身と二重写しに見えているはずだ。漆黒の嵐の夜でさえ、その奥深くにマグマのようにたぎっている意志こそは、もの哀しいこの世において相通じる熱情である。

建築士としての分析力と詩人としての抒情性が交響して、五重塔という象徴を我が身に引き寄せている。たとえば、写真集の「法隆寺五重塔」の章にはこう記されている――〈千三百年の歳月を越えて、飛鳥様式を今に伝える貴重な遺構群であるが、伽藍堂塔の建立年代や様式はともかく、天空を指す相輪の先の空を仰ぎながら、はるかな古代大和の地に想いを馳せると、心ときめく五重塔である〉。天空を指す相輪の先の空を仰いでいるのは詩人自身である。その生命は有限であるが、代わりに悠久無限の時空を塔の相輪が仰いでいるのである。

III

俳句短歌童謡逍遙

彼方への曳航
――童謡詩人・金子みすゞの意匠

金子《かねこ》みすゞの人生は、同じ二十六歳で早逝したロックシンガー尾崎豊（1965-1992）の人生に通じるところがある。抗いつづけ真実とは何かと叫びながら二十六年を濃密に生きた、そのひたむきさ・純粋さ・潔癖さを想うとき、どのように空想をめぐらしても六十二歳の尾崎豊を想像することはできない。同じように、六十二歳まで生きるみすゞを想像することなど到底できない。珠玉のような５１２篇もの童謡詩によって豊穣なる世界を構築したみすゞにとって、そのうえさらに何を書く必要があったであろうか。

三冊目の最後の詩集『さみしい王女』の「巻末手記」は、達成感と虚脱感を顕し、執筆の終了と断念を暗示している。〈できました、／できました、／かわいい詩集ができました。〉と書き起こすも、陽が射した大地が一瞬にして暗くなったかのように、詩集達成の歓びは束の間である。執筆の旅路がゴールへ辿り、自らの営為が振り返られている。そして、その成果に自ら〈むなしきわざ〉と判定を下している。〈誰に見しょうぞ、／我さえも、心足らわず／さみしさよ。〉――つまり、読み手は想定されてはおらず、いまだ満足せず、語りかける相手は〈さみしさ〉である。詩集の完成は、登り得ずして帰って来た山のようにあり、虚しい技の結実であった、と。ひたすらに書きつづけた人生であったが、〈明日よりは／何を書こうぞ／さみしさよ。〉と手記を終えるように、このあとに書き継ぐ詩篇はもうない。

金子みすゞの生涯はまた、米国の詩人エミリー・ディキンソン（1830-1886）の生涯に通じるところがある。生前にわずか10篇の詩篇しか発表されず、引き出しのなかから発見された1789篇の詩によって後に「19世紀世界文学史上の天才詩人」という名声が与えられることになるエミリーの、その無名性に等しい。みすゞは投稿雑誌掲載時には選者と一部の読者に称えられるが、その後はまったく埋もれている。

みすゞの最後の寄稿作品は昭和4年西條八十主宰『愛謡』5月号への「夕顔」である。西條八十はその頃には、「当世銀座ぶし」（中山晋平作曲）など歌謡曲の作詞を行っており、みすゞの最後の寄稿の翌月には「東京行進曲」（中山晋平作曲）を作詞し、佐藤千夜子が唄って25万枚のセールスを記録している。「夕顔」が〈さびしくなった／夕顔は、／だんだんしぼんで／ゆきました。〉と詠うように、暗く沈潜するみすゞの内奥世界と、大衆歌謡へと華やかに流れていった西條八十のコマーシャリズムは、およそ相容れない。両者の意識は内と外へと相反する方向を向いていたはずである。それに、西條八十が讃えているみすゞ作品は大正10〜13年ごろの作品であった。エミリーの詩篇は「あまりにも繊細で、出版できる力はない」と判断されるが、みすゞの詩篇もまた同じように繊細でひ弱く、売れるものではないと判断されたのではなかったか。また、もうひとつの原本を受け取っていた弟の正祐は、出版社に駆け寄るも出版を断られたあと、なす術なく何事も為していない。要するに、みすゞから詩集原稿を託されたこの世でたった二人の重要人物は、みすゞ作品を真に認めていたとは判断できない。埋もれていた童謡詩が蘇るのは、実に死後五十二年後である。1982年6月20日、童謡詩人・矢崎節夫がみすゞの弟・上山雅助（当時七十七歳、本名正祐）と出会わなかったら、みすゞが世に出ることはなかったかもしれない。

振り返ってみれば、外へと放射される尾崎豊のロックンロールと、内へと沈潜するみすゞの童謡詩はまったく対照的であるが、秘めたる胸の熱さは同程度である。そして、雑誌への投稿で一躍脚光を浴びたみすゞと、隠者のようにひっそり過ごしたエミリー・ディキンソンは対照的ではあるが、その孤独の純度と孤高の高さには相通じるものがある。

日本海に面する漁師町の山口県大津郡先崎《せんざき》村に、金子家は父・母・祖母・堅助（兄）・テル・正祐《まさすけ》（弟）の六人で穏やかに暮らしていた。１９０５年、渡海船の仕事に就いていた父・庄之助は、上山文英堂《うえやまぶんえいどう》書店の清国《しんこく》（現在の中国）の営口《えいこう》の支店長を任せられることになり、清国に出向く。ところが、本屋は日本文化の流入口としての象徴とみなされ、日本の満州進出の反日運動のあおりで、翌年の１９０６年2月、父・庄之助は清国で殺害された（と、これまでは考えられてきた）。ところが、『金子みすゞふたたび』（2007.10）において著者の今野勉は、その通説を覆している。父とみすゞが無縁墓に眠っていることに着目し、その墓が石見屋又右衛門という人物のために二百年も前に立てられた無縁墓であることを突きとめ、金子家の始祖であると推定する。他殺や自殺などで普通でない死に方をした人間は、先祖代々の墓には入れず無縁墓に入れられるのが当時の葬り方であった。営口で発行されていた明治39（１９０６）年2月14日付「満州日報」に【本屋の頓死近所の特志】という見出しの記事のなかに金子庄之介の名前を発見し、庄之介は脳溢血による病死であったことを今野勉は突きとめる。それでも母・ミチが夫・庄之介をあえて無縁墓に葬った。なぜか？　そこから推定されるのは、比類なきドラマである。みすゞが自殺を決意したとき、自分も無縁墓に入れられると考えたか？〈考えないわけはない〉と今野は記す。みすゞには墓に関わる童謡詩が多い。墓には思い入れがあり惹かれていたはずである。

父の死は、テルがわずか三歳のときだった。追い打ちをかけるように、１９０７年1月、弟の正祐が上山文英堂に養子としてもらわれて行く。にぎやかな六人家族は四人となったが、しかし、テルは小学校で学業に精を出し、成績はオール甲（オール5）で、1年から6年までずっと級長を務めるなど、才気煥発ぶりを発揮する。

1916年、小学校を卒業後、当時女学校に入学できる者が一つの小学校から数名という時代に、大津高等女学校に入学。一方、上山文英堂では店主上山松蔵が妻フジを亡くし、フジの姉のミチ（テルの母）が妻となって下関に去る。堅助、ウメ、テルの三人家族となったが、テルは学業に励み、卒業生総代として答辞を読み、1920年3月、大津高等女学校を卒業。その後、テルは、店番など本屋の手伝いを始める。弟の正祐が下関から先崎によく遊ぶに来るようになり、親交を深める。

1923年、兄・堅助の結婚を機に、二十歳になっていたテルは下関の上山文英堂に移り住み、みすゞというペンネームで童謡を書き始め、6月から雑誌に投稿を始める。そして、西條八十の選などで、雑誌四誌すべてに入選掲載され、本格的な詩作が展開されることとなる。正祐はかすかに嫉妬を覚え、ライバル意識を抱き、自らは音楽の道を歩もうとする。

「おさかな」は、選者が西條八十である雑誌『童謡』9月号に初めて入選した記念すべき作品である。みすゞ童謡詩の原点とも言える《生と死、犠牲と気遣い》の主題が穏やかな童謡の調べのなかに響いている。

おさかな

海の魚はかわいそう。

お米は人につくられる、
牛は牧場で飼われてる、
鯉もお池で麩を貰う。

けれども海のおさかなは
なんにも世話にならないし、
いたずら一つしないのに
こうして私に食べられる。

ほんとに魚はかわいそう。

起承転結ともいうべき四連構成を持ち、主調は第1連において端的に示され、第2連の具体的表出を経て第3連の逆説的な認識へと高められ、第1連の主調音のだめ押しとなる最終連へと結実している。五七五の韻律の俳句、五七五七七の韻律の短歌がそうであるように、七五調の韻律による音楽性musicalityが世界を創成している。

4/4 ⫽〇う／みの／さか／なは⫽かわ／いそ／う〇／〇〇⫽
⫽おこ／めは／ひと／に〇⫽つく／られ／る|〇／〇〇⫽
⫽〇う／しは／まき／ばで⫽かわ／れて／る|〇／〇〇⫽
⫽〇こ／いも／おい／けで⫽ふを／もら／う|〇／〇〇⫽
⫽けれ／ども／うみ／の〇⫽おさ／かな／は〇／〇〇⫽
⫽なん／にも／せわ／に〇⫽なら／ない／し〇／〇〇⫽
⫽いた／ずら／ひと／つ〇⫽しな／いの／に〇／〇〇⫽
⫽こう／して／わた／しに⫽たべ／られ／る|〇／〇〇⫽

⫽ほん／とに／さか／なは⫽かわ／いそ／う|〇／〇〇⫽　（〇は八分休符）

弱肉強食の世界にあって、その状況を根底から疑っている存在者がいる。その眼は童謡の調べのなかで輝いている。なにゆえにそうであるのかという問いは、煎じつめればなにゆえに生命がそもそもあるのかという問いへと帰着する。問いは解答を導かない。解答があれば問いは問いであることをやめるだろう。

傍線で示したように、「う」と「る」で終止する二種類の脚韻がある。しかしながら、「かわいそう」と音が消え入る「う」とは異なり「もらう」は、二つの「〜られる」に等しく、「う」が強調される余韻となっている。いずれにせよ、「u」の脚韻が八分休符三つを従えることによって余韻を生成している。これは逆の五七調ではそのようにはならない。この余韻が奏でる詠嘆とは、生命の哀しさを詠う嘆きである。

魚と対比されている生物が三種現れる。鯉――それは池で飼われていて、餌をもらって生きている。牛――それは牧場をあてがわれ草を食べて生き延びている。米――人の手によって作られる植物、稲の実。これもいずれ人の口へと運ばれるだろう。そして、魚もまた同じように人の口に入る。しかし、魚が他と異なるのは、魚は人の手によって育てられてはいないからだ。人とはまったく関わりのない生命が人の餌食になる。この理不尽さは魚にとっては耐えられないとみすゞは思う。痛みに共感している詩人がここにいる。つまりは、弱肉強食という世界の現実を前にして、ささやかな思いがあるべき世界の実現へと高まっている。みすゞワールドの不思議とは、このことである。こころの架け橋となる憐み、それは生命体がかけることのできる最後の対他的な関わりとしての虹である。

朝焼小焼だ
大漁だ
大羽鰮《おおばいわし》の
大漁だ。

浜はまつりの
ようだけど
海のなかでは
何万の
鰮のとむらい
するだろう。

みすゞのふるさと仙崎では、現在でも朝早く午前2時のセリから一日が始まるという。第1連は祭り囃子のような景気のいい調子で起こされる。「〜だ」の断定が小気味よく第1・2・4行の末尾を打ち鳴らして、人々の心の高揚をさらにドライブするかのようだ。久方振りの大漁なのであろう。深夜の労苦も癒されて、賑わいでもって一日を始めることができるのは、このうえない僥倖である。大羽鰯が取れる初夏、こうして暑くなる夏へと移行する予感がある。

ところが、第2連の冒頭ですぐ〈浜はまつりのようだけど〉と転回され、世界は一瞬にして変貌する。海のなかで鰯たちは弔いでもって朝を迎えようとしているのだ。浜と海、祭りと葬儀、賑わいと弔い。浜の人間と海の大羽鰯。浜ではしゃぐ者たちに、海のなかの空虚は見えていない。漁師は殺戮者であり、鰯を口にする者もまた共犯者である。その事実が朝焼けのもとへと厳しくあぶり出されている。

4/4 ‖あさ／やけ／こや／けだ|‖たい／りょう／だ|○／○○‖
‖○お／おば／いわ／しの‖たい／りょう／だ○／○○‖
‖○は／まは／まつ／りの‖よう／だけ／ど○／○○‖
‖○う／みの／なか／では‖なん／まん／の○／○○‖
‖いわ／しの／とむ／らい‖する／だろ／う○／○○‖

（○は八分休符）

七五調がくっきりと五つの二小節に収まっている。上七と下五が休止なく連続しているので、下五のあとの休止が余韻をたっぷりと保っている。最初と最後の二小節が一拍目の頭から開始されるのに対して、その間に挟まれる三つの小節は第一拍をシンコペーションで始める。第2連の「〜ど」「〜の」「〜ろう」の躊躇・推量は、第1連で韻を踏む「〜だ」の断定とは対照的に、心を繊細で不確定な内省界へと導く。断定的単発的な発話の第1連における「大漁・大羽鰯・大漁」という「大」の文字による頭韻と、推量的連続的な発話の第2連もまた、鮮やかな対照である。明るい歓声と暗い悲嘆がそれぞれに強調されている。しかしながら、対照は表層に現れるにいたった表象であり、浮かれ騒ぐ群れから一歩退き海のなかの鰯に心を寄せるありようが深層に潜んでいる。

人間を中心とする単眼思考を離れ、他者の視点へと降り立つ複眼思考が、深層に潜んでいる。立場を代えれば互いの心理は明る陽のもとに浮き彫りになるだろう。鰯は弱い魚と書く。魚とはいえ、弱者に注ぐみすゞの視線は、凡庸ではない。双方向的な視点で事象を捉えることによってのみ生命の尊厳に触れることができることを、詩篇「大漁」が簡明に語っている。現代詩が失った音楽性 musicality を保持しているみすゞの童謡らしからぬ童謡詩は、時代を超えた摂理を内包している。そして現在、みすゞの童謡詩は多くの作曲家によって音楽作品に仕立てられている。みすゞワールドを楽曲にする場合、その世界はマイナー（短調）のように考えられることが多いが、しかしメイジャー（長調）の澄みきった響きのなかに哀切を盛る童謡であろう。

1925年5月18日、正祐に徴兵検査の通知があり、松蔵が養父とわかる。やがて、テルに結婚話が持ち上がる。上山文英堂の跡継ぎに関わる、意に沿わぬ政略結婚であった。当然のことながら、正祐は反対し、1926年1月に「建白書《けんぱくしょ》」と題する手紙をしたためた。そして2月、先崎へとやってきた正祐はテルと出会い、テルが自分の姉であることを初めて知り、愕然となる。しかし、2月17日、テルは結婚する。テルの結婚相手は、上山文英堂で手代格として働いていた宮本啓喜。テルと宮本は上山文英堂の二階に住むこととなる。4月に正祐が家出する。

月日貝

西のお空は
あかね色、
あかいお日さま
海のなか。

東のお空
真珠いろ、
まるい、黄色い
お月さま。

日ぐれに落ちた
お日さまと、
夜あけに沈む
お月さま、
逢《お》うたは深い
海の底。

ある日
漁夫《りょうし》にひろわれた、
赤とうす黄の
月日貝。

詩篇「月日貝」には、みすゞと弟の正祐の恋情が透視される。ある日、漁師に拾われた、赤とうす黄の月日貝。深い海の底で出逢った二枚貝は、渚に打ち上げられる。赤の殻はみすゞ、うす黄の殻は弟の正祐ではないかとひらめいたとき、ひとつの物語が浮かんでくる。結ばれえぬふたりの恋の物語である。

星とたんぽぽ

青いお空の底ふかく、
海の小石のそのように、
夜がくるまで沈んでる、
昼のお星は眼にみえぬ。
　見えぬけれどもあるんだよ、
　見えぬものでもあるんだよ。

散ってすがれたたんぽぽの、
瓦のすきに、だァまって、
春のくるまでかくれてる、
つよいその根は眼にみえぬ。
　見えぬけれどもあるんだよ、
　見えぬものでもあるんだよ。

七五調が全行を貫いている。そして、七五・七五・七五・七五という第1行から第4行までをAとすれば、同じ七五・七五でも5・6行目は調子が変わっていて、音楽でのサビのように際立っている。ふたマス下げてひと呼吸おいて繰り出されるところに、満を持した述懐が認められる。「けれ」と「もの」というわずか二文字の変換によってフレーズが変奏され、リフレインによって認識が強調されている。そのサビの部分をXのパートとすれば、全体はA＋X、B＋Xという二連構成になっており、二つの事象が同じ一つの真理を伝える仕組みになっている。

第1連では昼の星が、第2連ではたんぽぽの根が、見えぬけれどもあると詠われる。星が昼の間は見えないのは、空が明るいからだ。空にある星は、深い海の底にある小石が見えないように、眼には見えない。深海に沈んでいる小石のように、星もまた夜が来るまで沈んでいる。

たんぽぽは春に花茎を出し、舌状花だけから成る黄色の頭花をつける。葉は土際にロゼットを作り、倒披針形で縁は羽裂。痩果は褐色で、白色の冠毛は風によって四散する。若葉は食用になり、ゴボウ状の根は生薬の蒲公英で健胃・泌乳剤となる。華麗な花と栄養分のある葉を支えるのはごつい土まみれの根であり、花は散っても根はしっかりと土の中に次の春まで潜んでいる。生命力が強く生薬ともなり、見えぬところで支えている根に、詩人は心を寄せる。そのようなたんぽぽの根とは、自らの詩の創造力の暗喩でもあろう。それはみすゞがこの世に投企した志としてのエネルギーを表象している。

見えぬものでもあるという認識は、配慮・関心など思いやりの心にもまた向けられる。物ではないものは眼には見えない。すると、心は何で知覚されうるのか？　日陰にあるもの、目立たぬものへの思いやりこそ、みすゞの心の深いところにある。心は心と共鳴しうる。そのような知覚もまた見えはしないが、貴重かつ重要であるものは眼には見えない。心と心の共鳴によって奏でられ、他者との交流によって充足する世界。肉体よりは霊性（spirituality）が生命の内実であることを、「星とたんぽぽ」が伝えている。

詩人の島田陽子はその著『金子みすゞへの旅』（1995.6）のなかで、「繭と墓」「木」「帆」などを挙げ、みすゞの詩は〈死へと傾斜する童謡〉であり、〈死を浄福としなければこれらの詩は生まれない〉と指摘している。「繭と墓」はその対照と相似がくっきりと描かれている。蚕は繭に入っていずれ蝶になって飛び立つ。人は墓に入ってどうするのか？　いい子にしていれば翅が生えて天使になれる、と。厭離穢土・欣求浄土という平安時代末期から鎌倉時代にかけて世情の不安に伴って普及した極楽浄土への志向は、先崎の人々の心にも根付いていていたはずだ。

「お仏壇」の最終第8連でも同様のメッセージを聴くことができる。〈黄金《きん》の御殿のようだけど、／これは、ちいさな御門なの。／いつも私がいい子なら、／いつか通ってゆけるのよ。〉――すなわち、〈墓〉はここでは〈仏壇〉にきっちりと置き換えられている。今野勉は詩篇「木」をめぐり、〈現世での生きる御用から早く解放されて、休息したいという願望が透けて見える。生命を終えての休息、そこに浄福がある〉と述べている。

　島田陽子と今野勉による解析の意義は小さくはない。すなわち、自死が作品のなかですでに予言され、夢見られている。

木

お花が散って
実が熟れて、
その実が落ちて
葉が落ちて、

それから芽が出て
花が咲く。

そうして何べん
まわったら、
この木は御用が
すむかしら。

花―実―葉―芽―花という循環は、生涯に何回あるのであろうか？　人間にしてみれば、たとえば桜を何回見ることができるのか？　つまりは春という季節を迎えることができる回数のことであるが、その回数を知る者は少ない。では、桜の樹にせよひとにせよ、その循環に生育する意志はどのように組込まれているのか？　生長という現象自体が意志を伝えていると考えることもできる。とはいえ、それは盲目的本能的な意志であり、一方、個の主体的かつ積極的な意志はいつ芽生えるのか？　成長は成熟へと向かい終焉を迎える。個体の営みに終わりがやってくる。そしてまた、別の個体に生命はリレーされていく。それは何のためであったか？

4/4⫽おは／なが／ちっ／て◯⫽みが／うれ／て|◯／◯◯⫽
⫽そ|の／みが／おち／て◯⫽はが／おち／て|◯／◯◯⫽
⫽そ|れ／から／めが／でて⫽はな／がさ／く◯／◯◯⫽
⫽そう／して／なん／べん⫽まわ／った／ら‖◯／◯◯⫽

⫽この／きは／ごよ／うが⫽すむ／かし／ら‖○／○○⫽　（○は八分休符）

第1連と第2連における「て」の音による脚韻は、順繰りと世界が創成される予感を示している。一行目は一個の八分休符を、二行目は三個の八分休符を従え、それらは予感を期待へと高めている。世界はまた、第2・3・4連の「そ」の音による頭韻によって切り拓かれる。そして、「て」という冷たい破裂音とは対照的に、最終連における「ら」の脚韻は、おおらかな「a」の母音を奏でて余韻を転調させ、世界を明るみの彼方へと解放する。音楽性が彩るみすゞワールドの秘密がここにある。

美とはひとつの秩序である。世界がそうであるように、美が疑問を包含している。表層構造に疑問が組み込まれ、深層構造には死への願望が埋められている。それゆえにこそ疑問が問いとして四分の四拍子のフォーマットへと定め置かれる表層構造における、問いが織りなす内省の妖しい美しさは、このうえない。世の摂理はさびしさに連結している。

さびしいとき

私がさびしいときに、
よその人は知らないの。

私がさびしいときに、
お友だちは笑うの。

私がさびしいときに、
お母さんはやさしいの。
私がさびしいときに、
仏さまはさびしいの。

句や節の反復、連の統一、階層的な語りの進行、言い回しの統一。これらによって推し進められる詩法がみすゞの多くの詩篇に認められる。詩篇「さびしいとき」では、二行四連構成におけるすべての1行目は同じ副詞節の〈私がさびしいときに〉であり、主節にあたる2行目になって内容が変化する。具体的には、私がさびしいときに〈よその人〉〈お友だち〉〈お母さん〉〈仏さま〉の心情が順序良く表出される仕掛けになっている。このように第1連から第3連への連続は遠いものから近いものへの連続であるゆえ、第4連の〈仏さま〉はもっとも自己に近いものであるように表されている。

〃わたしが／さびしい／ときに○／○○○○〃○よその／ひとは○／しらない／の|○○○○〃
〃わたしが／さびしい／ときに○／○○○○〃○おとも／だちは○／わらうの|／○○○○〃
〃わたしが／さびしい／ときに○／○○○○〃○おかあ／さんは○／やさしい／の|○○○○〃
〃わたしが／さびしい／ときに○／○○○○〃○ほとけ／さまは○／さびしい／の|○○○○〃
（○は十六分休符）

四連構成の各連はほぼきっちりと統一された語りのうちにあるが、いつもの七五調とは調子が変わっている。すなわち、1行目は四七調であり、2行目は六五調（第2連は六四調）である。〈私がさびしいときに〉の一行は詠嘆に流れることを拒否し、読み手へと居住まいを正しめる。つまり、四分の四拍子に込めるならば、ここでのひらがなのひとつひとつは、通常の四分音符より二倍速い十六分音符と考えることができる。すると、通常の流れにリズムは乗らず、2行目に移行する間は長くなり、読み手へと内省を準備させる働きがここにある。各連の〈〜の〉による脚韻は、自己の内省をこの宇宙に奏でさせ、終止の形を取らない。これは音楽でいう言わばドミナント（属和音）での終始であり、トニック（主和音）へと解決されるべき音調を求めている。

〈私がさびしいときに〉取る他者の態度は、〈よその人は知らない〉。つまり感知しえない。次に〈お友だちは笑う〉。つまり、知ってか知らずしてか、こころの痛みを分かちえない。次に〈お母さんはやさしい〉。つまり、私のさびしさを受け留め、優しくしてくれる。肉親の愛情がここにある。しかし、この作品はそれで終わってはいない。最後の連では、〈さまはさびしい〉。第1連から第3連まで高まり深まりゆく対他存在の思いやりが、ここで一挙に私と同じ感情に戻ってしまう。これはどうしたことか？

通常ならば、仏さまはお母さんよりも深い愛情を示してくれると表現されるはずである。しかし、みすゞはそうは表現しなかった。仏さまもまたさびしいのだった。この視点の転換にこそ、みすゞの思念と志向の特質が顕れている。自らを救済してくれる存在としてある仏さまが、ここではみすゞによって思い返されている。つまり、なんと、さびしい仏さまをみすゞは思いやっているのだ。

蜂と神さま

蜂はお花のなかに、

お花はお庭のなかに、
お庭は土塀のなかに、
土塀は町のなかに、
町は日本のなかに、
日本は世界のなかに、
世界は神さまのなかに。

そうして、そうして、神さまは、
小ちゃな蜂のなかに。

蜂―花―庭―土塀―町―日本―世界―神という包含は、小さなものから大きなものへと連なる連関のうちにある。この順序は、興味深い。具象から次第に抽象へと移り変わっていき、それらはひとつの観念のうちに取り込まれるからだ。

蜂は、自然界の生物。花は、自然の植物。庭は、花があるような自然を人工的にこしらえた鑑賞及び逍遥の空間。土塀は、家を囲む縁取り。町は、人間が生活するために施設が整えられた場所及び文化。日本は、国土及び国家という社会的理念。世界は、生き物が住む時空間であると同時にひとの概念界。そして最後に神。それは人間を超越した力を持つ存在であると同時に、人間が畏怖し信仰の対象とする存在、最高の支配者。最も抽象的で概念や理念に潜む存在。こういうふうに、具体的な生物・事物から、抽象的かつ理念的な存在までの連関が、この連続する包含のからくりである。作品の世界は、それにとどまらない。この最終的な存在の神が、最初の蜂に包含されるのだ。するとこの連関は、進展すると同時に延々と繰り返される循環のうちにある。

4/4 ⫽○○／○○／○は／ちは⫽おは／なの／なか／に○⫽
⫽○○／○○／おは／なは⫽おい／けの／なか／に○⫽
⫽○○／○○／おに／わは⫽どべ／いの／なか／に○⫽
⫽○○／○○／どべ／いは⫽○ま／ちの／なか／に○⫽
⫽○○／○○／○ま／ちは⫽にほ／んの／なか／に○⫽
⫽○○／○○／にほ／んは⫽せか／いの／なか／に○⫽
⫽○○／○○／せか／いは⫽かみ／さま／のな／かに⫽

⫽そう／して／そう／して⫽かみ／さま／は○／○○⫽
⫽○○／○○／ちっ／ちゃな⫽○は／ちの／なか／に○⫽

（○は八分休符）

童謡の韻律の基本となる七五調が大きく変調している。上句は三語ないしは四語と減じ、下句は3行目までが七語、4行目が六語、5・6行目が七語、8行目が八語となっている。通常七語が入る上句が三語ないし四語ということで二拍の休止が求められており、その休止は句の前に置かれることが望ましいように思われる。下句が六〜八語となっており、長い休止は認められないが、次に続く二拍の休止が間を構成している。そうして、第1連の最終行が八語ときっちり一小節に収まることで、屹然とした主張を認めることができる。そして、一行の行間を置き、この童謡詩の帰結となる最終連は冒頭から高らかに鳴り響く。韻律を変奏させた巧みな構成である。

「一粒の砂に世界を見出し、一輪の野の花に宇宙を見る」"To see a World in a grain of sand, / And a Heaven in a wild flower" という William Blake の詩に通じる世界がここにある。しかしながら、みすゞの詩作品がこれとやや異なるのは、そこに輪廻ともいうべき因縁的な循環が認められることである。それは蜂や花などの生命にとどまらない。庭や土塀という構造物、それに町や日本という社会的空間。それに世界という抽象概念もまた。

神は、ここでは特定の宗教における限定的な God ではなく、日常の生活に潜む a god であり、個人の思惑のうちに潜む神、自己が祈り願うことのできるものとしての神である。つまり、みすゞの心のうちでは、「さびしいとき」における〈佛さま〉と「蜂と神さま」における〈神さま〉は概念的には等しい存在である。全体を俯瞰する世界観と汎宗教的なみすゞの宗教観の特質がここに顕れている。

小さなものが大きなものへ取り込まれる。これは容易に了解しうる。具体的なものが抽象的な概念へと包含される。これもまた了解するにさほど難しいことではない。しかし、最後の大きなものである神が最初の小さなものへと包含されるという洞察と指摘に、みすゞの天才を認めることができる。

露

誰にも言わずに
おきましょう。

朝のお庭の
すみっこで、

花がほろりと
泣いたこと。

もしも噂が
ひろがって、
蜂のお耳へ
はいったら、

わるいことでも
したように、
蜜をかえしに
ゆくでしょう。

晴れわたったさわやかな朝に、自己と花が対峙している。庭のすみっこで花がほろりと泣いたという。では、なぜほろりと花は泣かねばならないのか?

露が満ちたのだ。とはいえ、この宇宙の片隅で、観察者もまた泣いているにちがいない。たとえ今は泣いてなくとも、昨日の夕べの涙の記憶に包まれている。第1連のみが八五の二行、他の連はひと呼吸の八分休符を置いて七五七五の四行。つまり、第1連だけが他とは異なって、きっぱりと決意する姿勢が際立っている。密約がこの詩の主題なのである。

4/4∥だれ／にも／いわ／ずに∥おき／ましょ／う○／○○∥
∥○あ／さの／おに／わの∥すみ／っこ／で○／○○∥
∥○は／なが／ほろ／りと∥ない／たこ／と○／○○∥
∥○も／しも／うわ／さが∥ひろ／がっ／て○／○○∥
∥○は／ちの／おみ／みに∥はい／った／ら○／○○∥
∥○わ／るい／こと／でも∥した／よう／に○／○○∥
∥○み／つを／かえ／しに∥ゆく／でしょ／う○／○○∥

（○は八分休符）

このように二小節の行がきっちり七つの行に収めることができる。そうすると、冒頭の〈おきましょう〉が末尾の〈ゆくでしょう〉と脚韻となって呼応し、七五調が美しく交響している七行詩である。

天空から見下ろせば遥かなる大地の底に佇んでいて、等しく時間を過ごしている二個の存在。この世にあることの痛みと哀しさが共感を生み、密約によって深められてゆく関係性。泣いていることを、互いに秘密にしておきたいのだ。いつもの朝のように、蜜蜂がやってくるかもしれない。彼にこの密やかな状況を悟られるのではないか。そして噂となって他へと知れわたるのではないか。花と自己の世界に蜂という第三者がやってくる。それは、二人称から三人称の世界、つまり現実社会へと連れ出されることである。その不安がこの詩を生んだと言える。そのような感性は凡人のものではない。二人称で充足していた世界から他への移行、それは耐えられない現実である、と。噂が広がったら蜜を返しに行くという。口封じに行くのではない。蜜蜂もまた、二人称の世界を保持していたことに気づいたからだ。

こだまでしょうか

「遊《あす》ぼう」っていうと
「遊ぼう」っていう。

「馬鹿」っていうと
「馬鹿」っていう。

「もう遊ばない」っていうと
「遊ばない」っていう。

そうして、あとで
さみしくなって、

「ごめんね」っていうと
「ごめんね」っていう。

こだまでしょうか、
いいえ、誰でも。

「遊ぼう」――なんと心地良い誘いの発話であろうか。他者と関わりうる向日性が、ゆったりとした時間のもとへと照らし出される。

子どもだけの集団ゆえ、関わっていれば幼心は容易に軌道をはずれる。つい「馬鹿」と言ったりする。そうすると、それがこだまのように跳ね返ってきて、「もう遊ばない」と告げると、あとでどちらもさみしくなって「ごめんね」と言い合う。きっと、幼き幸福な日々はこうして繰り返され、熟成していったのだろう。喧嘩相手であれ遊び相手のいたことが、幸福な日々を照射している。ともに同時代を生きていく運命を共有し合いながら、その生命の在処を無意識裡にいとおしむ。つまり、喜びは分かち合ってこそ楽しく、悲しみは支え合ってこそ乗り越えられる。他者がいるからこそ互いに生きていけることなど、そのときは知りもしなかった幼年。

みすゞの詩世界は、簡潔に豊かな層を構成する。この詩篇では、遊びへの誘い、仲違い、拒絶、謝意が、あっという間に繰り広げられて、これは誰にでもありうることだと締めくくられる。二行による各1連は、したがって、これ以上簡略にはなりえない会話の応答である。これは「私」にだけ、特定の人間にだけ当てはまるのではない。こんな心の推移はだれにもあり、だれしも迎えうる。つまり、返答しうるのはこだまだけではない。私たちだれもがこだまのように相手へと関わり応答しうる存在なのである。

灯籠ながし

昨夜《ゆうべ》流した
灯籠は、
ゆれて流れて
どこへ行《い》た。

西へ、西へと
かぎりなく、
海とお空の
さかいまで。

ああ、きょうの、
西のおそらの
あかいこと。

精霊流しは、盆の終わりの15日の夕方か16日の早朝に、精霊を送り返すため、供物をわらや木で作った舟に乗せて川や海に流す行事。灯籠を流す地域もある。詩篇「燈籠ながし」にはお祭りのように華やいだ世界があり、胸の鼓動の高まりまで感得される。なぜであろうか?

燈籠を流す情景を描いているが、その流れていった先を問うていて、第2連目でそれは西の海と空の境まで行ったと詠う。遥かな世界が描かれていて印象深い。最終第3連ではさらにイメージは高まり、その西の空が真っ赤にあかいのだ。眼差しが西方へと向けられているこの詠い方は、きわめて象徴的である。視ているのは西方浄土であろう。

西方極楽浄土は仏教における聖域・理想の世界。十億万仏土先の西方にあり、阿弥陀如来がいるとされる浄土である。つまり、精霊を送り返す祈願と鎮魂の行事が、自らが志向する営為へと移り変わっている。そして、〈海とお空の／さかひ〉というフレーズは次の作品にも現れる。

帆

（『美しい町』より）

港に着いた舟の帆は、
みんな古びて黒いのに、
はるかの沖をゆく舟は、
光りかがやく白い帆ばかり。

はるかの沖の、あの舟は、
いつも、港へつかないで、
海とお空のさかいめばかり、
はるかに遠く行くんだよ。

かがやきながら、行くんだよ。

七五・七五・七五・七七の第1連は、第2連へと展開されるにあたって七五・七五・七七・七五と七七の順がひとつ繰り上がる。さりげないこのリズムの躍動は、少なからぬ効果を生んでいる。つまり、七七で終止する第1連の休止とは対照的に、七五で終止する第2連は三つの八分休符を従えて余韻をたっぷりと盛り込み得ている。しかも、行空けがあって駄目押しのようにその七五の変奏が繰り返される。このようにして最終連が焦点化されている。こちらの陸地には還らない帆船こそが、まばゆい。文字通り最終連が光り輝いているのは、此岸を超越した彼岸の輝きゆえにである。

4/4 ⫽みな／とに／つい／た○⫽ふね／のほ／は|○／○○⫽
⫽○み／んな／ふる／びて⫽くろ／いの／に○／○○⫽
⫽はる／かの／おき／を○⫽ゆく／ふね／は|○／○○⫽
⫽○ひ／かり／かが／やく⫽しろ／いほ／ばか／り○⫽

⫽はる／かの／おき／の○⫽あの／ふね／は|○／○○⫽
⫽○い／つも／みな／とへ⫽つか／ない／で○／○○⫽
⫽○う／みと／おそ／らの⫽さか／いめ／ばか／り○⫽
⫽はる／かに／とお／く○⫽いく／んだ／よ‖○／○○⫽

⫽かが／やき／なが／ら○⫽いく／んだ／よ‖○／○○⫽

（○は八分休符）

第1連は対照的な事象の発見である。近くにあると、古びて黒いのがわかる。ところが、遠くにあると、それは光り輝くものになる。近くでは細部が露わになり、遠くでは全体が顕れる。同じものが空間を異にすると違って見えるという不思議。この現象は興味深い。近視眼的に見ると物の本質が見えてはこない。遠視眼的に見ると物の本質が見えてくる。いや、見えてくるのは、本質というよりは物象の志向性のようなものであるように思われる。というのも、近くにある帆船は動きを止めているが、遠くにある帆船は躍動的に未来を窺っているからだ。その将来性こそが物象を光り輝くものにせしめている可能性がある。

彼岸に向かった人間が此岸に戻ることはないように、舟は遥か遠くへと行き帰ってくることはない。永遠に彼岸をゆく船は、この世ならぬ霊性を帯びた生命の比喩である。それはほとんど現世を去ったものの姿である。〈はるかに遠く行くんだよ〉と述懐して、〈かがやきながら、行くんだよ〉と念を押す。「よ」というダメ押しの脚韻を伴い、繰り返し強調されることで顕れるのはこの世を去ったという事実であり、それが光り輝くものへ飛翔するようにという祈願こそが詩を生成せしめている。

帆　　　（『さみしい王女』より）

ちょいと
渚の貝がら見た間に、
あの帆はどっかへ
行ってしまった。

こんなふうに
行ってしまった、
誰かがあった——
何かがあった——

叙述は簡潔きわまりない。渚の貝殻と沖の帆は、対照的な物象である。貝殻は小さく静的で、帆は大きく動的である。渚に打ち上げられた貝殻はその生命をすでに終えていて安らかであり、荒波を漕いでゆく帆船は未知の世界を目指して躍動的である。貝殻を見ている間に帆はすでに新たな空間へと消えている。その逆にはならない。つまり、帆を見ている間に貝殻がどこか別の相へと消えていることはないだろう。静と動の見事なコントラストがここにある。行ってしまうという。では、その先はどこか？

4/4 ‖○ちょ／いと／なぎ／さの‖かい／がら／みた／まに‖
‖あの／ほは／どっ／かへ‖いっ／て○／しまっ／た○‖
‖○こ／んな／ふう／に○‖いっ／て○／しまっ／た○‖
‖○○／○○／○／○○‖だれ／かが／あっ／た○‖
‖○○／○○／○／○○‖なに／かが／あっ／た○‖

（○は八分休符）

童謡詩に特有の七五調がこの詩篇では変調しており、それゆえ言葉が詠嘆的に流れることを禁じている。四行構成の第1連と第2連は、見た眼には同じ構造のように思われる。しかしながら、四分の四拍子の小節に収めればわかるように、第2連の3・4行目は下五の働きをしていて、それゆえ上七の欠落を認めざるを得ない。第1連もまた七五調を離れており、切迫感はこのうえない。ほとんどブレスなしで一気に情景を詠みあげている。それぞれ二回繰り返される「しまった」「あった」のリフレインと押韻は、有無を言わせぬ断定の響きを奏で、世界を限定している。

帆船の運航は、人生の推移がそうであると言いたげに、あっという間の出来事である。人も物も、風景も時間も、すべては不意に過去へと推移してしまう。すると、世界とは何であったのか？

一瞬において推移する事象の連続が、世界の総体である。一生とは一瞬の積み重ね。すべては過去の相へ、記憶の相へ、と消えてゆく。この今でさえ、常に過去の相へと移行しつづけている。世界は常に現在へと生起し、過去へと移行し、そしてひとは常に未来を窺っている。

第1連を比喩としてある種の真理を語ろうとしていたことが、第2連によってわかる。〈こんなふうに〉――つまり、貝殻を見ている間に帆船が消えてしまったように、人も物も消えてゆく。ものみなすべて、同じ位相に留まっていることはできない。ひとは必ず死に、ものもまた必ず滅びる。すると、あったということは、今ここにはないということ。と同時に、あったということは、記憶として今ここにあるということ。

推移する事象の連続が世界の実体である。事物の存在は一瞬の積み重ねにあり、過去の相へと消えてゆく。しかしながら、消えてゆくことは、なくなることではない。むしろ、記憶の相へと、すなわち記憶しようと志向する配慮・気遣いを持つ心へと、受け継がれる。世界は、現在へと生起し、過去へと移行し、常に将来性を帯びている。過ぎて行った記憶でさえも。

捕鯨が盛んな時代であり、先崎ではどの寺でも鯨の供養を行っていたという。浄土宗では「鯨回向」、金子家の菩提寺「遍照寺」の浄土真宗では「鯨法会」と言い表した。詩篇「鯨法会《ほうえ》」の第5連では、残された鯨の子がお寺で鳴る法会の鐘の音を聴きながら〈死んだ父さま、母さまを、／こいし、こいしと泣いています。〉と詠われている。鯨の子の悲しみに、自らの身を映し出していることにほぼ間違いはない。海は父恋いの海であり、舟がそうであるように、また燈籠がそうであったように、心が西方浄土へと曳かれている。

1926年4月、結婚してわずか2か月後に離婚話が湧き起こるが、テルは妊娠していることがわかり、離婚を断念する。そして11月、長女ふさえが誕生する。1927年1月、正祐から「おん身は逝《ゆ》いたり」の手紙が届く。11月、テル夫婦は下関市で食料玩具店を始めるが、この頃、テルは夫から遊郭の病（淋病）を移される。

1928（昭和3）年、テルは童謡詩人仲間である島田忠夫に「夫より詩作、文通を止められている」旨の手紙を出している。しかし、詩作を止められていると自ら告白するみすゞの心境には裏があると、今野勉は述べている。文通はまだしも、詩作など隠れていくらでもできうる行為ではないか。それに、詩心が湧きいずるなら、それを押しとどめる意志などどこにあろうか。その証拠に、この手紙の投函のあとも、『愛謡』や『燭台』に十一作品ほど掲載されている。詩作の断念と終焉は自らの意志であった可能性が高い。

1929年、テルは覚悟を決め、書いてきた作品を、『美しい町』『空のかあさま』『さみしい王女』というタイトルをつけて、三冊の手帳に清書する。師と仰ぐ西條八十に送り、原本は弟の正祐に委ねる。これ以降テルは詩作を行なわなくなる。9月26日、母ミチに宛て「朝雑巾がけをすこししたら、すぐにたたり5日休みました」と葉書を送っている。10月、娘ふさえの言葉を採集した『南京玉』を始める。1930年、『南京玉』止む。下関市観音崎町に別居し、2月に正式に離婚。結婚してわずか三年後のことである。そのときに出した条件は、娘のふさえを自分で育てたいということであった。

離婚後テルは上山文英堂に戻るが、まもなく一旦は承諾した宮本から再三娘のふさえを引き取りたいという手紙が来る。しばらくテルはそのままにしていたが、ある日「3月10日にふさえを連れて行く」という内容の手紙が届く。3月9日、テルは写真を撮りに行き、神社に参り、買ってきた桜餅を母と娘とともに食べ、夕食後に娘を風呂に入れた。病気が移るのを恐れ、風呂では自分は一緒につからず、代わりにたくさんの童謡をふさえに歌ってやったという。親権は男にしかなかった時代、テルは自死と引き換えに長女ふさえを守ろうとする。

夢と現《うつつ》

夢がほんとでほんとが夢なら、
よかろうな。
夢じゃなんにも決まってないから、
よかろうな。

ひるまの次は、夜だってことも、
私が王女でないってことも、

お月さんは手では採れないってことも、
百合の裡《なか》へははいれないってことも、

時計の針は右へゆくってことも、
死んだ人たちゃいないってことも。

ほんとになんにも決まってないから、
よかろうな。

ときどきほんとを夢にみたなら、
よかろうな。

四・二・二・二・四行による連構成にシンメトリーが見て取れる。四行による最初の連と最終連は、２行目と４行目が〈よかろうな〉で統一されており、反復によって詩篇が始められまた閉じられていることがわかる。反復は形式だけではない。哀切と哀願もまた。

夢はdream。〈ほんと〉とは、さてreality（現実）なのかtruth（真実）なのか？　中間部にあたる第２・３・４連の二行が現実の裏返しの具体例として挙げられていることから考えれば、〈ほんと〉とはreality（現実）のことであろう。昼の次は夜であること。自分は王女ではないこと。月は手で採れないこと。百合のなかに入れないこと。時計の針は右に行くこと。死者はいないこと。これらは現実の事象であり実態である。するると、夢とは何であろうか？

現実と夢が対照として表されていることから、夢とは現実の裏返しである。つまり、現実とは異なる世界、いわば現実とは逆の世界があればいいのにという祈願がこの詩の内容である。何も決定されてはいない世界。それは現実をひっくり返したいという気持ちによって願望されているのである。

しかしながら、〈ほんとになんにも決まってないから、／よかろうな。〉と述べるときの〈ほんとに〉は、きわめて曖昧な語法のうちにある。それが「本当にreally」の謂いならば、〈よかろうな〉にかかる副詞である。また、〈決まってないから〉もまた曖昧である。一読してみれば、次の二行がそうであるように、〈決まってないなら〉という条件節のように受け取ったほうが意味が取れる。〈よかろうな〉という願望の主節へとつながるには理由の節では不自然である。このように、この詩篇は曖昧に構成されており、浮遊感のうちに世界は漂っている。つまりは、現実世界がそのままそうであるように――。私たちは、この世はひとつの現実だと思っている。しかし、この世は最初からひとつの夢だったのではなかったか。ひとつの真実が見当たらない。それは現実において常にそうならば、夢にこそ真実は夢見られている可能性がある。〈ほんとを夢にみたなら／よかろうな〉という述懐は、この世に真実がないという絶望ゆえである。心が希望を追い求めるのは、絶望がひりひりと痛いからだ。自らのうちに世界をいくら構築しても自らを最終的な救済へと至らしめることはない。まるで作家・三島由紀夫の思念に生き写しである。想念は痛切に身を焼く。金閣寺を焼かねばならないのは、世界をひっくり返さねばならぬからだ。すなわち、想念は現実を反転させたいという願いへと沸騰する。とどのつまり、生をひっくり返せば死であろう。自死する胸のうちがここに覗かれる。

ながい夢

きょうも、きのうも、みんな夢、
去年、一昨年《おととし》、みんな夢。

ひょいとおめめがさめたなら、
かわい、二つの赤ちゃんで、
おっ母《か》ちゃんのお乳《ちち》をさがしてる。

もしもそうなら、そうしたら、
それこそ、どんなにうれしかろ。

ながいこの夢、おぼえてて、
こんどこそ、いい子になりたいな。

今日も昨日も、去年も一昨年も、みんな夢だという。人生がひとつの夢なら、いつか夢は覚めるもの。するると、二歳のかわいい赤児になって、お母さんの乳を探している。長い夢だった。こんどこそいい子になりたいという。では、人生はその逆であった。とはいえ、〈いい子〉とはどのような子であるのか？それは、自分ではない子、ではなかったか。詩篇「ながい夢」は一生を振り返っている。驚くべきことに、振り返っているその眼は、末期の眼である。

＊詩篇の引用は、『美しい町』(2003.10.24)、『空のかあさま』(2004.1.21)、『さみしい王女』(2004.3.10）を収録している、『金子みすゞ童謡全集』（ＪＵＲＡ出版局）より。なお、１９８４年に刊行された『金子みすゞ童謡全集』（ＪＵＲＡ出版局）では旧漢字・旧仮名づかいが用いられていたが、この全集は新漢字・新仮名づかいを用いている。ルビについては、〈みすゞが手帳に付したものに加え、小学五年以上に配当されている漢字にも付した〉と「編集注記」にあるが、本論では一般に読み取れるものと判断した箇所からはルビを取り除いている。

観照と祈願の生命讃歌
——工藤芳治句集『迅雷』

目が覚めるようにカバーが美しい。蝶が白煙のようにけむる花弁にとまっている。まるで内省が俳句にとまるように——。背景の色でもある濃緑色のグラデーションは、花と蝶の紋様にまで及んでひとつの融合世界を象っている。花は宇宙に咲いた花火のようにも見え、著者名とタイトルが黒字で刻印されて、奥行きのある世界が予感される。

一頁に3句を収め443句を収録し、米寿を記念に刊行された工藤芳治《くどうよしじ》による満を持した句集である（装幀・村上修一／写真・斎藤政広 2017.6）。全五章のそれぞれにも扉があり、「種蒔桜」「蟻の道」「星月夜」「寒月光」の章の扉には各種の蝶が映し出され、最後の章「初山河」の扉には繭だけが小枝から垂れ下がっている。これらのモノクロの写真もまた清楚な世界を現出させて、句集の世界と交響している。一句一句が極小の宇宙であり、静謐なる韻律の響きに心を洗われる。そして、それぞれの句が統合され、ひとつの深淵な交響世界が創成されている。その豊かな響きは、入魂の句集であることを証している。

工藤芳治は、1929（昭和4）年に山形県寒河江市に生まれ、1994年に白岩郵便局を退職し、2001年に「胡桃」俳句会に入会して句作を開始し、2010年に「胡桃」同人会長、2014年に「胡桃」同人顧問を歴任している。

吾もまた生かされてゐる金魚かな

帯に大きく記載されているゆえに、この一句はとりわけ目を引く。本を閉じたあとでも、三行に分けられた語群は映像として脳裡に残り、韻律は余韻として響いてくる。

金魚鉢に飼われている金魚は、囚われの身でありながら、餌を与えられて生きている。ひともまた、同じではなかったか。そのように敷衍される摂理が内包されており、句は衝撃的なメッセージとなって還ってくる。すなわち、ひともまた、この家庭、この企業、この社会のなかに、生かされているのではなかったか。

迅雷に線香立てし母のこと

前句に続くこの句では一転して、観照と祈願の生命讃歌がおごそかに鳴り渡る。〈吾〉から〈母〉へと、すなわち自己の思いから他者への思いへの転回は、あっといまの出来事である。生者と死者の対峙がこの句には示されており、それは前句とこの句の対峙と敷衍することができる。生かされている自己が、生き終えた他者に思いを馳せているのだ。

俳句は解釈の多様性を許す短詩型文学であり、鑑賞の多様な複合性が俳句の世界を豊かにする。謎解きもまた、俳句鑑賞のひとつの楽しみである。謎が鑑賞を持続させている。解析も解釈もひとつに限定する必要はない。たとえば、迅雷とは激しい雷鳴のことであり、外で鳴っているはずであるが、線香を立てているのは外なのか、家の中なのか？　そして、線香を立てたのは、母なのか作者なのか？　激しい雷鳴の轟くなか、母は線香を立てて亡き者を想っている。亡き者は夫であろうか。家の中であれば、外の騒動と暴動とは対照的に、静寂の祈りのうちにある。外の墓の前であれば、雷に打たれる恐怖にも負けず線香をたてて祈っている壮絶な光景が見えてくる。

あるいは、線香を立てたのは作者である。迅雷の鳴るなかで線香を立て、母を想っているというような。ひとを想う気持ちが貴い。その穏やかな祈りは、壮烈な雷鳴と対照されて描かれ、静謐の極みにある。

この宇宙には人智の及ばぬ事象があり、人力の及ばぬ脅威がある。ひときわ激しい雷鳴の、その恐ろしさは脳裡に焼きついている。一方、穏やかな線香の灯りはやさしくあたたかい。ひとを想う母の心が光彩を放ち、あるいは自己の心が潤っているからである。

はたた神虚空蔵それて静かなり

この句は前句の変奏曲である。ひとがみな避難した雷雨のなか、いっさいの事物を包容する虚空蔵菩薩は独り鎮座している。すると、いつのまにか遠くへと雷は去っている。衆生の諸願を成就させる存在への作者の感謝が、清澄な世界を生成して静謐である。すなわち、祈願と感謝が重ねあわされている。

一山は森羅万象風光る

俳句の十八番《おはこ》とも言える自然の一点描写においても、工藤芳治の認識眼は豊かな地平を拓いている。スケールが大きく、光景が美しいだけではない。自然を怖れ敬うスタンスが心の根底にあり、句が秩序と調和を志向して眩い。つまり、光り輝いているのは、風ばかりではなく、俳人のゆとりある心である。句集のなかでふんだんに詠まれているが、たとえば植物や動物の生命を詠う次のような句がその一事を証明している。

ぜんまいは採らずに置きて池の辺に

春に生える薇《ぜんまい》や蕨《わらび》は、よく採られる山菜の一般的な植物である。しかし、ぜんまいは、採らないのだ。命あるものへの愛おしみが句を生成し、俳人の心そのものが句の表象世界となって映し出されている。

瀬の音を伴奏として河鹿かな

河鹿もまたむろん、狩猟の対象などではない。命の脈動が、山の瀬の音とコラボレートして、平穏な情景のうちに楽音となって鳴り響いている。それは自然が太古の昔から奏でてきた生命讃歌である。無為自然のなかに遊ぶ観想が美しい。

空蟬の揃ひ踏みとや柿大樹

壮大なスペクタクルである。極小の五七五の韻律によって描かれるゆえ、その光景は推測の域を超え、期せずして広大な世界を創成するに至っている。

空蟬とは、「現人《うつせみ》」に「空蟬」の字を当てて平安時代以降にできた語。この世に現に生きている人の意であり、転じてこの世。また、空蟬とは、セミの抜け殻のことで、空しいこと、はかないことの例えとして用いられた言葉。すなわち、生きている現実の人間ははかなく、やがて消える。はたまた、魂がぬけた虚脱状態の身でもあり、空しい存在を暗示している。

空蟬は語義自体が多様性を帯びており、驚くべきことに蟬そのものでもある。つまり、抜け殻が生身であり、生身が抜け殻である。源氏物語の「空蟬」の巻が思い起こされる。その巻における女主人公、伊予介の妻は、十七歳の源氏に言い寄られるが、身分や立場ゆえに悩み苦しむ。夫の死後は尼となり、やがて二条院に引き取られる。空蟬とは自らの運命の哀しいメタファーである。

柿の大樹に大相撲の揃い踏みのように張りついているのは、生身の蟬であろうか、それとも抜け殻であろうか？　どちらにしても、いずれ同じではないか。この句によって透視される、ひとのありようもまた。この句の本領は、しかし、空蟬の存在にあるのではなく、相互存在の気遣いのうちに生命讃歌が鳴り渡っていることにある。はかない蟬の生命への思いが奏でられ、その谺は人間存在の生命と、連想するならば性の営みの切なさへと、共鳴している。存在のはかなさは次の句と連結する。

銀杏散るまつただ中に母は逝く

生き死にの状況が描かれているとはいえ、この句でもまた壮大なスペクタクルが展開されている。百歳を超えた母の大往生を銀杏の葉の散る相へと置く趣向は、哀しくも美しい。シンクロナイズされる落葉落下と死の幻像が、印象派の点描画のように鮮やかに活写されている。それはまるで祝祭のように眩い。

傷跡をそつと押さへて柚子湯かな

この宇宙における人智の及ばぬ事の次第とは、死すべき生命の理でもあった。それゆえにこそ、生きた証としての傷痕は、やさしく労われる必要がある。俳人の優しい心の在り処を伝える句である。

生きるとは忍ぶが如し冬銀河

冬の晴れた夜に仰ぎ見る銀河は、冴え冴えとしながらも心を大きく開かせてくれる。猛吹雪の記憶が脳裏にあり、垣間見せた宇宙の全容が米粒ほどの生命体である自己を照射するように包みこんでいる。その米粒のような存在でも、生きゆくことは耐え忍ぶことでもあったのだ。しかし、ともあれ――

老いてこそ歴史に残る桜かな

成熟する我が生命であり、開花する生命体の理が肯われている。否定ではなく肯定する心が句作という営為を推し進める人生であったはずである。絶唱とも言える己が人生劇場へのオマージュが尊い。メタファーとなって桜に透視されているのは、自己という履歴を帯びた現身の幻映であるからだ。老いとは青春を豊かに生きた証明である。まるで迅雷のように――。

星月夜数へきれないことばかり

仰ぎ見る冬銀河が、星月夜とパラフレーズされる。いまここにある我が鼓動が、韻律の楽音となって、宇宙の彼方へと響きわたってゆく。生きるとは奏で創る能動の祝祭であったと、今は振り返らなくともよい。無数の星が無限の界に瞬いている。数えきれないほどの数である。想い出のように――。

天空に咲いた大輪
——阿部宗一郎句集『出羽句信抄』

阿部《あべ》宗一郎《そういちろう》（1923-2016）は山形県西村山郡西五百川村（現朝日町）に生まれ、十八歳で志願兵として太平洋戦争に四年五ヶ月参加。終戦後、シベリアに抑留四年六か月。復員後、地域開発に専念。多くの地域団体を育成、農村工業化のモデルとして家具企業を設立した。不羈者という呼称はこの人のためにあったのかと思わせられる詩人の、最後の刊行である第七句集『出羽句信抄』（2016.3）である。

簡素で清楚なグレイの表紙の矩形の中軸に「出羽句信抄」——その白抜きタイトルの背景の金が眩い。「信」とは仏教における信仰の総括的呼称。古来インドの初期経典では、出家者の実践徳目として五根（信根・精進根・念根・定根・慧根）、五力（信力・精進力・念力・定力・慧力）などがあり、いずれも「信」に始まって「慧」で終わる構造を有し、「信」が仏教において入門的な意味合いを帯びているという。「信」とはすなわち、熱狂からはほど遠く、心が落ち着き清浄となり、静謐な満足感に充たされている状態を意味する。

五七五の韻律が格調高く響き、これ以上簡潔には表わしえない世界が奥深い。すべては一句十七文字で完結する。すなわち、無駄を削ぎ取ることによって本質が顕れ、一点に内省を注ぎ込むことによって詩想が滲み出てくる。〈迎え火やさあさあ虜囚五万の霊〉、〈絵の詩のと雪の五尺に住んでみよ〉と詠ったかつての権力批判と反骨精神は背景に据えられ、明察と達観の境地が穏やかに繰り広げられている。

花八つ手ひっそり生きて逝く白さ

初冬、天狗の団扇のような葉に小さく細かい黄白色の花を鞠状にたくさんつける八つ手の花。生きることも逝くことも〈白さ〉に収斂され、句末焦点化されている〈白さ〉が天空に照り輝く。この地味な花に透視されているのは、この世にあることの哀切と優美である。

耐えぬいてぽとりと散りぬ寒椿

一転して激闘の生命が詠われている。椿は歩道沿いの花壇などにも植えられ公害などに強い花である。密集する緑の葉から顔を出す花びらの紅色は目を射ぬくほど華麗であるが、この花はいま、落ちまいと必死に耐えている。が、やがて落ちてゆく。

蝗炒る飛び出すいのち又入れる

イナゴは香ばしい、などと優雅に口にする日々ではない。食べなければ生きていけないこの世であり、いのちを喰らうこの身である。ガス火で熱せられた灼熱のパンに、イナゴを次々に入れる。しかし、イナゴもまた生き延びようと飛び出てくる。それらを捕まえてはまた入れ直す。残虐非情な行いと自覚しながらも、やめるわけにはいかない。しかし、思い入れが残っていて、それがまたせつない。

叩くなら叩いてみろと禿に蠅

イナゴではなく蠅である。両者の相違は、食えるか食えないかの違いであろうか。道端の糞にたかっていたりして、それらが食卓に飛んでくる、嫌われものの虫である。「蠅叩き」という殺し道具が、かつては各家庭における常備品であった。

この句のブラックユーモアは、真からは笑えない。図体の大きな禿頭の我が身が、軽快に飛び回る小さな蠅と対決している。禿頭はこの蠅を殺そうとしているのだが、蠅も負けてはいない。句に蠅の台詞が組みこまれていて、位相の転換が行われている。蠅の方では、こう告げるのだ——〈叩くなら叩いてみろ〉。この気概こそはむしろ、阿部宗一郎のものであったような気がする。

さて、それからどうなったのであろうか。俳句は一瞬を活写するのみであるゆえ、たがいに対峙するせつない戦いの構図だけが永遠に刻印されたままにある。

われもまた蓼食う虫の虫の内

「蓼食う虫も好き好き」の意が含まれていよう。辛い蓼を食う虫もいるように、我もまた好みはさまざまであったのだ。しかしこの句の真意は、我が身が虫という種に等しいということにあるであろう。等しいのは、命をいただいて生きているということ。さらには、生命体はそれぞれの宿命を生きねばならぬということである。

天われの足を奪いて天高し

天とは、天地万物の主宰者、あるいは神。阿部宗一郎は、あるとき工場で頸椎を損傷し、以後半身不随となった。天とはまた、はるかに高く遠く穹窿状を呈する視界。その天を見上げる。せつない句である。天とはまた、自然に定まった運命的なもの。見遣っているのは、その天命である。

寝たきりに天の高さよ鳶の舞

句集『出羽句信抄』が崇高な高みにあるのは、こういう句の存在ゆえにであろう。我が身に降りかかった運命を清冽な十七文字で詠いあげるその企投の高さである。言い換えれば、天に任せるその意志的なスタンスである。鳶が蒼穹の天を軽やかに舞っている。鳶は己が夢の現成のように天空を舞う。

まだ生きてゆくかと木枯らし窓叩く

上五から中七への句またぎが、現世への未練そのもののようにせつなくもたれる――〈まだ生きてゆくか〉。問うのは木枯しである。そして、まだ生きてゆくのである。生きゆくことが人生であるからだ。木枯しとは、木を吹き枯らす意。晩秋から初冬にかけて吹くこの冷たい風が我が身に伝えるメッセージは、優しくはない。冷たく身を引き締め、生きゆく意志を確かめるのである。

三途への支度いまだの昼寝かな

三途とは、悪業をなした者が死後に赴く三つのあり方、すなわち猛火に焼かれる火途（地獄道）、たがいに相食む血途（畜生道）、刀・剣・杖などで迫害される刀途（餓鬼道）の三悪道のこと。そして、三途の川とは、人が死んで七日目に渡るという、冥土への途中にある川。川中に三つの瀬があって緩急を異にし、生前の業の如何によって渡る所を異にする。川のほとりに奪衣婆と懸衣翁との二鬼がいて、死者の衣を奪うという。

仕度ができてはいない。怠けているわけではないが、うたた寝の最中であるからだ。とすれば、ゆとりある人生とはうたた寝のことであったのか。しかしながら、睡眠中に見る夢は、渡る川のことであろう。

卒寿なお滅却できず大暑かな

「卒寿」とは、「卒」の通用異体字「卆」が「九十」と読まれるところから九十歳のこと。「滅却」は「心頭を滅却すれば火もまた涼し」が思い起こされる。織田勢に武田が攻め滅ぼされたとき、禅僧快川が、火をかけられた甲斐の恵林寺山門上で、端坐焼死しようとする際に発した偈。無念無想の境地に至れば火さえ涼しく感じられる、の意である。

さて、滅却とは煩悩の滅却のことであろうか？　大暑とは、二十四節気の一つで、太陽の黄経が１２０度の時。太陽暦では7月23日頃にあたり、暑さが最もきびしい。無念無想の境地に至っていない悔やみの句であるように思えるのは、ほんの一瞬である。むしろ、生きている熱さこそが己れを生かす。日蓮大聖人の仏法の『南無妙法蓮華経』には「煩悩即菩提」と記され、煩悩こそ成仏の因だと説かれているという。つまり、生きゆくことそれ自体が煩悩であり、煩悩がむしろ人生を推し進めるものではなかったか。

宇宙とは何ぞその名を秋桜

花が花であることの不思議が端的に問いかけられている。秋桜はコスモス。コスモス(cosmos)とはそれ自身のうちに秩序と調和をもつ宇宙。しかし、それは何ゆえであり、そもそも宇宙とは何であるのか？まるで感性を有しているかのように、花たちがその生命を生きている。しかしながら、世界は依然として謎である。この世に生命を受けたことへの問いは常に新鮮であり、さらなる問いに引き継がれてゆくからだ。

ひとの身はこうとは散れぬ大花火

花火には完成形がなく、常に新たな花火が模索されているという。曲導に変化をつけ、親玉が割れたあと、子玉の立体的平面的な現れにも多種多様な工夫が盛り込まれる。打ち上げの場所やシチュエーションにも気が配られる。さらには地形や風向き、観客の年齢層なども考慮に入れられる。さらに、いい花火とはパッと消える花火であるという。花火は人生に似て非なるものである。八秒ともかからぬ現れと八十年もつづく現れは、その散り際の美と醜を対照的にあぶりだす。しかしながら、美は感得する者の心のうちにこそ顕現するであろう。

野に咲いて悔ゆること無しおとぎり草

花火とは対照的な長さを生きる弟切草。和名は、この草を原料にした秘薬の秘密を漏らした弟を兄が切り殺したという平安時代の伝説による。しかしながら、黄色く咲く花は可憐である。宿命を受け容れる度量の深さこそが美を創成する。

観察と認識、批評と抒情、思惟と情念。とはいえ、句集『出羽句信抄』は、そのようなありきたりな言葉では評しきれない、気骨の俳人の手になる芸術品である。深淵なる小宇宙の９０５句。一瞬が永遠へと刻印され、天空に咲いた大輪のような句集である。

想念の森へと導く揺り椅子
――糸田ともよ歌集『しろいゆりいす』

しろいゆりいす――B6判の真っ白の表紙を包むトレース紙に記された文字とイラストは、銀色に発光して不思議な雰囲気を醸し、「しろいゆりいす」というタイトルにいくつものイメージが現れてくる――城、支路、白い、百合、椅子……。「しろい」と「ゆりい」の脚韻、「ゆり」と「いす」の「ウ」と「イ」の韻に導かれ、七文字による韻律が静謐な時空に響きわたる。空想を拡げゆくと、ひっそりした森の情景が浮かびあがってくる。城へと続く枝分かれした道に百合が咲き誇り、歩を進めれば、白い椅子が一台、風に揺れている。――そんな夢想を著者が妨げることはできまい。歌集『水の列車』(2002.3)に次ぐ糸田《いとだ》ともよ(1960年札幌市生まれ、静岡県浜松市在住)の第二歌集『しろいゆりいす』(2018.4)は、書き手と読み手の二人の創り手が存在するように仕組まれているからである。現代詩は定型と音楽性を失って迷路に迷い込んだが、短歌・俳句はImage(観念・表象)、diction(語法)、musicality(音楽性)という三つの構成要素が定型という枠のなかで連関し、豊饒な世界を生成する。本歌集がその一事を明示している。

ゆきのよのえほんのいえのほのあかりゆうらりゆれるしろいゆりいす

カバーの右端で表紙の青文字と重なってやさしくそよ風になびいているかのような一行に、いくつものイメージが立ち上がってくる。弓木、世、絵、本、野、家、穂、灯り……。語義をひとつに決定する傾向のある漢字とは異なり、ひらがなはイメージが幾様にも広がる多義語を形成して、解釈の多様性を促しているからだ。

ひらがなは英語のように黙字 (silent letter) を持たず、一語一語が一音一音を持ち、等しい時間に響く。すなわち、八分音符にあたる一文字が五七五七七の韻律を生成し、全体が四分の四拍子の五小節に収まっている。

4/4　—ゆき／のよ／の○／○○—えほ／んの／いえ／の○—ほの／あか／り○／○○—
ゆう／らり／ゆれ／る○—○し／ろい／ゆり／いす—　（○は八分休符）

四個の「ゆ」の音が頭韻となって共鳴している。それは一小節のなかでオンビート（強拍）の位置を占めており、とりわけ上句と下句の第1音を1拍目で打ち鳴らして、たゆたう世界を印象づけている。小節内に組み入れられる韻律が想定されると、雪の夜、絵本の家、仄灯り、白い揺り椅子、のようなフレーズが顕れる。しかしながら、表象として現れる世界は、そのようにイメージがいくぶん限定されてもなお、幾様にも拓かれてゆく。不思議な歌集である。

頁の中央に11・5ポイントほどの三十一文字のひらがなが縦に記され、その隣には漢字変換された文字が10ポイントほどに縮小されて記されている。参考までにひとつの読解例を示すというような配慮とも考えられる。歌人が自ら示した範例は次のとおりである。

雪の夜の絵本の家の仄灯りゆうらり揺れる白い揺り椅子

本歌集は冬のⅠ章からスタートし、春のⅡ章、夏のⅢ章を経て、秋のⅣ章で終結する。頁を最初から開き直せば、新たな時空のなかでふたたび未踏の旅路が拓けてくる。すなわち、歌が循環し、新たな四季もまためぐりくる。

各章に内在するひらがな七文字の小タイトルは八首を統合させており、一頁に一首を収める総計百四十四首のひとつひとつが多彩な小宇宙である。その異次元へと運びこまれ、頁をめくる手が止まる。たったひとつの印象というものはない。記されたひらがなが揺動するエネルギーを内在させており、ときには離れた文字とさえ連結して、常に異なる読解を読み手にもたらすからだ。

ゆきぐれのゆうぐうもれるこうえんにおきざりのそり　おくりものめき

この一首もまた、初句と二句における「ゆ」の頭韻が、やさしく世界を拓いている。四句と結句における「お」の頭韻もまた、ふくよかな余韻を響かせる。音の響きとしては「ゆきぐれ」と「ゆうぐう」の「ゆ」が初句と二句の1拍目を打っており、その表象は何かと推測が促される。さて、「ゆうぐう」が「もれる」とは何であるのか？

謎々のような空想の森へと彷徨い出る。しかし、次のように「ゆうぐ」と「うもれる」というフレーズが浮かびあがると、謎解きが完了したようにも思えてくる。

4/4　―ゆき／ぐれ／の○／○○―ゆう／ぐ○／うも／れる―こう／えん／に○／○○―
おき／ざり／のそ／り○―○お／くり／もの／めき―

ここでは、絵本の代わりに公園であり、白い揺り椅子の代わりに橇である。夕暮れの雪景色の公園。夕闇が淡く雪の白色に照り返されている。橇は日が暮れるまで遊んだ子どもたちの遊具であったのか？

雪暮れの遊具埋もれる公園に置き去りの橇　贈り物めき

橇はクリスマスイブにサンタが乗ってきた橇であったようにも空想されるのは、それ自体が贈り物めいているからだ。遊具は実はこの公園にいくつも備えられており、その遊び場に舞い降りたサンタクロース。愉快ではないか。ここでは思う存分いくら夢想してもよい。ファンタジーの世界に紛れ込んでいるからである。

ゆうしゅうのゆうやくかかるゆうぐもにせいかもれくるひとすじのひび

「ゆ」の頭韻を持つ歌にとりわけ惹かれるのは、歌集タイトルにふくまれている「ゆりいす」の「ゆ」と共鳴するからであろうか。この一首もまた、「ゆ」の頭韻がやさしく楽音を奏でている。しかも、ここでは「ゆう」というやさしさきわまる二音による頭韻である。

4/4　―ゆう／しゅう／の○／○○―ゆう／やく／かか／る○―ゆう／ぐも／に○／○○―

〇せ／いか／もれ／くる一ひと／すじ／のひ／び〇一

憂愁、有終、有秋、釉薬、勇躍、遊具、夕雲――「ゆう」で導かれる世界は、ゆったりと豊かなイメージに彩られる。そのイメージの結実がひとつの成果であるようにも思われる。そして「せいか」は、盛夏、聖歌などの語義も内包している。「ひび」にもまた、日々、罅など、さまざまな語義が潜んでいる。またもや謎解きの森へと導かれ、あれこれと思いめぐらし、逍遥するにいたる。さて、歌人が示したのは、思いもよらぬ次の範例である。

幽愁の釉薬かかる夕雲に聖歌漏れ来る一条の罅

一日の終わりに訪れる夕暮れの雲がいまだかつて読み聞きしたことのないフレーズで表されている――〈幽愁の釉薬かかる夕雲〉。そうであったか。この世界もまた夕暮れの光景。雲間から洩れるのは光を浴びた聖歌。つまり、洩れくるように楽音が響き渡っていて、その一条は罅と表現される。日々、ひとの営みへと奏でられるのは、祝祭を呼びこむ聖歌のひびき。釉薬のようにひとの暮らしを彩る楽音が鳴りわたる、心洗われる一首である。

がっしょうのしきふくらめばとうめいなみずまりとなりひろいかこうへ

合掌の四季。春夏秋冬、祈りの姿勢で過ごす日々。その歳月がふくらむように重なれば、水鞠になるような夢の年月。もはや透明に澄んで清らかな涅槃の世界。その広い界へと合掌の輪がふくらみ、歌声はマグマが噴き出す火口へと響いてゆく。そんな夢想につつまれる。
「かこう」もまた、幾様にも読み取ることができるひとつのイメージである――花香、歌稿、仮構、嘉幸、河口。さて、歌人が記したのはまた、思いもよらなかった世界である。

合唱の指揮膨らめば透明な水鞠となり曠い河口へ

さまざまに推測したあとでは、「合唱の指揮」とは意想外の表出である。そして不思議なことに、このように表記されてもなお、イメージは幾様にも喚起されてくる。たとえば、指揮者の指が弧を描くようにふくらんで、歌声が豊かに響きわたる。描かれる弧は水鞠のような形象ともなり、いつしか広大な河口へと辿る、拓かれた世界へと超出する喜びの歌。あるいは、聴き手の心が水鞠のようになるような水鞠のように汚れが取り払われたまろやかな心が、広い海へと還るような――。

しおさいにのまれたことばはうおとかしまいよさまようこころのおきを

ひらがながやさしい。ひとつひとつの文字が音符であり音であり、四分の四拍子の五小節に収められて、八符音符がそれぞれ固有の音を響かせているからである。
しおさいの「し」と「さ」のS音による摩擦音がやさしく響く。歌人の内省が読み手の内省を喚起させ、世界を重層的に生成するにいたっている。言い換えれば、双方向に流れる思いの交流が、創作と鑑賞というダイナミズムを生んでいる。

潮騒に呑まれた言葉は魚と化し毎夜さ迷う心の沖を

吐息のように吐露された言の葉ひとつひとつが、潮騒に呑みこまれるのだという。すると、言の葉は魚になって、沖へと泳ぎだす。短歌とは比喩が美しいひとつの森である。

魚となった言の葉は毎夜、心の沖をさ迷っている。無意識のうちに見る夢の幻像のように、本来の自己の意識とは異なる無意識が自己の世界を繰り広げている。言い換えれば、言の葉は自己を離れて自立し、よその領域へと入り込む。むろん他者の意識へと。しかも驚くなかれ、言の葉は還ってくるのだ、自己の領域へとまた。夢の世界が無意識の界であり、同時に意識を象ってゆく界である。

たゆたうように満ちている海が、そこにある。海に潜んでいるものを見ることはできない。しかし、作品を鑑賞するとは深層に潜んでいるものを観ることである。詠み手の思いがそもそも言の葉となって、潮騒に呑み込まれてしまっているからだ。


はねおきてははさがすゆめくりかえしみるひなおいてなおはねおきて

四回現れる「は」の字が、その吐息を世界にそっと吹きかけている。「くりかえし」見られるという「ゆめ」。だれが見ているのか？　雛が母を捜す夢を見ている？　それとも雛が母を捜す夢を詠み手が見ている？　そのどちらでもあるように読み取れるのは、雛も詠み手も世界によって夢見られた夢であるからである。

首頭と首末に置かれた「はねおきて」のリフレインが、やさしくも屹然とした調べを奏でている。三十一文字を韻律にして奏でているのは、ミューズの神。子守歌のようなやさしさに包まれるのは、天上からの夢の力に拠っている。

　跳ね起きて母捜す夢繰り返し見る雛老いてなお跳ね起きて

繰り返されるのは、夢ばかりではない。「跳ね起きて」の初句は結句に回帰し、春夏秋冬の歳月がリフレインのように繰り返されるように、結句はふたたび初句へと循環する。すると、跳ね起きるのは、だれであろうか？　いなくなった母を追い求めて雛が繰り返し跳ね起きる？　いなくなった母を追い求めて雛が繰り返し跳ね起きる夢を、詠み手が繰り返し見て跳ね起きる？　そのどちらでもあるように思われるのは、そのように作品が構成されているからだ。

雛もまた老いるという摂理。そうであったか。哀しくも愛らしい重層的な情景が崇高な幻像へと高められているのは、想像力を伴う認識という技で世界が捉えられているからだ。悪夢がひとを救っている、とフロイトは提唱している。わたしたちが生きるのは老いてなお、救済されるべき現実の界においてであり、跳ね起きてまで志向する見果てぬ界である。

　ひとは　またひとはふり　せみしぐれにとわにしびれているみみをかす

降るとは、突然に現れる、の意でもある。人、蟬時雨、輪、痺れている、耳。なぜかは知らず、ひとはこの地上に現れ、時雨に遭うように日々の事象にもまれ、輪のように取り込まれる人生に思いを馳せる。耳が聴き分けるのは、各々が生きた人生の履歴である。この作品には五五六九五という変則的な韻律が想定され、フレーズが小節をまたぎ、語義を部分的に限定させている。

4/4　─ひと／は○／○○／また─ひと／はふ／り○／○○─せみ／しぐ／れに／とわ─
に○／しび／れて／いる─みみ／をか／す○／○○─

繰り返される〈ひとは〉の「ひ」と「は」のH音が、世界を目覚めさせる。1小節と2小節の1・2拍目を繰り返し強く打っており、特に最初の〈ひとは〉のフレーズのあとに置かれる3つの8分休符は、読み手に空想の時間を与える。

葉が一枚一枚降り落ち、蟬時雨の降るその音に耳は永久に痺れてゆく。エックス線をあてれば下層にもうひとつ絵がある絵画作品のように、表象は重層的に構成されている。〈ひとは〉とは〈人は〉でもあり〈一葉〉でもある流動的な構造を内包して作品が構築されている。つまり、ひとは、葉がそうであるように、いつしか必ず降り落ちる。自然界の事象に写実の眼を据えながら、内省が湧き起こっている。普遍の真理が一幅の絵のように伝えられ、もの哀しくも志向的な存在のありようが詠いあげられている。

一葉　また一葉降り　蟬しぐれに永遠に痺れている耳を貸す

イメージが象られる根源は、穏やかで豊かなスローライフの概念にある。慌ただしく急ぐ者に、世界は立ちあがらないはずである。カバーには揺り椅子のイラストが描かれてあった。この椅子に腰かけて、ゆらり揺れながら時を過ごしてみないか、と。歌集は読み手に差し出された揺り椅子のようにある。立ち止まり、腰かけてくつろげば、想念は宇宙の果てまで駆けめぐってゆくだろう。

ゆれながらおりてくるゆき　ねむりこむくらいかこうのゆめのおくまで

またしても「ゆ」の頭韻が、やさしく響く。揺れ、降りて来る、雪。眠りこむ、夢の奥まで。微睡むようなメルヘンへと誘われ、いつしか子守歌のような調べにうとうととしている。

4/4　―ゆれ／なが／ら○／○○―○お／りて／くる／ゆき―○○／ねむ／りこ／む○―
　　○く／らい／かこ／うの―○ゆ／めの／おく／まで―

巻末のこの一首は、１４３首の遥かな旅を旅したあとで、巻頭の歌へと回帰してゆく。揺れる椅子のように、そしてまた葉がそうであったように、雪もまた己が想念の熱い火口の夢の奥まで揺れながら降り落ちてゆく。

揺れながら降りてくる雪　睡りこむ闇い火口の夢の奥まで

花香と仮構の闇に輝く灯りのように、夢は眩く発光する。人生が一幅の絵本の絵のなかの夢であり、一片の雪のように人は降り落ちてゆく。永遠へと眠り込む前に夢が記すのは、その生きた記憶である。

喩法というダイナミズム
――久木田真紀というフィクション

詩論は詩作品を論じるものであり、これは作品本位の論評である。一方、詩人論という呼称もあり、それは詩を書く人間を論じると考えることができる。また、両者を兼ね備えた論評もある。その人物の生い立ちや性癖などに触れ、特殊な事情や履歴を織り交ぜて論評する。とはいえ、文学作品の鑑賞はまずもって作品を鑑賞することである。

短歌による文学的事件とも言うべき俵万智の『サラダ記念日』(1987)のあとに現れた久木田真紀《くきだまき》という天才少女は、実は中年の男性だったということを知ったのは最近のこと。そう言えば今にして、男性による筆致の匂いが濃いことに気づく。歌う主体が女性でありながら、作者は男性である。ここには、創作上でのダイナミックな力学がある。創られるものであるかぎり、短歌もまた虚構を志向することによって創造性が高められるとも考えられるからだ。少女という実在はひとりの少女によってのみ現わされるものではなく、また女性によってのみ女性性が表出されるのではない。むしろ、異性によって切り拓かれることで、作品世界の可能性が広がりうる。ジェンダーのみではない。年齢もまた、たとえば老年もしくは中年から眺め渡されることによって、少年もしくは青年性があぶりだされる。その未踏の領域へと踏み出しうる可能性こそが、進展する芸術の核であろう。

1988（昭和63）年、角川短歌賞には選ばれなかったが、候補作品中に「南回帰線まで」という十七歳の少女の作品があったという。

しろがねの魚が虹と弧を競ふあたりも天と呼んでみようか

飛び魚が虹が出ている空の下の海の中からジャンプして孤を描いたのだろう。情景描写というよりは創り話のようではある。飛び魚や虹を見ることだけでも限られた少ない機会にあるのに、その両方を同時に見ることはそうあることではないからだ。しかし、描かれている情景は鮮やかに眼を射る。〈しろがね〉とは、白金もしくは銀。文字として書かれてはいないが、飛び魚の白銀色と虹の七色との鮮やかな対照は、一幅の絵画である。そして、虹としろがねの魚が孤と競うという状況によって、天が創成される。空間と時間をめぐる目の醒めるような喩法のダイナミズムによって創られた世界がここにある。

きみといふ男をめぐり月光と吾《あ》とが互《かたみ》に唇《くち》うばひあふ

性愛への衝動は、激しく甘く、理性では抑えることのできない欲望である。とはいえ、少女は熱情のなかで醒めている。青年の唇を貪るのは自分ばかりではなく、月光もまたそうであるからだ。青年を求める恋心が、月光というライバルを得てスパークする。この短歌もまたフィクションという力学によって推進されている。とはいえ、それゆえに、これもまた一瞬の絵画である。唇を奪う行為の最中に月光もまたそうであろうという客観的な観察が自らのうちに生まれるとは思えない。しかしながら、老練な旧字体の使用による筆致によって描かれているのは、紛れもない少女の心のリアリティーである。

その翌年の1989年、この少女は、「時間（クロノス）の矢に始めはあるか」（三十首）でもって第三十二回短歌研究新人賞を受賞する。昭和45年10月30日モスクワ生まれ、オーストラリア在住。若い女性の写真が添えられていた。しかし、これはあとで作者の姪であると判明する。

春の洪水のさきぶれ味爽の噴水の秀《ほ》に濡れるわが胸

味爽の噴水とは、夜明けの噴水。秀に出づとは、外に現れること。ブラウスが噴水に濡れて、胸が透けて見えてしまう。二次性徴があらわれ、生殖可能となった思春期の発情が、春の洪水という喩法で捉えられている。この作品にも見られる自己を観察する客観的な態度は、対他的な思念によって生み出されたものだ。つまり、久木田真紀の短歌においては、歌う主体が作者とは一致しない。

槍の穂に唇あてている彼とユダとの年の差が二千年

ユダ（Judas）はキリスト十二使徒の一人。銀三十枚でキリストを敵に売った背信の徒。後に悔悟して縊死。その絵の前で槍の穂を持ち唇をあてている青年もまた、背教者のように美しい。短歌は一瞬の絵画を映ずる視力によって生み出される。それは二千年という時間差を包含したスペクタクルであり、一瞬は常に現在へと差し出されている。

合歓の木を仰ぐあなたのポケットから覗くペンチになぜか嫉妬す

6、7月頃、紅色の花を球状に集めて咲く合歓の木の、葉は夜閉じて垂れるという。快晴の午後であろう。青年は輝くほどの陽を浴びて、合歓の木を仰いでいる。ふと覗いたベンチに嫉妬するのは、それが彼の所有物であるからだ。その道具存在へと嫉妬する、夢のような日のひととき。女性的なるものである嫉妬のありようが、主観世界として客観的に提示されている。

〈源氏〉から〈伊勢〉へ男を駆けぬける女教師のまだ恋知らず

〈源氏〉と〈伊勢〉とは、もちろん源氏物語と伊勢物語のこと。どちらも平安のよき時代に生まれた文学の傑作である。源氏物語は、紫式部による長編物語。宮廷生活を中心として平安前・中期の世相を描写し、主人公光源氏を中心に藤壺・紫の上などの才媛を配して、その華やかな生涯を描いている。伊勢物語は、作者未詳の歌物語。在原業平という男性の一代記風の記述で、男女の情事を中心に風流な生活を叙した約百二十五の説話から成っている。

古典を受け持つ、うら若きまだ新米とも思える国語教師のフレッシュな姿が、鮮やかに浮き彫りにされている。古典の作品は専門外であって、今必死に学び直しているところであろうか。筆致にスピード感が漲っており、〈駆けぬける〉という描写からは、平安時代から現代へとひとっ飛びにタイムスリップする勢いを感じ取ることができる。それはまた学校の廊下を小走りに駆ける姿をも彷彿させる。作品のなかの男を駆け巡るこの教師は、したがって、仕事に夢中で実際の恋を体験するに余裕はない。しかし、先には熱い恋愛が待っていることが保証されている。その期待感が短歌をドライブさせ、性愛への志向を肯定している。〈源氏〉と〈伊勢〉とに没頭する。現実から逃避できる、ある意味では幸福な時間をそれは提供している。

さらば夏アトランティスを見て来たと誰か電話をかけてこないか

アトランティス（Atlantis）はプラトンの作品に現れる伝説上の島。ジブラルタル海峡の外側、大西洋中にあったが神罰により一日一夜の内に海底に没したという。さて、この歌もまた時空を駆け巡る。ひと夏の体験として、伝説の島アトランティスを訪れてきたという仮想。仮想世界はこんなにも豊かである。実現はされないであろう空想が、すでに世界を創成している。つまり、表出されるのはロマンという期待感である。

校庭で踊れるワルツ星星の自転をまねびいたるわれらよ

小学生のフォークダンスであろうか。三拍子で廻る踊りの輪は、自転する。まるで星の自転のように。そんな星の自転を学び真似るひとの営為は何ゆえにあるのかと、しかし小学生は思わずともいい。その証拠に、行為の主体は客観的に捉えられる〈われら〉である。それは学校を通過してきた私たちである。それにしても、星があることが、自分がいまここにあることが神秘ではないか。

紅梅をもったときからきみはもう李氏朝鮮の使者なのである

朝鮮（Korea）は、前2世紀初め衛氏朝鮮となり、4世紀中ごろ高句麗・新羅・百済・伽耶が対立、7世紀に至り新羅が統一、10～14世紀は高麗、14世紀以降は李氏朝鮮がこれをつぎ、いずれも中国に朝貢。のち日清・日露戦争によって日本が植民地化を進め、1910年日本に併合された。さて、紅色の花の梅は何を想うのか、時空を歴史がせめぎ合っている。紅梅という植物でさえ政治的な意味合いを保有してしまうことは、不思議である。花がその存在において危ういのではなく、花に仮託する人為が危ういことを、短歌はあざとく指摘している。

聴診器あてたる女医に見られおりわがなかにあるマノン・レスコー

マノン・レスコー *Manon Lescaut* は、プレヴォの小説で1731年刊。地位も財産も捨て美貌の娼婦マノンを追ってアメリカまで赴く青年デ＝グリューの情熱を描いている。娼婦性を帯びる女性の性《さが》が妖しい美を放っていることを、自らが自覚している。主観を放れた客観がしっかりと歌の根底に埋まっているのは、作者が異性であるからだ。しかし、この歌もまた一瞬の女性性を浮き彫りにして鮮やかだ。「時間（クロノス）の矢に始めはあるか」における固有名詞の使用法に、歌人の技法を認めることができる。創作される作品世界が、その固有の世界と連結し、競合する。以下の受賞後第一作品「エデンの東」もまた同様に、固有の地における史実と逸話がスパークする。

ニューヨークを孤独でいえば摂氏二度やがて降りくる春の淡雪

ニューヨーク (New York) は、アメリカ合衆国ニューヨーク州北東部、ハドソン河口に位置する世界屈指の大都市。世界経済の中心地で、2001年のアメリカ同時多発テロ事件で崩落した世界貿易センターや、国連本部などの摩天楼がそびえる。作者は、エンパイア・ステート・ビルディング（Empire State Building）の102階の窓から外を眺めているのだろうか。寄る辺のない旅であり、静かな朝の孤独である。孤独を摂氏二度という気温によって測られているところに、覚めた技法を認めることができる。科学技術立国の大都市に紛れ込んだ心に染みてくるのは、淡雪の純白の孤独である。

ダラスへはようこそここは朝焼けが銃弾のように美しい

ダラス（Dallas）はアメリカ南部、テキサス州第二の都市。綿花の集散地として発達。機械・石油・航空機工業などが盛んで、金融・商業の中心でもある。しかし、注意すべきは、ここがケネディ大統領暗殺の地であることだ。〈ようこそ〉と他人事のように記す筆致が心憎い。ダラスに到着した初めての朝、陽射しは大統領を撃った銃弾のように頭をぶち抜く。それは朝の光であると同時に、史実という紛れもない事実の残り火である。

花多く咲かせる都市を訝しむあるいはここがかの日のソドム

ソドム（Sodom）は死海の近傍にあった古都市。ゴモラ（Gomorrha）と共に住民の罪悪のため、神によって滅ぼされた（創世記19章）。花を多く設える都市は何やら不審の都市である、と歌人は言いたげである。花の華麗な美とは裏腹に、罪業を内包していると予感させるからだろう。表面上の秩序の裏に控える罪と悪の近代とは、単なる比喩にはとどまらない。

さて、第三十二回短歌研究新人賞の受賞式には、叔父と称して本人が代理として出席したらしい。まもなくこれは偽装と判明したが、受賞は取り消されはしなかった。しかしその後、久木田真紀の名は歌壇で口にされることがなくなったという。そして、受賞から八年後、一冊の歌集が上梓される——藤沢《ふじさわ》螢著『時間（クロノス）の矢に始めはあるか』（1997年／雁書館）。

まっすぐに病む存在の病
——山頭火　何を求める　風のなか

〈私たち一族の不幸は母の自殺から始まる、……と、私は自叙伝を書き始めるだらう。母に罪はない、誰にも罪はない、悪いといへばみんなが悪いのだ、人間がいけないのだ〉と山頭火《さんとうか》は昭和12年3月3日の日記に書いている。母の自殺のあとには、末弟・信一の死、姉・フクの死、弟・二郎の自殺と、身内の死が相次いでいる。山頭火の胸裏に渦巻いていた哀切と悲愴の念には、想像を絶するものがある。ひとがこのようにあること、いや人間がそもそも存在することへの不信と怒りは、酒と放浪と句作によってしか癒されなかったのであろうか。亡くなる年の昭和15年4月28日に刊行された自撰一代句集『草木塔』の扉には、〈母の霊前に／本書を供へまつる〉と記されている。

のちに山頭火となる種田正一《たねだしょういち》（1882-1940）は、明治15年12月3日、山口県佐波郡西佐波令村第百三十六番屋敷（現防府市八王子二丁目十三）に生まれている。母・フサは、村でも評判の美しい女だったという。髪はいつでも整え、唇には紅を引いて、優しい瞳の持ち主であった。種田家は大地主の資産家であったが、祖父・治郎衛門の早逝によって家督を継いだ父・竹治郎はまだ十六歳の少年であり、村人から大種田と呼ばれている家の舵取りは重荷であったらしく、大らかな性格ではあるものの理財や家政には無能で、女道楽に明け暮れる放蕩人へと身を崩した。正一は、父が二十六歳、母が二十二歳のときに種田家が待望した長男として生まれたが、母の自殺は正一が九歳のときのことである。父との軋轢や祖母・ツルのきつい態度などが母を死に追いやったと考えられている。

高等科を終了した正一は、十三歳の春に私立周陽学舎（後の県立防府高校）に入学し、俳句の真似事を始める。首席で修了し、県立山口尋常中学（後の県立山口高校）に編入し卒業。一方、父が母の生前から囲っていた妾の磯部コウに女児が生まれ、私生児にしない計らいにより父はコウを入籍する。そのような父の態度に嫌悪感を覚え、正一は父から逃げ出すべく上京する。そして、早稲田大学の前身である私立東京専門学校高等予科の特別試験を受験、合格し入学する。坪内逍遥から倫理学と英文学を学び、錚々たる教授陣の講義を受けて修了後、大学部文学科に進学。しかし、順調であったのはここまでである。のちに山頭火が書いたという履歴書には「明治三十七年二月疾病ノ為退学ス」とある。

『酔いどれ山頭火　何を求める風の中ゆく』の著者の植田草介は、退学の理由を鬱病の傾向がある神経衰弱によるものと考察している。その疾病の第一原因は、文学で身を立てようとする若者に共通する焦燥や不安であるとし、次に防府の実家の没落であるとする。すでに田畑を売りつくしていた種田家は屋敷の一部を売却するまでに窮迫しており、正一は不安だけを募らせる。大学を退学したあと失意の帰郷を果たすが、故郷へ錦を飾ると期待していた人々の失望と軽蔑の視線を浴びることとなる。父・竹治郎は隣村の酒造場をなんとか買収し、一家で移り住むこととなる。そして、父の取り計らいで気の進まぬ結婚をする。正一は二十六歳で相手は十九歳になったばかりのしとやかな女性であった。

正一が夫らしく家に落ち着いていたのは一週間だけで、その後明るいうちから酒盃を手にし、夜の街に出かけては外泊を繰り返したという。しかし、結婚した翌年には長男が誕生し、一家の長としての責任を自覚するようにいたったが、酒造の経営者としての期待も背負わされ、鬱病者の正一には重い負担となったらしい。正一の心の拠り所は酒と文学だけであった。明治44年、二十八歳になった正一は地元の防府で出されていた月刊誌『青年』の編集に携わり、作品を発表している。翻訳や文芸批評では〈山頭火〉を、俳句では〈田螺公〉と雅号を使い分けている。

やがて家業の酒造経営が行き詰まることとなる。酒蔵の酒を腐らせたことで経営破綻は目の前に迫り、父・竹治郎が夜逃げをする。借金の返済もままならず、正一は自殺を図るが、未遂に終わる。まもなく酒造場は倒産し、大正5年、正一三十三歳、妻・サキノ二十六歳、長男・健五歳、家族三人は逃げるように故郷を捨てる。

熊本市に落ち着くと「雅楽多書房」という古本屋を経営するが、幼くして養子に出されていた弟・二郎の自殺などの出来事をきっかけに、正一は店の売上金を持ち出しては酒にのめり込むこととなる。二郎が養子に入った有富家から父・竹治郎は多額の資金を借りており、兄の正一に二郎は助けを求めていた。が、正一にできることは何もなかった。父はまた、妹サキの嫁ぎ先である町田家にも不義理をしていた。大正8年の秋、正一は妻子を残したままあてもなく上京する。やがて、離婚。

父親ゆずりの生活無能力から、酒を求め金に困窮して没落してゆく経緯には、宿命的な血のつながりを感得することができる。山頭火は日記に次のように書いている。〈身をもって俳句する、それはよいとかわるいとかの問題ではない、幸不幸の問題ではない、業だ！　カルマだ！　どうにもならないものだ！〉（昭和13年1月15日）。

山頭火。その俳号は山の頂から噴き上げる火だという。自由きままな人生であったとはいえ、それはだれも真似てみたいとは思わぬ人生である。いや、真似てはいけない人生である。では、何ゆえ山頭火に惹かれるのか？　本来、作品は作者から自立しており、作品と作者は分けて論じてもよい。しかし、山頭火の作品はその生きざまと密接に関連しており、鑑賞はその生涯を追うことによって深まるように思われる。作品が創り手から自立しているのではなく、むしろ作品は創り手を離れない。つまるところ、句が入魂の作品であり、その魂こそが作品化されているからである。定まった器には収まりえない身の上である。定型などは不要であり、季語などクソ食らえであろう。では、その自由律の句の魅力とは何か？

分け入っても分け入っても青い山

大正15（昭和元）年4月（四十三歳）、行乞流転の旅に出た山頭火にとって、山は無限の空間であり、無限の時間が拡がる時空である。〈分け入っても〉の反復が定型を外さしめて、ある種の強固な意志が感得される。しかし、行為は繰り返し行われても、あの《シーシュポスの神話》のように、目標に辿り着くことはない。山の頂上へ運び上げても、そのたびに転げ落ちてゆく石のように、自ら行う営みはつねに無化され無効になる。その不条理に堪えるしかないありようが、句として結実している。

無季無定型の山頭火の句の多くは、通常の五・七・五という定型には収まらない。しかし、規則性の欠如した句ではない。山頭火の句は俳句の伝統的な枠組みを超えてゆくのだ。俳句の内在律の基本である四拍子に束縛されない。山頭火の句の音楽性は特異で比類ない。この句では変拍子としての三拍子と二拍子が組み合わさっており、複合リズムが存する作品である。

3/4〃ワケ／イッ／テモ一ワケ／イッ／テモ一　2/4一アオ／イヤ一マ○／○○〃

（○は八分休符）

分け入るという行為が四分の三拍子のリズムで駆動されて前へと進み、青い山が悠然と構えるという認識が四分の二拍子で締め括られている。躍動する歩行と、微動だにしない山の佇まいの対比が、鮮やかである。

うしろ姿のしぐれてゆくか

七・七の句である。つまり、短歌の構成における最初の五・七・五が欠けた作品であると考えられる。興味深いことである。俳句は和歌の下句七・七を省略して成った経緯があるが、ここでは上句五・七・五を省略している。すると、省略された上句がいろいろと推測されてくる。それがこの句の魅力である。

「しぐれる」とは「しぐれ（時雨）」が動詞化した語である。そして、「時雨」とは、「過ぐる」から出た語で、通り雨の意。秋の末から冬の初め頃に、降ったりやんだりする雨のことである。比喩的には、涙を流すこと。また、「蟬しぐれ」というように、しきりに続くものの喩え。山頭火の句では、〈しぐれてゆく〉のは〈うしろ姿〉である。すると、この表現もまた奥深く、「しぐれ」の持つ語義が満載されている。すなわち、消えた発句に盛り込まれているのは、過ぐる日々にあって、やがて冬近くとなり、冷たい雨が背中に降り注ぎ、肌寒くなる頃合い、心のなかで涙を流し、それが引き続くことの哀れである。

もともと短歌の下句であった七・七という構成が俳句になりうる可能性は、今後大いに研究されるべきであり、新たな俳句創成の可能性が大きい。とはいえ、これは山頭火、独壇場の世界である。上句五・七・五を捨て去るように、現代一般の者が山頭火ほどに荷を捨て乞食になって放浪しうるとは想像できないからである。〈しぐれて人が海を見ている〉、〈つかれた足へとんぼとまった〉、〈誰か来さうな雪がちらほら〉、〈雪へ雪ふるしづけさにをる〉などのように、七・七による秀句が山頭火には多い。

酔うてこほろぎと寝てゐたよ

一見、八・五の句のように見える。しかし、内在するリズムを感得するならば、この句はさほど単純なものではない。この句の複合リズムは見た目以上に複雑である。

3/4〃ヨ／ウ／テ〃2/4 ―コウ／ロギ―ト○／○○〃4/4〃ネテ／イタ／ヨ／○○〃

〈酔うて〉が四分音符で確固として発話され、そのあとに八分音符二拍子で〈こほろぎと〉が続き、最後に八分音符四拍子で〈寝てゐたよ〉と閉められる。すなわち、この句には三層があり、それぞれが異なるリズムで奏でられているのである。考えてもみるがいい。酔って寝ることは、ありふれてことさら問題にすることでないが、ともに寝る対象が蟋蟀《こおろぎ》であるところに、この句の新鮮さと驚きが律動とともにある。

風ふいて一文もない

簡潔明瞭であり、これ以上に簡潔な俳句があろうとは思えない。山頭火にしか書けない句であり、滋味深い感慨を覚える作品である。

3/4〃カゼ／フイ／テ○―イチ／モン／モ○―ナイ／○○／○○〃

五・七の句であるが、この句も通常の四拍子ではない。三拍子の西洋音楽でいうワルツである。しかし、このワルツはヨハン・シュトラウスなどのワルツの流麗さとは対照的に、哀切きわまりない。酔ってこおろぎと寝るしかないように、吹く風を背に受けるしかない日々である。しかも、なんと一文もないのだ。足は千鳥足になるしかなく、ワルツにしてはもつれるしかない足である。しかし、救われるのは、その内在するワルツという幻の律動によってなのである。

ふくろうはふくろうでわたしはわたしでねむれない

ひとつひとつの文字が音を持つひらがなだけの隙間のない表示が眼に優しい。この句はキーワード詠に分類されうる《梟》の句である。じっくりと言の葉を心のなかで反芻してみれば、これは通常の俳句とは異なることがわかる。十・八・五と考えれば大幅に字余りであり、許容範囲の八を超えてもいる。しかし、通常の枠をもうひとつ増やし、五・五・八・五と考えれば、次のように四拍子四小節の枠にきっちりと収めることができる。

4/4 ∥○○／フク／ロウ／ハ○｜フク／ロウ／デ○／○○｜
ワタ／シハ／ワタ／シデ｜ネム／レナ／イ○／○○∥

しかし、複合リズムを想定すると、この句は次のような変容を見せる。すなわち、前半三拍子二小節、後半二拍子三小節が、この句の正体である。

3/4〃フク／ロウ／ハ○｜フク／ロウ／デ○｜
2/4｜ワタ／シハ｜ワタ／シデ｜ネム／レナ｜イ○／○○〃

梟は森の繁みや木の洞に住み、夜にノネズミなどを捕えて食う。ふくろうとわたしは寄り添うことができない。しかし、同じ空間同じ時間に棲息していることの共時性と同時性は打ち消すことができない。ちょうど、どちらの孤独も寄り添えずいまここにあるように。

軽い足取りのワルツのような四分の三拍子が二小節続くと、淋しいマーチのような四分の二拍子が四小節続く。つまり、三拍子のリズムで表される「ふくろう」のありようと、二拍子で表される「わたし」のありようが対比されており、両者は相容れない。しかしながら、拍子は異なっても一拍の速度が同じである。その同速度性は、両者が孤独を共有していることを証明する。

炎天をいただいて乞ひ歩く

旅はひとところに落ち着けば濁ってしまう川の流れである。しかしながら、それは、漂泊とも、流亡とも言い換えうる。継続する微熱、断続する狂気、やむことなき彷徨。いずれにせよ、生きることにやすらぎはない。己れの身にあるのは、苦行に似た修業であり、修業からの逸脱であり、修業に似た苦行である。日々、ひびが膨れ上がるように、自己という存在に亀裂が走ってゆく。それを振りほどくように旅に出る人生。炎天でさえいただく人生である。

4/4〃エン／テン／ヲ○／○○｜イタ／ダイ／テ○／○○｜コイ／アル／ク○／○○〃

この句は、このように四拍子三小節に収めることも可能である。中句が五に短縮され、五・五・五という五が連続する確固たる韻律を歩むように思われる。上五、中五、下五のそれぞれのあとに等しい三つの八分休符の間が存し、悠然と歩む姿が浮かびあがってくる。しかしながら、この句もまた、通常の四拍子を律動しているのではない。次のように三拍子三小節に収めると、間断なく歩み続ける姿が現れる。

3/4〃エン／テン／ヲ〇—イタ／ダイ／テ〇—コイ／アル／ク〇〃

時を棄て、場所を棄て、財産を棄て、家族を捨て、知人を捨て、持ち物を捨てる。禅で言う「放下箸《ほうげじゃく》」にも似た行為であるように思われる。しかしながら、そのような命の根源のありように達しようとする行為のようでありながら、哀切感を押し殺している。悟りを得ようとするよりも、どこまでも自死へといたる行為のように思われる。

どうしようもないわたしが歩いている

山頭火は無銭飲食の咎で留置所にぶちこまれたことがある。しかしながら、躁鬱病とアル中を病んだ禅僧俳人に寄せる多くの人々の心が温かい。たとえば、山頭火は山形県鶴岡市で十日間酒びたりの毎日を過ごしている。一流の料亭で酔いどれるところに天才的な無謀を認めることができるが、料亭「新茶屋」や湯田川温泉をはじめ多くの料理屋で沈没した山頭火を、しかし他の地でと同様、引き取りに行くことのできる句友がいたのだ。ひとは気遣いこそがその存在の根底にある対他存在であることを、山頭火の生涯が逆説的に示している。

4/4 ∥ドウ／シヨ／ウモ／ナイ―ワタ／シガ／〇〇／〇〇―〇〇／アル／イテ／イル∥

このように、八・四・六の句とも考えられる。四拍子三小節に収めると、六つの八分休符の長い間が自省をしっかりと促す働きをしている。「どうしようもない」はまっすぐ「わたし」と連結されるはずだ。したがって、もはや上句は小節を跨いで連続する十二音となるべくして成ったと考えられる。しかしながら、この句にもまた別の内在律を認めることができる。

3/4 ∥ドウ／シヨ／ウモ∥ナイ／ワタ／シガ∥アル／イテ／イル∥

このように三拍子に組み入れると、句は一変する。この息継ぎのない句は、救いようのない山頭火の人生を明るみのうちにあぶりだす。息切れし、行き詰るように、言の葉が吐露される。十八個の音は、山頭火がこの世へと投げた言の葉という石礫である。哀しいことに、そうとしてもただ悲痛な世界である。ただただ哀れな存在者が歩いている。内省しながら、しかし内省する暇もないように喘いでいる存在者の、息絶え絶えの呟きが哀切きわまりない調べとなって天空に谺している。

鴉啼いてわたしもひとり

〈鴉啼いて〉と〈わたしもひとり〉と分けることができる。すなわち、啼いている鴉が一羽、いまここにいるわたしも独り、というような、簡明な意味が認められる。しかし、この句の音楽性は通常の俳句のそれではない。この句が内在しているリズムもまた、複合リズムであるように思われる。〈鴉啼いて〉が一音が四分音符の三拍子と考えられ、〈わたしもひとり〉は一音が八分音符の四拍子であると考えられる。

3/4〃カ／ラ／ス〃ナ／イ／テ〃4/4〃ワタ／シモ／ヒト／リ○〃

つまり、〈鴉啼いて〉の各語は〈わたしもひとり〉の各語の二倍の長さを保持しており、一羽の鴉が啼く孤独をしかと認めたのちに、〈わたし〉の孤独を重ねあわせている。

雪ふるひとりひとりゆく

この句もまた、簡潔きわまりない。わずか七・五による構成であり、音楽性豊かに〈ひとり〉が贅沢に反復されているので、扱われている語句はきわめて限られている。雪、降る、独り、行く。それだけである。それだけのことがなにゆえ心に響くかと言えば、邪念と虚飾を振り払った律動の簡素な流麗さがものを言うからである。

4/4〃ユキ／フル／ヒト／リ○―ヒト／リユ／ク○／○○〃

このように考えると、末尾の三つの八分休符の余韻が、寂寥を伝えていてもの哀しい。独り行くしかない道である。旅路のゴールはどこであるのか？　もはや、明瞭ではないか。

この道しかない春の雪ふる

句を創る人間がいるというよりは、言葉が降りる磁場にひとがいる。道を歩く己れがいるというよりは、己れが歩く道がある。この道しかない春である。どんな罪びとでも、どんな貧者でも、ひとはつねに未踏の界を志向しているにちがいない。それが生きることにほかならないからだ。詠み手もまた、だれもが未踏の道を歩みだし、見果てぬ界を志向しているはずだ。読み手における感動は、切り拓かれるその地平の明るみからやってくる。とすれば、山頭火を鑑賞する旅はカタルシスの旅であったのか。春になれば、陽もあたたかく、過ごしやすいか？　いや、春にも雪が降るのである。

4/4〃コノ／ミチ／シカ／ナイ—◯ハ／ルノ／ユキ／フル〃

八・七がわずか二小節に収まりうる、簡潔きわまりない句のように思われる。しかし、この句もまた、山頭火の人生がそうであったように、四拍子からははずれているように思われる。すなわち、

2/4〃コノ／ミチ〃シカ／ナイ〃◯ハ／ルノ〃ユキ／フル〃

通常の俳句のように一小節を四つの拍子で優雅に歩む旅などではない。二つの拍子であえぐように進まねばならぬ旅である。未踏で未到の旅であり、定型をはずれるように行かねばならぬ旅。やはり哀しい、この旅は。何という人生であったのか。酒と旅と句。修行僧を志しながらも身を持ち崩し、修行の道を

はずれゆく旅。

　まっすぐな道でさみしい

ならば、まがりくねった道なら、さみしくないか？　いや、人生行路のように、旅路はまっすぐであるはずがないのだ。まっすぐなのは、病んでいる山頭火の存在の病である。

＊この論考における山頭火の履歴に関わる記述については、植田草介著『酔いどれ山頭火　何を求める風の中ゆく』（河出書房新社 2008.12.20）に拠っている。

Ⅳ　詩篇詩集逍遙

受け継がれる生命の交響
――北原千代詩集『スピリトゥス(Spiritus)』

北原千代《きたはらちよ》（1954年京都府生まれ、滋賀県大津市在住）の第一詩集『ローカル列車を待ちながら』(2005.11)には、オルガン演奏に関わる「オルガニストの指」「奏楽の朝」「海とオルガン」などの詩篇が収められ、楽音が響きわたる玄妙な世界が創成されていた。「あとがき」によれば、詩集刊行の四半世紀前、引っ越し先の徳島でプロテスタント教会がオルガン奏者を探していたことがきっかけで、以後、移り住んだ各地で礼拝や式典におけるオルガン奏楽を手がけるようになったのだという。

楽音と言の葉の妙なる親和性は、二年後に刊行された第二詩集『スピリトゥス(Spiritus)』(2007.11)にも顕われ、そのポリフォニーによる創成は「捧げもの」「バストロンボーン奏者に」「39弦の調べ」などの詩篇に引き継がれている。とりわけ詩篇「父の国へ」は絶唱とも言える作品であり、祈祷の言葉と楽音が葬送の儀式を神々しく照り輝かせている。

ああ未来永劫ふたつとないたましいの
かがやく一滴であるわたしたち
やがて脱ぎ捨てた肉体を土にかえし

息吹に運ばれ遥かなところへ還っていく
水満ちる父の国へ

（「父の国へ」最終第六連）

賛美歌が響きわたる教会堂。花園に抱かれる遺影。別離の舟歌。見守られ、港を出る棺。こうして集う人々の思いと葬送の儀式との、何という美しいまでの交響であろうか。死者はいまなお生者の胸のうちにいる。

詩集のタイトルとなった spiritus は、英語の spirit（精神）の語源にあたり、「風・呼吸・生命・霊感・精神」を表わすラテン語である。尊いのは目には見えぬ概念であり、精神 (spirit) は霊性 (spirituality) へと結びつくひとのこころの情動である。ひとの存在の本質とは肉体を借りたところのこの霊性である。その証拠に、spiritus は英語の life の語義「いのち・生存・生涯・寿命・生物・世・活気・救い・再生・最愛のもの」と部分的に重なりあう。

旧約聖書の「創世記」第1章によれば、一日目、神は天と地とを創造し、暗闇のなかで光を創り、昼と夜が現成した。二日目、神は空を創り、三日目に大地を創り、海が生まれ、地に植物を生えさせた。四日目、神は太陽と月と星を創り、五日目に魚と鳥を創った。六日目、神は獣と家畜を創り、神に似せた人を創り、七日目に休息した。では、風はいつ起こったのであったか？

風こそが物事の原初のさらなる前、すなわち創世の前にすでに存在していたのではなかったか。そしてさらには、そもそも現存するすべては、風がパラフレーズされた現れのひとつひとつなのではあるまいか？

spiritus と life はまた、organ の語義「（楽器の）オルガン・（生物の）器官・声」と結びついている。風・呼吸・生命・声が織りなす交響世界は、救済・再生・最愛を求める物語。遙かなる時間と空間に現成して、風は音楽を奏でる。それは生命が誕生した太古からの遙かなる神秘の楽音である。死。ひとそれぞれの死。だれにもやってくる――。そこからやって来て、そこへと還る、父の国。わたしたちは未来永劫ふたつとない魂。それぞれかけがえのない輝く一滴。時が満ちれば、衣装としての肉体を土に返し、遥かなところへと還ってゆく。リレーされる思いが、いまここにある死者と生者をあらしめている。〈荒波にもゆらぐことはないのです／嵐の日にこそあなたはつよい〉――祈祷の言の葉の、何と心強いことであろうか。挫けそうになる心を支えるのは、神の言の葉であり、それは配慮・気遣いの思いやりである。

風の自在性と精神の霊性に共通するものは、ともに呼吸しともに生きゆく意志であり、世界を超えてあることそれ自体がそのまま世界であるような世界性である。すなわち、風と合一しようとする霊性がこの世ならぬ響きを奏で、そのように響き渡る小宇宙が不思議なことにいまここにこうしてある。――気遣いの尊さが身に染みてくる。次のような詩篇が神からの招待状のように思われるのは、それゆえである。

招待状

夕餉のころ来て下さい
尖った靴を脱いだら
ぼくのスニーカー貸してあげます
どうですか
にびにび土に埋もれながら畝を歩くのは
ジャガイモは好きですか

厨に戻って蒸かしましょう
バタにしますか　味噌もいけます

青草が繁るころ　もう一度来て下さい
緑陰はミミズや虫たちの遊技場
生き物たちの腕自慢やのど自慢の声
聞こえますか　耳こそばゆいですか
熟したトマトとバジルを籠に
畝を渡って厨へもどり
パスタはどうですか
なあにぼくが上手に茹であげます

楚々としてしかも奔放なコスモスが咲くころ
新米食べに来て下さい
ただ美しいだけの花などひとつもない
秋の花たちは収穫の喜びを歌うのです
地上三十階のあなたのベランダに
新しい命の種子　あげましょうか

冬の畑の養生は　籾殻と麦わら

手厚くやります　見に来て下さい
大根と白菜の半分は漬物に
半分は畑に置いとこう
そのものたちの鍋は
湯気からもう旨いのです
地酒は辛口　飲んでみますか

昔むかし人の足が踏みしめ
踏みしめ造った厨に続くこの畝を
ぼくはあなたと歩きたいから
この手紙を読んだら　来て下さい
夕餉のころかならず　来て下さい

招くものと招かれるものがいて世界が成立しているならば、こんな招待状にはきっと招かれるにいたるひとがいる。〈ぼくはあなたと歩きたいから〉などと、自らの願望もさりげなく込められていて、恋心のようでそうでもないような、しかし思いやりのようで恋心でもあるような——。

招いているのは、まぎれもなく作者であるが、一人称は〈ぼく〉という男性に設定されている。招くことは一方的な行為であるゆえ、双方向的になるよう語り手を逆転させている。つまり、相手から思いを受け留めてもらえるよう、主体を客体に変えようとしているのだ。ひとの対他存在としてのありようを、それは他者の側から照射している。

招待は一度ならず春秋冬の季節にわたっており、すなわち一年を通してなされている。夏は？　夏は暑いから、きっと遠慮している。招いてもてなすことの喜びが、招くものと招かれるもののあいだに分かち合われており、したがって将来という時間が共有されている。いずこでもひととひととがこんなだったなら、きっと世界は平和に満ちているはずだ。惹かれあう、それだけでこころがやさしくなれるとは——。

食に携わることの喜びが、ひいては生きることの喜びが、ここにはある。食材を育て、適切な時期に収穫し、調理するという営為は、生命を支える生活という名にふさわしい。２０１８年度の食料自給率が過去最低を記録し、37％というこの国の窮状にあっては、こうして手造りの農園から日々の食事を作るという営為は、とりわけ貴重に思われる。スピードと競争は、自然環境だけでなく、ひとの心をも破壊してしまった。市場原理主義のなれの果て、時間さえ金に換算され環境が破壊されゆく社会と、ここは何とかけ離れていることであろうか。

招かれる者が不明であるが、それゆえだれでもありうるような、地上三十階から土の地面への招待、それは高度に発達した社会文明から本質的な文明社会への誘いである。食材ばかりではない。ミミズや虫たちも共生している世界。都会から田舎への招待であるところに、スローライフのありようが浮かび上がる。コンクリートの上をではなく土の上を、それもジャガイモ畑から厨までの土の上をふたりで歩く。尖った靴からスニーカーに履き替えて——。

本質的に時間を生きる存在である現存在は、時間の速度性によって疎外される。むしろ、時間を忘れているうちにこそ豊かな時間が繰り広げられているはずだ。スローフードに導かれる生活は、ファーストライフとは対極にある。大量生産・大量消費から遠く離れ、時計という機械による支配から解放され、双方向的な気遣いによって生成されるゆるやかな未到の時空間。ひとがひとを希求する熱い関係性が、そここにこそ立ち現れる。

葉菜・果菜・根菜・花菜など、大地に育つ野菜がそうであるように、ひともまた大地の恵みであったのではないか。美しいだけの花はないように、美しいだけのひともまたいない。配慮・気遣いがすべてであることを、そして美しいのはひとを招き入れもてなすこころであることを、詩篇「招待状」が語っている。

太古の昔から多くの人々によって踏みしめられてきた畝から厨へ。湯気からすでにもう旨い鍋。テーブルには蠟燭の灯り。ジャガイモ、パスタ、トマトとバジル。それに辛口の地酒。外界が闇に覆われるとき、気遣いこそがあたたかい。詩篇を鑑賞しているはずであったが、いつのまにか招かれてしまっている。生きていることの懐かしさに触れる夕餉の祝祭に。

リレーゾーン

ふたりの走者が重なって
互いにみじんも減速せず
バトンを受け渡す
その鮮やかさ
つなぎめはどこだ

こまやかな手の祖母が
切れぎれの毛糸をつぎたして

編んでくれた靴下の
足指の動きになじむやわらかさ
つなぎめはどこだ

だれかがわたしに
譲り渡してくれるもの
目には見えない
息のおもさ
そのとき
重なりあうふたつの呼吸

ひたすら前へ駆ける
いつからとは知らず
おもみをじぶんのものとして
けれど
身軽になったはずのひとは
どうして涙をためているのか
その両腕に
ふかい湖のような錘を乗せて

つなぎめはどこだったか
わたしはいつまで預かるのか

遥かなる昔から絶えることなく生命が引き継がれてきたという一事こそ、驚くべき事実である。詩集『スピリトゥス』には、いのちの豊かな相が織り込まれている——風・呼吸・生命・精神・霊感。それらはまた、面々と受け継がれてきた〈目には見えない〉霊性と自然の交感のありようである。

ひとりの人間がこの今に存在するためには、ふたりの親が必要であり、その父と母が存在するためにはまたそれぞれふたりの親が必要で、十代さかのぼると、ひとりの人間が存在するためには1，024人の人間が必要である。そして、さらに十代さかのぼると、1，048，576人の人間が関わっており、さらに十代、そしてさらに十代とさかのぼるならば、その数は今ある世界人口をはるかに超えてしまう。そして、驚くべきことに、そのなかの誰一人が欠けても今あるひとりの人間は存在しない。生命のリレーは綿々と継続されてきた。

リレー走者のように〈みじんも減速せず／バトンを受け渡〉しながら、生命は引き継がれてきた。バトンタッチの瞬間を知ることができない。しかしながら、繋ぎ目がどことも知られずにいながら、鮮やかに授受される存在の交代によって、わたしたちはいまここにいる。言い換えれば、次々と命を受け渡すことによっていまここにわたしたちはいる。遥かなるリレーの走者として、いまここを走っている一人ひとりのランナー。それは創造主のいかなる計らいであったのか？

混沌（chaos）を秩序（cosmos）へと構築する意志に世界が現成するように、ひとからひとへの心配りは目に見えないかたちで、何代にもわたって引き継がれてきた。〈こまやかな手の祖母が／切れぎれの毛糸をつぎたして／編んでくれた〉靴下のように、継ぎ足された毛糸は〈足指の動きになじむ〉という。ぬくもりは継ぎ足される気遣いの柔らかさからやってくるにちがいない。世界は創成される界であることを、すなわちひとつの秩序を生成するためにはひとの営為が必要であることを、毛糸の靴下が教えてくれる。リレーされているのは、詩篇「招待状」に見られたような、配慮という気遣いである。

ひとが譲りわたしてくれるもの――それを〈息のおもさ〉と言い表すとき、吐息は口づけのように甘く重なり合う。そのとき、風雲急を告げるように、性愛が惹起され、世界が遥動する。生きることは、誘惑され誘導されることでもあったのだ。シンバルの一撃によって、切迫したアレグロの楽章へと、共鳴者が引きずり込まれる。知恵の実を味わったが最後、ひたすらひとは駆けていかねばならない。融合する生命の、手放すものと受け取るものの、存在の哀しさ。楽園から追放される、アダム（Adam）とイブ（Eve）が現代に蘇る。ふたりはどこへと駆けていかねばならなかったのか？

何かを譲り受けたのに、それは原罪のように背にのしかかる。〈身軽になったはずのひと〉もまた、悲しく蒼ざめている。涙は湖をさらに深くするだろう。〈つなぎめはどこだったか〉――命は、アダムとイヴより受け継いできたのだった。ひととひととの繋ぎ目の原初もまた、そこにあったにちがいない。〈わたしはいつまで預かるのか〉――とはいえ、何を預かっているのか？

アダムとは、地の意である。楽園とは異なる地上を、ひとは彷徨いつづけなければならない。しかし、新たなエデン（Eden）を見つけることがひとには許されてはいないのであったか。追放されたこの地上にあって、希望を拓きうる未踏の地へと、駆けていく意志は許されてはいないのか？

イヴとは、命の意である。ひとは泣きぬれてエデンを去ってきた。しかし、アダムという最初の罪人に添う母性こそが、ひとを救いうるのではなかったか。授けるひとと預かるひとの間にリレーされる、ひとつの真理。預かってきたのは、他者へと伝えていかねばならない何ものかであり、それは何なのかという問いの重さである。

命と引き換えに未踏の地へと受け継がれゆくのは、現存在が配慮的に気遣うひとととひととの関係性、すなわちスピリトゥスが構築しうる小宇宙である。ドミナントで仮想終止するコーダのように、創世記の物語は未だ完結してはいない。

遥かなる母への旅

――生命讃歌の詩人・池田瑛子

黄昏

黄昏は
神様の睫

噴きあがる血を背に
ヒマラヤ杉はするどく孤独に耐え
山脈の雪は
あなたのまなざしにふれて照り映える

陰りは余韻のように
つたわって

ああ
美しい罠のような
落日

〈喪失〉〈墜ちる〉〈衰弱〉〈むすうの嫌悪〉〈微熱ぐらふ〉〈睡れない街〉〈うつくしい嘘の季節〉〈悔恨〉〈焦慮〉〈惨憺〉――第一詩集『風の祈り』(1963. 12)から、目についた語句を拾いあげてみた。これらの語を用いての背理的なエクリチュールにもかかわらず不思議な叙情を醸すのが、この詩集である。詩篇「黄昏」は自己の心象を濾過して過ぎた光景であろう。アプリオリに提示される〈孤独〉と〈陰り〉のうちにあって、黄昏は神の睫だと叙述し、夕陽は〈噴きあがる血〉と描かれる。それにしても、落日が〈美しい罠〉であったとは!

池田瑛子《いけだえいこ》は1938年4月7日に富山県婦負郡四方町野割に生まれ、射水市に在住する詩人である。七歳のとき、四方町に大火があり、富山大空襲を経験するなどして敗戦を迎えるも、十六歳には富山中部高校の文芸誌に早くも詩篇を発表している。

第八回萩野賞を受賞した第二詩集『砂の花』(1971.10)の標題詩篇「砂の花」では、〈手紙をひらくと/砕けた桜貝が散って/季節は終っていた〉と、ここでもある種の喪失感が叙情的に詠われている。そして、〈もしかしたら人はみな/まちがいを生きているのかもしれない〉と詩篇「野火」に記すのは、悲愴な体験を昇華させゆく営為に後押しされているからである。

さらに第三詩集『遠い夏』(1977. 9)の詩篇「霧のように」では、〈空洞にはひりひりする覚醒を/乾いた風景に繃帯などいらない〉と若き血潮をたぎらせながら、虚無と虚空の世界への抗いを宣言する。この激しい意志もまた、自己の体験に根ざしているのであろう。

そして、〈災える落日にむかって／橋を渡ってゆくと／見知らぬ領土の夜明けへと／続いてゆくような気がする〉と起こされる第五詩集『嘆きの橋』（1986. 8）は、高い峰に辿り着いた記念碑的な結実である。悲しみを乗り越えゆく苦闘によって、静謐な内観へと救済される詩人がここにいる。言い換えれば、ネガティブな想念を払拭して生への肯定へと移行してゆく転回に、抗いの企投の結実を認めることができる。

新生

光の扉をあけて
なだれる夜明けのように
そのとき
あなたをはじめて襲ったものは
何であったろう
さわやかな挨拶
見知らぬどよめき

生きるとは生まれる瞬間から
何かをうち砕いてゆくことかもしれない
まだあたたかい羊水に濡れていながら
美しい決意が
耳をすます

愛と苦しみが重く燃えている地球でも
草の葉に　海の底の貝に
さりげなく
神の配慮は置かれてあって
ちいさな生命《いのち》にも
信じられない力がひそむ

風よ
熱い願いが羽博たくために
まぶしい弦を鳴らせ

この世に出現した存在にまず襲うものは〈さわやかな挨拶〉であり、〈見知らぬどよめき〉であるという。それは何ゆえであったのか？　自らの誕生とは何であったかと、生きとし生けるものすべては、いついかなるときでも問い直していい。すなわち、雛が卵の殻を打ち砕いてこの世に現れるように、ひともまた何かをうち砕いて現れる。それもまた何ゆえであったろうか？　すべての生きものがある種の決意を抱いてこの世界に現れねばならぬとは、何たることであろうか。そして、何ゆえ愛と苦しみがこの地球では重く燃えねばならぬのか？

問いに応えうるものは、父性という原理ではない。それは母性という慈しみであり、配慮気遣う思いやりである。問いに応答なき世界にあって、〈まぶしい弦を鳴らせ〉と詩人は熱い思いを風に託す。苦闘から祈願への企投の転回が新たな認識を現成させる。煩悶から慈しみへ、神から母へと。つまり、創造主とは母ではなかったか。言い換えれば、母性という存在のありようへ広げゆく認識によって、ひとは救済されるのではなかったか。

さびしさに眼をとじるとき
むなしさへ眼をみひらくとき
どこかで
かすかに流れの音
年毎にしだいにたかまって
いま　はっきりと知る
それがあなたへと流れるみえない川だと
すべての感情を超えて
ひたすらあなたへと向う純粋な流れだと

（詩篇「母に」第一連）

海の文字が母を内包しているように、母は海に抱かれている。山から流れるすべての川がそうであるように、川は海へと入ってゆく。見えない川。心も霊性も見えないながらも、確かに存在する流れ。せせらぎの音もまた、幻の音。亡くなっても母は生きている。母は命の源泉であると同時に、つねに自らの存在の拠り所である。

見えない川の流れが高まってゆくのは、己れの心が昂揚してゆくからだ。追慕が喜怒哀楽を超え、寂しさも虚しさも昇華されて、無垢な流れへと流れてゆく。実体がなく観念であるゆえにこそ濁りなく、ひたすら純粋性としてある川の流れ。母へと向かう流れは、ひいては自己の志向性としてある。

平成二十六年度北日本新聞文化功労賞受賞記念として発刊された『池田瑛子詩撰』(2015.2)には二十篇が自選されており、そのなかの三篇「海」「母の家Ⅰ」「母の手鏡」が母を詠った作品であり、さらに詩篇「名前」では、身重の母が駅で隣りあった見知らぬ人からおぶっている愛らしい女の子の名前を教えてもらい、自分に同じ名前がつけられたというエピソードが、語られている。池田瑛子が母を詠う詩人であることが、この珠玉の詩撰集でも証明されている。

海

ひとは　なぜ
あなたに母を憶うのだろう

生まれるずっと以前から
あなたの羊水に揺られて
聞いてきたのだろうか
その声　その言葉を

大きなやすらぎ
海よ

そばにいると
かたくなな心はほどかれ
あなたの鼓動に響きあう

まだ誰も見たことがない
月よりも遠いあなたの胸の奥に
魂をよびよせるふるさとが
光を放っているのだろうか

忘れないでいよう
水の惑星に棲む
ふかい　よろこび

海は母なるものの象徴であると同時に、自らの母を想起させる象徴である。〈ひとは　なぜ／あなたに母を憶うのだろう〉——深呼吸して整えたスタンスから深い内省が沸き起こり、生命が息づいていることの証としてある自照が重層的に重ねられ響きあう。すなわち、海に対峙して母を憶い、母を憶って海を憶い返し、羊水から海へと視座が転回され、その転回によって新たな認識が現成されている。

母を憶うことの内実は、自己のレーゾンデートルを突きとめた第七詩集『母の家』(2001.5)にすでに顕れていた。母の魂との邂逅が内省を現成させゆくありようをどの詩篇からも窺うことができ、亡くなっても母は詩人の心に生きていた。霊性は内省の宇宙のなかでは不滅なのである。

海は惑星の原初のありようを夢想させる。世界のあらゆる海の表象であり、生命を育んできたものの象徴として想起される海。すると、〈なぜ／あなたに母を憶う〉という問いの内実が浮き彫りになってくる。「あなた＝海」であるような「母」への憶いが、海と母への追慕であるからだ。

詩人は問いを立て、性急に応答を求めたりはしない。むしろ、問う時間の充実をこそ享受している。つまり、問いかけている存在が私であり、話しかけられ問われている海が母なるものとしてその実体を顕わす。ひとはみなあなたから産まれてきたのだ。その証拠に、フランス語で海（la mer）は女性名詞である。

遥かなる記憶をたぐり寄せ、誕生の記憶へと辿り着こうと企てる。羊水に包まれて、この世に生まれでることの奇跡に打ち震えた胎児の、生まれてからの暮らしはどうであったろう。不遇も悲哀も惨事も凶事もあまたあるこの世の中で、奮闘しながら前進し、せわしなく経過した人生ではなかったか。いつのまにかあなたから生まれたことを忘れ、生き延びていた存在。しかし、羊水の波の音とその言葉を聴きながら、故郷の記憶をふたたびあなたのもとへ訪れることで取り戻そうとする。すると、そうしているうちに〈大きなやすらぎ〉が訪れる。

海は、地球の表面積の約七割を占め、面積は三億六千万平方キロメートル。平均深度は三千八百メートル。地球は水球と言ってもよい。深い海の底は、誰も行ったことのない深淵であり、実際の距離を遥かに超える遠い未知の深淵。思いを遠く馳せれば、海は魂を呼び寄せる源である。絶え間ない揺動と鼓動とは、羊水にくるまれていたときの母の鼓動。庇護され大いなる愛に包まれて育った記憶が、どこかにある。

母の心臓の鼓動が海の鼓動と、海の鼓動が母の鼓動と、共鳴する。深い遥かな交響のうちに顕現する、光を放ち魂を呼び寄せる故郷としての母と海。最終二行の〈水の惑星に棲む／ふかい　よろこび〉は、この世に生まれ出た奇跡を伝えている。

詩集『母の家』から十二年、選詩集を含めれば十一冊目の金字塔とも言える詩集『岸辺に』(2013.10)に、ふたたび母が現れる。

海辺

睡りの淵から
胸を圧すように　打ってくる
あれは私のなかの母だったろうか

大欅のある海辺
右手に聳える立山連峰
くっきりと稜線がみえる
ことし国内で初めて認定された氷河
三の窓　小窓　御前沢はどのあたりか
渚に立って深く息を吸い込む
定置網を揺らしている光る波
しなる水平線　船がゆく
寄せる波　帰る波
私と私のなかの母の鼓動が
海の鼓動にひびきあうようだ

（ここへ来たかったのね　おかあさん）
浜街道沿いのあなたの生家はもうないけれど
諏訪神社の樹齢千年を超える大欅の葉群れ
潮の香り　海風　草叢のなでしこ

家持　石黒信由　遥かな祖たちも仰いだ立山
くりかえし　くりかえす　波の音
生まれていなかった昔の海辺に
夕陽が射している
幼い母が母の母とはしゃぎながら走ってゆく

巻貝は子らの夢の渚にうずめよう
遠い未来　海の響きに引き寄せられ
故郷の海に逢いに来るだろう
そのとき私は大欅の樹に棲む鳥であればいい

詩篇「海」では普遍的で象徴的な海と母が詠われていたのに対し、この詩篇では具体的な海と母が詠われている。海は詩人が親しんできた富山湾であろう。母は家庭薬配置業からホテイ製薬株式会社を設立し経営した浜谷憲治の妻・はつ江。１９９０年に八十八歳で旅だった母は、詩人にとって常に自らが心に抱える存在である。

海辺には大きな欅がある。右手に聳える立山連峰には氷河が現れたという。渚から沖へと眼をやると、定置網を揺らしている波がきらめいて、しなる水平線を船が行く。この海辺に詩人を連れてきたのは、母である。〈睡りの淵から／胸を圧すように　打ってくる〉のは、母であった。〈ここへ来たかったのねおかあさん〉と述懐するのは、その確認のためである。

立山連峰は、飛騨山脈の黒部川の西側に連なる山域の総称。南は富山県と岐阜県との県境の北ノ俣岳、黒部五郎岳を経て、三俣蓮華岳で北アルプスの主稜線と合流する。富山平野から望むことのできる北アルプスは大部分が立山連峰であるという。立山および剱岳には小規模な氷河が現存するほか、立山山崎圏谷、薬師岳圏谷群など、過去の氷期に存在した大規模な氷河によって形成された地形も見られるという。

詩篇「海」では母を想起させる海の鼓動と詩人の鼓動が共鳴していたが、ここでは詩人と母と海という三者がその鼓動を交響させている。鼓動を受け留めているのは、家持も石黒信由も遥かな祖たちも仰いだという立山連峰。海は揺動し、連峰は動じない。動と静の両者はともに、遥か昔から対峙してきたのだ。

同詩集に収録されている詩篇「石黒信由さま」は次のように起こされる。〈数学にも地図にもめっぽう弱いわたしが／なぜかあなたの地図にとても惹かれます／和算の集大成『算学鉤致』の著書があり／越中の伊能忠敬と称される測量家のあなたが／ここから四キロほどしか離れていない／射水郡高木村の生まれだからかもしれません〉――石黒信由（1760-1836）は射水郡（現・射水市）出身、江戸期のすぐれた和算家・測量家。加賀藩の命により石黒信由が越中国・能登国・加賀国の測量を行って制作した『加越能三州郡分略絵図』に詩人が惹かれるのは、詩篇「石黒信由さま」のフレーズを引用すれば、〈わたしの記憶を遡り／亡母の記憶を遡り／そのまた母の記憶のなかへと〉遡って語りかけるからである。

〈幼い母が母の母とはしゃぎながら走ってゆく〉――母の母へと遡る太古から引き継がれリレーされる生命は、夢幻のうちにある。幻は自らの生命を次代へと引き継ぐ祈りのうちにあり、祈りのうちでこそ生命が純化する。巻貝を子らの夢の渚に埋め、海の響きに引き寄せられるように、いつか故郷の海に逢いに来るのだという。遥かなる交響を大空に舞う鳥は聴くだろう。〈そのとき私は大欅の樹に棲む鳥であればいい〉という願いは、将にやって来る眩しい時へと放たれている。

遥かなる魂の楽音
——原田勇男詩集『何億光年の彼方から』

愛や正義などの語を口にしうるのは、限られたひとであろう。生半可な人間が言いうる語ではない。仙台市に住まう原田勇男《はらだいさお》（1937年東京生まれ）という詩人は、その限られた詩人のひとりである。野球に喩えれば、多彩な球種を持つ投手ではあるが、決め球は速球である。それは剛速球とでも言うべき球であり、この球を打ち返せる打者はこの世にあまりいないにちがいない。それは魂の剛速球とでも言うべき球であり、ときおり交えるジョークのような変化球は見せ球である。振り返れば、愛や正義は第一詩集『北の旅』(1974)から一貫して言及される主題であり、原田勇男は肝っ玉が据わっているヒューマニストである。

第八詩集『何億光年の彼方から』(2004.1)のカバーが美しい。とりわけ上野憲男の装画がタイトルと相俟って深い時空を空想させる。何億光年もの彼方からやってくるのは、詩人が招来している魂の祝祭である。

詩集は、忽然と指示代名詞が導く副詞句によるタイトルの詩篇「そのときは」で開始される。

そのときは

そのときは軟らかく打ち返せばいい
悪意のスマッシュが飛んできたら
隙を見て相手のネット際に球を落とす
ジョークのフェイントをかけて

そのときはそっと耳をすませばいい
不条理な心の切り傷を癒せるのは
おしゃべり鳥の饗宴やせせらぎの水
愛するひとの魔法のことば　なんてね

そのときはゆっくり歩き出せばいい
世間という名のたえまない荒波が
岸辺をくりかえし襲ってきても
挫けずに新しい風の羅針盤へ向かって

そのときは沈思黙考すればいい
苦海の重みが肩にのしかかったら
しなやかな捕虫網を手から放さず

来世の未来へ飛ぶ夢の蝶を探すために

そのときは黙って抱いてあげればいい
予期しない突然のふしあわせ
この世の大切なものを失うかなしみ
そばでそのひとを支える温もりをこめて

どんなときでも人はひとりではない
どんな世界にも未知の気流がある
気づかないならいつのまにか
何かに目隠しされているからだ
そのときは魂のレンズアイを磨けばいい

そのときは――五つの四行連がくっきりと五つの事例をあげて、その対処法を叙述している。一つ目は、〈悪意のスマッシュ〉が飛んできたとき。さて、どう打ち返せばいいのか？　〈ジョークのフェイントをかけて〉ネット際に球を落とすのだと。スマッシュは最も速い球ゆえ、かわすのが最良の策である。二つ目は、心に傷を負ったとき。どう癒やせばいい？　囀る鳥の声や水のせせらぎ、そして〈愛するひとの魔法のことば〉に、耳を澄ませる。三つ目は、苦難の荒波が日々の暮らしを襲ってきたとき。〈新しい風の羅針盤〉を頼りにゆっくり歩き出すのだと。四つ目は、苦海の重みがのしかかってきたとき。〈来世の未来へ飛ぶ夢の蝶〉を探すために、沈思黙考すべしと。五つ目は、だれかが突然予期せぬ不幸に見舞われたとき。そばで支え黙って抱いてあげること。〈どんなときでも人はひとりではない〉と拓かれる最終第六連は、締めの連である。常套句のようなフレーズでも原田勇男が記すと、意味合いが深くなる。〈どんな世界にも未知の気流がある〉――志向すれば、新たに興る世界がいつでも待ち受けている。気づかず目隠しされているなら、〈魂のレンズアイを磨けばいい〉。魂にレンズがあったとは！

魂とは、霊魂、精霊。さらには、精神、気力、思慮分別、才略。それを磨く必要があるのだな。教訓的な内容を盛り込んでいながら叙情的であるのが原田勇男ワールドの特質であり、叙情とはこの詩人にあって戦争の不毛や災害の不条理を打ち返す魂の輝きでもある。

巻末詩篇「雪の音」は、世界の苦悩や不正を問い質す二十五篇もの遥かな旅路を旅したあと、ひとつの帰結を示しており、巻頭詩「そのときは」で拓かれた魂の磨かれた変奏曲となっている。

雪の音――魂の音楽

雪の降る音が聴こえるといっても
きみは信じないだろうね？
そんなことがあるはずはないって
そんなのは耳の錯覚だって
たとえ聴こえるような気がしても
それは幻聴にすぎないって
きみはどこまでも言い張るだろうね

でも雪の夜に
雪の降る音が聴こえるのは
ほんとうのことなんだ
しんしんでも
ひらひらさらさらでもないが
雪が降るときに
かすかな音がするのは確かなんだ
そのひめやかな音を
きみに聴かせてあげたいのだが
わたしの口で表現することはできない
雪の降る夜に耳をすまし
こころを敏感に開いて
雪のひとひらひとひらを受けとめる
そうするときみの耳にも雪の音が
聴こえるかもしれない
パソコンや携帯電話の音に慣らされ
テレビゲームのような戦争の映像
爆音や銃撃音に麻痺していると
ほんとうにたいせつなことが
聴き取れなくなる

だから雪の降る夜は
雪がどこへどんな速さで
どんなリズムで沈んでくるのか
まぶたを閉じて　よく聴いてごらん
くちづけする恋人たちに降る雪
残業帰りの疲れた肩に降る雪
暗い海辺の壊れたボートに降る雪
野辺送りの提灯に降る雪
どか雪や猛吹雪が襲いかかる北の大地
みぞれまじりの変に明るい軒下
さまざまな雪の情景が見えてくる
そうすると雪の音が聴こえてくるんだ
きみだけの耳に
きみだけのこころに
さりげなくささやくように
いのちの鼓動にも似て
魂の音楽が聴こえる

雪＝ゆき、という言葉が存在しない国が、アフリカにはあるという。自然界に雪は降らず、経験的にも観念的にも存在しないものに、名称はないということなのであろう。しかるに、北方に雪は降る。そして、雪に親しい国ほど、雪に関わる名辞は豊穣である。霙《みぞれ》、氷雨《ひさめ》、霰《あられ》、雹《ひょう》、粉雪、綿雪、ぼた雪……。

雪の降る音が聴こえるという。それは、どんな音であろうか? きいたことのないひとの耳には、その音は存在しない。きこえるとしても、それは幻聴にすぎないのだろう。しかしながら、幻聴だとしても、それはきこえたことにはちがいない。幻に聴く音ほど魅惑的にきこえるということさえ、あるかもしれない。

聞こえるのではない。聴こえるのだ、と詩人は述べる。積極的に関わるときに聴こえる音、耳を澄ますときに聴こえる音が、きっとある。〈しんしん〉でも〈ひらひらさらさら〉でもない。表現しがたい秘めやかな音が存在する。雪の音が魂の音だなどと詠った詩人を、ほかには知らない。

雪の降る夜に聴こえる音だという。耳を澄ますとは、手を休めて心を内省の世界へと繰り広げてみること。パソコンや携帯電話から身を離し、己が存在を無償の時へと委ねてみること。超えなければいけない現実は、つねに己れの身にあると同様、戦争がそうであるように、いつも世界の現実としてあるからだ。したがって、雪の音は現というよりはむしろ幻の音と言ってよい。

こころは、幻滅 (disillusion) ではなく幻想 (illusion) をこそ聴きたいと志向し、妄想 (delusion) を払い、幻 (vision) をこそ描きたいと願う。ひとはみな、苦海へと、つまり、生死・苦悩が海のように果てしなく広がっている人間の世界＝苦界へと、投げ出されて在るからだ。

雪はひとひらひとひらの集合体であり、そのひとひらが数多ある雪の種類を決定する。霙も氷雨も、霰も雹も、思い起こせば、その降る音は聴こえてくる。気温や風に左右されるにせよ、雨あるいは雪の七変化は、自然における霊妙性である。さて、粉雪・綿雪・ぼた雪は、どんな音を奏でるのであったか?

存在者に降る雪は、包まれゆく世界を生成する。音がそうであるように、情景は想像を促してやまない。たとえば、出会い別れゆくとしても〈くちづけする恋人たちに降る雪〉の哀切。企業の論理に組み込まれた思考回路に心捕らわれても、〈残業帰りの疲れた肩に降る雪〉の親切。かつて光り輝く沖合へと漕ぎ出たことのある〈暗い海辺の壊れたボートに降る雪〉の痛切。死に逝く者へ弔いを顕して〈野辺送りの提灯に降る雪〉の切々。

不条理な心の切り傷がひりひりと痛むとき、容赦なく押し寄せる世界の業に触れてしまったとき。〈予期しない突然のふしあわせ／この世の大切なものを失うかなしみ〉(「そのときは」)に見舞われたとき。——そのときは、耳を澄ませば聴こえてくるにちがいない。〈いのちの鼓動〉と、〈いのちの鼓動〉が奏でる〈魂の音楽〉という幻音が。

生命存在への慈しみ
――庭野富吉詩集『みつめる』

庭野富吉《にわのとみきち》（1941. 4. 27-2014. 8.2）の第三詩集『雪泥』（2003.10）は、詩篇「もう一人の私」に象徴されるように〈どこにでもいるだれか／見知らぬ男の／もう一人の私〉が内省を吐露する詩集であった。それから十年、肝臓癌を患いながらも決死の覚悟で編集し、第四詩集『みつめる』（2013.6）が土曜美術社出版販売より刊行される。この最後の詩集にもまた、他者性を帯びた〈私〉が登場する。他者への傾倒はこの詩人のレーゾンデートルを証すものであり、その眼差しは分析的でしかも温かい。

高橋健吉郎によるカバー写真は、よくある森の光景をモノクロで写しながらも、樹木の表面にいくつもの眼を貼り付けていて、緊迫感あふれるショットと化している。とりわけクローズアップされた樹皮に浮かぶ青と白の大きな目は、鋭く何かを見つめている。では、見つめられているものは何か？

新潟県十日町市に生まれ育った詩人には毎年のように経験されることであろうが、詩集は激しい天候の襲来の様子から起こされる。

寒波襲来

暴風雪警報発令
寒波襲来
小豆大の霰が
真横に切り裂く
山も野も川も道
街そのものが凍結　白濁
白昼視界が利かない
軒先は喉笛を切り裂かれたように悲鳴を上げる
こんな日は陋屋にこもり
吹雪をやり過ごすしかない

嵐の荒野に分け入り
爆風　豪雨　落雷の中に身を曝し
歓喜に浸る
ストームウォッチャーと言う
無謀極まりない趣味を持つ人がいる
オーストラリアの話だ
世界一　雷の発生する土地で
星の誕生もかくやと思うほど
暗黒の空が炸裂していた

暴風雨・雷警報の出る日を選んで山に行き
無上の喜びに浸る人を私は知らない
わが国にも猛烈な吹雪に向って山に入り
雪洞を掘って二、三日冬の猛威を楽しんで来る
そんな若者がいて欲しい
ロウソクの炎を見つめ孤独を確かめ
カップラーメンなんか啜って
ひとり至福に包まれている
そんな若者を想像すると
吹雪く日も楽しくなる

能登沖　佐渡沖　秋田沖
寒波は明日も止みそうにない

日本海沿いの寒波の厳しさについては、雪国に住む者なら誰もが知っている。〈白昼視界が利かない〉――車を運転する者なら誰しも体験している。山岳地の道路では暴風雪で視界が一瞬ゼロになることもある。吹き溜まりに突っ込む車もあり、命を落とすドライバーもいる。

家屋の中はどうか？〈軒先は喉笛を切り裂かれたように悲鳴を上げる〉――北西の風が冬には強烈であり、西向きに窓のある部屋では軒先が悲鳴を上げ、安眠することなどは難しい。日中ならどうか？

〈こんな日は陋屋にこもり／吹雪をやり過ごすしかない〉——そんな日は、読書もままにはならない。暴風雪に対抗して、ジョン・コルトレーンの咆哮をボリュームアップして鳴らすことぐらいしか術がない。

第1連はよく経験する情景が描かれているだけである。ところが、第2連で詩人の想念は思わぬ方向へと飛び、〈ストームウォッチャーと言う／無謀極まりない趣味を持つ人〉へと思いが馳せる。彼は〈嵐の荒野に分け入り／爆風　豪雨　落雷の中に身を曝し／歓喜に浸る〉。つまり、詩人は《自己とは異なる他者》へと思いがゆくのだ。

第3連で想念はさらに飛翔する。オーストラリアから日本へと思いが飛行し、〈猛烈な吹雪に向って山に入り／雪洞を掘って二、三日冬の猛威を楽しんで来る〉そんな若者の存在を待望する。ストームウォッチャーのような冒険家は、オーストラリアだけではない。アメリカではトルネードが沸き立つ情報をキャッチし、その現場にわざわざ赴く者がいる。そして、命を落としている。危険であり、無謀なことである。しかし、そもそも生きていること自体が無謀で危険なことではなかったか。自己とは異なる他者を夢見る存在とは、他者の思いを生きる存在であり、他者の志を招来したいと願う自己である。

ひとはこの地上にやって来て、何かを為さねばならない。が、その責務をいっとき忘れさせてくれるものがあるのはいい。冒険家にとってそれは、たとえばストームウォッチングであり、〈私〉にはできぬことである。〈ロウソクの炎〉、〈孤独〉、〈カップラーメン〉——それらが〈至福〉をもたらすという。命を落とすかもしれない。しかし、いずれいつか命は落ちるのだ。

能登沖、佐渡沖、秋田沖、寒波が襲う。明日も止みそうにはない。かすかな笑みがこぼれる。逃れるのではなく向かうこと。その気概こそが何事にも代えがたい。〈私〉が冒険家たちと共有しているのは、その気概であろう。

さて、みつめられている対象は何／誰か？〈もう一人の私〉である。存在の輝きがそこでスパークする。他者性を生きる自己はつねに新たな他者と出会い、自らが未到の招来へと超出しているからだ。言い換えれば、自己に拘泥しないスタイルが、新たな自己を現成せしめる原動力となり、自己が生き延びるためのストラテジーとなっている。

アンモナイト

秋芳洞の入り口に続く土産物屋で
アンモナイトの化石を買った
二千円のところ二百円負けてくれた
いかにもそれらしい形をしているが
私は贋物と知りつつ買った
南米かアフリカの貧しい国の若者が
丁寧に削り磨き上げた土産物の模造品だ
小さな紙が貼ってあり
「ゴニアタイト全面磨」と記してある
ゴニアタイトとはアンモナイトを七つに分類した一つで
古生代のデボン紀・石炭紀・ペルム紀に生息していた
アンモナイトという名は
頭に螺旋形のひつじの角を持つ
ギリシャ神話のアンモンに由来するという

私のゴニアタイトも立派に渦を巻いている
だがこの化石は石の筋目を巧みに利用して作られていて
アンモナイトの成長に伴う縫合線とは明らかに違う
色も写真で見る赤褐色をしていない
灰白色の地に黒い螺旋の細い筋目が渦巻き
渦巻きから放射状に黒い筋目が
細かい間隔で縫合線のように延びている
直径七センチ手触りといい重みといい愛しい石だ
石を集める趣味はないが
このまがい物のアンモナイトは
私を遥かな時の旅へ誘う
人類はあと何十万年生き続けるか
人が居なくなった後も
地球は火を噴き海や山河を折り畳み
姿を変え生きている
人の痕跡は石になるか融解する
そんな何億年も先の地球にも
風は戦ぎ　漣は立つ
もはや人の見ることの無い
わき立つ雲　波の音をわが身に刻み

地球はまた新しい日を迎える

詩篇「アンモナイト」は、愛すべき小篇である。アンモナイトの一種であるゴニアタイトが二千円で売られている。二百円まけてくれるところには、商売人の情が感じられる。両者ともそれが贋物であることを暗黙裡に了解し、その了解を共有しているある種の心の交流があるからだ。南米かアフリカの貧しい国の若者が作った模造品だと詩人は空想する。〈丁寧に削り磨き上げた〉模造品である。他者の暮らしに思いを寄せ、気遣いと配慮を忘れない。このゴニアタイトは、ひとつの作品であり、なんとも愛しい石である。それは遥かな時の旅へと誘ってくれ、一挙に古生代へと飛んでゆく。さてアンモナイトは、どのような進展を夢見、どのように絶滅していったのか?

古生代・中生代・新生代と分かれる地質時代の大きな区分の一つである古生代は、約5億4200万から2億5100万年前。さらに六つの区分に分けられ、カンブリア紀では三葉虫・アノマロカリスなど無脊椎動物が繁栄。オルドビス紀ではオゾン層が形成され、オウムガイが繁栄し末期に大量絶滅。シルル紀では顎やウロコを持つ魚類が登場、サンゴ類が繁栄、植物が陸上進出し、昆虫が誕生する。デボン紀ではオウムガイやアンモナイトが繁栄。動物が陸上進出し、両生類の出現があり後期に大量絶滅。石炭紀ではシダ植物が繁栄。ペルム紀では棘魚類が絶滅し両生類が繁栄。三葉虫類の絶滅。末期に地球規模の大量絶滅が起こった。

アンモナイトは、平らな巻き貝の形をした殻を持っており、古生代シルル紀末期もしくはデボン紀中期から中生代白亜紀末まで3億5000万年前後の間を、海洋に広く分布した。アンモナイト亜綱は、バクトリテス・アナルセステス・ゴニアタイト・クリメニア・プロレカニテス・セラタイト・アンモナイトの七つに分類され、中生代の幕引きとなる白亜紀末のK-T境界を最後に地球上から姿を消した。

しかし、絶滅したアンモナイトはギリシャ神話に蘇り、古代ギリシャやローマへと旅立ってゆく。ギリシャ神話に登場するアメン神は、しばしば羊の姿で描かれ、角の形がアンモナイトの巻き方に似ることとなった。

古代ギリシャの哲学者・ヘラクレイトスは、パンタレイ〈万物は流転する〉と言った。万物は根源的実体である火の変化したものであり、永遠の生成消滅のうちにある。形あるものはすべてその姿を変え、生命あるものはすべて消え去る。すると、アンモナイトの絶滅もまた、人類の絶滅を予兆しているように思われる。では、人類はあと何年生き続けるのか?

末尾に壮麗な景色が現れる。地球は火を噴き海や山河を折り畳み、漣が立ち、雲が湧き立ち、波が楽音を奏でる。そして、〈地球はまた新しい日を迎える〉――この地上の主人公は人間ではなく、地球だったのだ。愛しいゴニアタイトが教えてくれる。この真理はいかなる力をもってしても変えることができない。では、ひとのなすべきことが、何かあるであろうか。今ある現在が確かにあるとしても、人類にいずれ終焉はやってくる。人間のいない光景――それをひとは見ることができない。

草むしり

草をむしる
しゃがんで草をむしる
我が家の家の裏の雪捨て場の
狭い空き地の草をむしる
スギナ・ドクダミ

ジシバリ・オオバコ
むしっては使わなくなった
漬物用の大きなポリ容器に入れる
スギナに一匹
緑色に光る虫がいる
おお　緑の虫よ
お前は虫としてこの世に生まれた
お前はどこから来た

緑の虫よ
世の中には凄い人がいるぞ
宇宙　万物　世界　人間　社会の諸々を
古今の聖者に学び
日夜自ら反省し　考える
自分は何を為すためにこの世に生まれたのか
どういう生き方をしたらよいのか
早暁に起き　静座して考える
そして到達した答えが
「自ら靖んじ　自ら献ずる」という心だそうな
わが身は良き安らかな心で満たされ

世のため人のために貢献しようというのだ
己の出世など眼中にない
社会と皆のためになることにのみ尽力する
人間が人間になるとはこういう生き方をすることなのだ

俺は草をむしる
世のため人のためになることは
何もしてこなかった
これからもしないだろう
我が家の草の種が隣の畑に飛んで行かぬよう
草をむしる
人に迷惑をかけずに生きてきた
それも怪しい
まともな人間になりそびれた
こわれた案山子みたいに
しゃがんで草をむしるしかない

緑の虫よ
お前は美しく輝く蝶になれ
そして

海を渡って飛んでゆけ

世のため人のために生きる——公益精神の核であり、ひいては人間の存在理由の要である。その理を了解しながらも、しかし、実践できない自分がいる。情けなくも、ひたすら草をむしるしかない暮らしである。草の種が隣家に飛んでいかぬよう配慮しながらも、迷惑をかけずに生きてきたとは自認できない自己である。

スギナのなかに緑に光る虫を見つける。意外な存在者の出現に詩人は不意をつかれるも、すぐに心曳かれてゆく。いまここに共に存在するという思いが、深まってゆくのだ。空想へと駆り立てられる。お前はどこから来て、どこへ行くのか?

人生を拓く達人ではなかった詩人は、達人ではなく虫へと思いを寄せる。すると緑の虫もまた、世のため人のため／虫のために、棲息しているのではなかったか。いまここに在る共生感と哀切をこそ、ともに共有しているのではないかと。

緑の虫もまた自分と同じ世界にあることを、詩人は認めているはずである。生命を維持し日々生きることに必死に努める存在。虫が世のため人のためなどという高邁な志向を抱いているとは思えず、またそのように実践しているとも思えない。しかし、そうであろうか?

いまは草の葉を食い荒らしてはいても、いつか羽化して蝶になる。その眩いありようは、画家や写真家たちの霊感元となり、一般の眼にもまた芸術品として現れるのではなかったか。自己は他者への関与のありようをついぞ知ることはない。

いずれ終焉がやってくる生物たちの種の一員として、詩人が見つめているのは生命の愛しさである。最終連が美しい。自らはなしえなかったことを、緑の虫に託すのだ。輝く蝶になって海を渡ってゆけと。

文明という砂漠に落ちる涙
――長井陽詩集『花かげの鬼たち』

長井陽《ながいよう》（1953年秋田県横手市生まれ、本名：黒沢陽子）の詩集『花かげの鬼たち』（1999.11）のカバーは、深い濃紺色の縁取りがなされており、深淵な闇のなかに佐藤緋呂子の絵画「想――イスタンブール」が絶妙に浮かびあがっている。詩集タイトルは紅で記され、闇に放たれた閃光のように幽玄である。少女であろうか、見開いた眼がいつまでも何物かを見据えているようであるが、現実の物象を見ているのではなく、脳裡にやってくる己が想念を眼は追っているように思われる。何を想っているのであろうか？のっぴきならぬ思いに沈んでいるように思えるが、推測を重ねるうちに、自らが想念の森へと踏み込んでいる。

この詩集は三年半前に刊行された黒沢友視・長井陽詩集『イカロスの翼』（1996.5）と連結しているように思われる。それは十八歳になっていた息子の交通事故死からちょうど一年経って刊行された弔いの詩集であった。「はじめに」は次のように書き起こされる。〈交通事故と死――。／春の嵐が私のなかに突然なだれてきたのは、一九九五年五月十二日の昼でした。それがどういうことなのか、頭の中は空っぽで何も考えられませんでした。虚脱感が全身をおおい、思考は停止しました〉。

幼稚園時代から小学生時代にかけて息子が創った四十三篇もの詩篇を愛しく掲げる一方で、自らの詩篇はどれも悲痛な叫びを押し殺している。

あるがままに狂って
泣くことも許されない
つらさ　苦しさ

私の中で
時間が死ねばいいと思った

（詩篇「北枕」第1・2連）

それからどう過ごしたのであろうか？　どう過ごすにせよ、暗闇の世界にあって希望や光明といった慰めの言葉はまったく無効であったのではないか。崖っぷちに立たされた絶望のなかで、生き延びる道を探らねばならない。そして、息子の交通事故死から四年半後、詩集『花かげの鬼たち』が刊行される。それには、詩人がどう立ち上がったのかを認めることができる。詩人を救ったのは、詩作であることは確かであるとしても、暗闇のなかに鬼の存在を認めたことである。

光があれば影ができ、影があれば一方には光がある。つまり、相反するものが存在する。どちらかのみを存在させることはできず、どちらか一方を排除することもできない。陽と陰。表と裏。正と負。それらは、好むと好まざるとにかかわらず、存在する。〈人間のまんぞくした顔ほど／醜いものはない〉（「鬼女幻想」冒頭二行）――一元的価値へと収斂していった顔を詩人は否定する。世界を表層と深層の二層で捉えることをせず、自己が属す側でのみ充足している可能性があるからだ。それは、常識にとらわれているだけでなく、反面を排除しているゆえに醜い。ここで排除されているのは、鬼である。

《福は内、鬼は外》……節分には豆をまき、思慮分別がつき始める子どもの時分から鬼を払うことが当然のことと意識づける社会もまた、反面を排除する傾向にあったのではないか。自明性に守られながら、厳しく検討されることなく正当性を付与される権力構造もまた、そこに張り巡らされてはいなかったか。そして、環境が破壊され、心が荒廃し、犯罪に満ちあふれるようになったのは、一元的価値へと近代が収斂していったからではなかったか。

詩集『花かげの鬼たち』の結実は不条理への反抗に拠っており、自己の拠って立つ磁場を掘り起こしながら、社会を見つめる視線と同時に己れの内面を見つめる視線を獲得している。人間存在は二律背反の意識に捕らわれている存在であり、鬼は意識の半面に住む形象化された存在である。忌み嫌うものであったとしても、放擲することはできない。むしろ、排斥されてきたゆえに愛着を示す心のありようが、どの詩篇にも読み取ることができる。

縄文へ

はるか昔　こころがまだとうめいだったころ
空は
たくさんの雪を舞わせ
粗末な竪穴の家々を眠らせ
光の子守唄をふりそそいでいた

夢をみて

夢の中でたくさんの人を殺して
めざめると
朝の庭に哀しみが　カラカラと鳴る

縄文の土器には
よじれて泣いた紋様が
そうしてたくさんつけられた

はるか昔　こころがまださびしくなかったころ
石は
たくさんの罪と汚れを払い
億年の夢を眠らせ
呪詛の言霊を吸いこんでいた

夢をみて
夢の中でずたずたに傷つき
めざめると
星のしずくが　心のやみに落ちてゆく

縄文の石器には

美しく清められた音色がそうしてたくさんやどっていた

――いつだって
私の縄文はひとみにゆらめく炎の翼
空気の中で愛は溢れ
言葉はあとからやってきた
そう、アンモナイトの地層では
約束の言葉は　存在のない嵐だった

ひとりは　炎で土器を焼き
ひとりは　大きな蛇をとらえ
ひとりは　星であしたを占い
束縛という名の絆をたちきり
やさしい恐竜のなみだに眠るのです
虫も
鳥も
野も
山も
川も
すべてが恵みの太陽をさんさんとあび

静かにやさしく　鳩のように眠り
祖霊の声だけを聞いて暮らすのです

うそならうそでいい
夢なら夢でいいのです
あの日……
稲の種を手にしたあの日
心はにごってしまった。
あの日……
昭和の最後のあの日
淋しさはつのってしまった。

文明の砂漠に　もう生きてゆけないから
同時プリントのネガの密林で
私　しばらく死んで
　縄文へかえります

文化が精神的な所産であるのに対し、文明とは技術的・物質的な所産であるように思われる。核による威嚇とその脅威、原発事故などによる暮らしの破壊は、かつてなく巨大な規模で起こっており、それらは元を質せばテクノロジーの発展に依拠している。つまり、近代における悲劇的な状況は文化と文明の乖離によって起こっており、片方が肥大化したことから起こったのではなかったか。

たとえば、縄文時代、ひとの暮らしはどうであったか？ 縄文時代は、日本列島における時代区分の一つであり、世界史では中石器時代ないしは新石器時代に相当する。始期と終期については諸説あるが、一般的に始期は約16，000年前と考えられ、終期は約3，000年前とされる。地質年代では更新世末期から完新世にかけて日本列島で発展した時代であり、終期は水田耕作や金属器の使用を特徴とする弥生文化の登場を契機とする。

弥生時代は、これも諸説あるが、紀元前10世紀頃から紀元後3世紀中頃までにあたり、採集経済の縄文時代のあと、水稲農耕を主とした生産経済の時代である。しかし弥生時代は、生活が豊かになり文明が開けてきたことを証しているのではないように思われる。むしろ、狩猟採集という生活様式が水稲農耕という様式に侵害されていったと考えることもできる。つまり、人間の知恵が進み、物質的な豊かさが広がるにつれ、逆に精神文化は衰退していった可能性を考察する必要がある。

〈縄文の森の闇はおそろしいゾ！／だども現代の闇はもっとおそろしい／光に吸われで見えね闇だで〉（「鬼が哭く」第11連部分）——効率化、能率化、そして正常化という美名のもとで疎外されてゆく人間という存在。機能化が進んだニュータウンにはダークサイドがなく、そこで起こる犯罪は、発散する場がないゆえに爆発するストレスが原因であると言われている。人が生き延びるためには、欲望・怨念・猜疑心など精神がかかえている負の領域を捌いてゆくことが必要であろう。

発展するにつれ、社会の荒廃と空虚が露わになってきた。文明とはひとつの逆説である。縄文時代の人間の平均寿命は十四歳ぐらいであったという説がある。幼少で亡くなる子どもが多いなど、人生はみじめであったろう。縄文の土器には〈よじれて泣いた紋様〉がたくさんつけられているのは、それゆえである。しかし、呪詛の言霊を吸いこみ、清められた音色が宿る縄文土器は美しい。夢のような暮らしのなかで、ずたずたに傷つきながらも、目覚めると星の滴が闇に溶けてゆく。太陽の恵みを受け、祖霊の声を聴いて過ごす日々。三十歳ぐらいで死ねる人生は大往生であったはずだ。現代、寿命は延びつづけるものの、競争社会のなかで過労死は絶えず、暮らしは労苦のようになり、自殺者も年間二〜三万人にものぼる。

近代文明は、テクノロジーの進展に拠っているゆえ、後戻りができない。テクノロジーは《前進》という心臓を埋め込まれた怪物であり、社会の根底に巣くっているだけでなく、社会のシステムを成立させている当のものである。それは後退することがないだけでなく、築き上げた文明を《崩壊》へと前進させている。いまある世界文明は人類最後の文明であると言われている。地球規模に及んだ文明であり、これが滅びたあとの世界はもはやないからである。

〈文明の砂漠に　もう生きてゆけないから〉と書き記すとき、詩人の心中に起こっている思いは、批判であると同時に哀切である。人工と自然、前進と後退、物質と精神、それらの後者が剝ぎ取られてきた歴史のなかで、鬼が哭く。

花かげの　鬼たち

あっ
鬼さん
み〜つけた

人間たちの　潜在意識の

深くくらいひだから　ふうわりと
生まれる　鬼たち

弱さが闇を生み
　鬼をおどらせる

夜づめを切ると
親の死に目にあえないと
いわれ続けた長い年月
　親の死に目にも
　息子の死に目にも会えなかった
ばちあたりな私の魂はすでに死んだ
骸がことりことり　動いているだけだ

　ザムザの鬼は　夜ごと人をくらい
　ウラシマ鬼は　過去の記憶をくらう
　〝さみしいよ〟
　ふとつぶやきながら
　花かげで　角を研ぐ
　そんなかなしみをかくして生きる

鬼のさが

父が死に
母が病気になったころ
息子がぐれて
夫が家を出ていった
夜ごと胸の中に一匹の鬼を飼い
振り子のように揺れていた　不安
悲しくはないけれど
常識という名の鎖が重かった
夢の影
鬼の影
人の影

うしろのしょうめん　だ〜れだ

天の裂け目から
鬼の大きな目が　おちてくる
業火にもえる
髪の毛が逆立ち

いくつもの愛が
闇に消えていった

いちどぐらい花となって
咲いてみたかった
角をすっかり　落として
耳までさけたみにくい口に
そっと　紅を引く

ぽとり
涙
花見のあとの
気の重さ
鬼よ。

私が鬼なのか、鬼が私なのか、記される心の動きは清流のように流れるのではない。むしろ濁流のなかにあってもがいている。とはいえ、花と蝶でも花と鳥でもなく、花と鬼。なんと意外な組み合わせであろうか。やがてこれが魅惑的な組み合わせであることを知る。鬼とは、ダークサイドに存在するゆえ、現実への批評精神を内包する。批評はこの世界に必要不可欠なものであったのだ。それゆえ、鬼は逆説的な魅力を内包する存在なのである。

潜在意識の暗い襞からふうわりと鬼が生まれるという。鬼は花とはまっとうに並びうるはずもないが、蔭に潜むことはできる。そして、鬼が花かげに潜んでいるような状況、すなわち光と闇が共在しうる状況を希求することで、背反する意識のバランスを保とうとする精神がここに認められる。

悲しみへと沈む絶望の淵から這い上がろうとあがいているうちに、出会った鬼という存在。生が死へと振れるこの世にあって、詩人は心を呪詛から志気へと転換させる。詩集は救済の書であると同時に、一元的な価値へと収斂されてゆく世界への異議申し立てを行っている。砂漠に落ちる涙は、砂漠を潤すにはかすかであるとしても、癒すことのできる精神のありかを証してみせた。

未到へ ——辻征夫詩篇逍遥

渚

海辺にこうして
黙って立っているのも何年ぶりのことだろう
普段の暮しのぼくのすがたと
あんまりちがうからおちつかなくて
あの貨物船にはあの夕日の破片が落下して
沈めてしまえばいいなんて思ってしまう
海はたしかにすばらしい　できればいつまでも
こうしていたいがそうするためには
ぼくには責任感がありすぎるのだろうか
すべての鷗に告げるため
渚の端から端まで

叫んで　怒鳴って
もう走って行かねばならない時刻だ
鷗よ
もうじき夜で
寒くて暗いぞ
あしたの朝まで
ずうっと夜だぞ
知らないぞ

――詩集『隅田川まで』（思潮社／１９７７年）より

W　歌謡曲に好んで用いられそうなタイトルね。大衆の手垢にまみれた語を、無造作にポンと置いた、そんなニュアンスもある。

M　ありふれていて一般的であり、それだけ気取りのない――。でも、裏返して言えば、芝居気が透けて見えそうな――。最初の二行で海辺に佇む自己が回想されると、次の四行ではメルヘンに浸ることへの懸念が記され、最後の六行でこの詩の核心が提示される。行分けがないけど、内在的に四つのパートで構成されていて、そのダイナミズムが作品を活性化させている。

W　海辺に黙って立っているっていうのは、忙しい現代人の裏返し。海を見に行かねばならない、何か切迫した理由があってのことで、きっと淋しく孤独を抱えているのだけど、そういう思いを紛らわすためにモーション・グラフィックスのようなシーンを描いている。沖合に浮かんでいる貨物船には、夕陽の破片が落下して沈んでしまえばいいなんて――。

M　あっと驚く発想だね。きらめく夕陽の美しさを、こんな劇画的な発想で描いている。生真面目に描こうという態度を、何か裏返したような書法だね。まったく寡作だった詩人がのちに驚くほど多作になる秘密をここに見ることができるような――。

W　そう言えば、幼児の茶目っ気といったものを辻さん、死ぬまで手放さなかったね。

M　初期の詩群に自らのエクリチュールに関する告白的な作品が二篇あって、詩篇「樹にのぼる」では〈私はやがて、詩や修辞ではなく、物理的な正確さでいうことができるだろう〉と書いている。夕陽の落下による貨物船の沈没というイメージは、物理的なイメージなんだね。

W　海に誘われ、海辺に立っている。いつまでもそこに佇んでいたいとひとは思うけど、それは不可能だと正確に書いてゆく。でも、実際の光景を描いていながら、作品それ自体が夢のようにあるのは、どうしてかしら？　とても叙情的なんだけど。

M　本質的には辻さん、叙情詩人なんだね。叙情の裏に批評意識をもっていて、この作品もまた深層構造を併せ持っている。いつまでも海辺に佇んでいたい――そう、いつまでもと思う。時は過ぎゆき、風景はうつろい、身体がその時間、その空間に耐えられない。肉体が拒絶しても、でも心が希求しているというありようかな。そんな位相をも提示している。

W　「あんたなんか大っ嫌い」が「あなたがとても好き」と伝えているように、逆説が秘められているのね。ここにはメルヘンがあって、ここを去るとメルヘンのない世界が待っている。それがわかっていながら、〈ぼく〉は帰らねばならない。そして、鷗に呼びかける――ほんとうは自分に呼びかけるべきなのですが、帰りたい願望が〈走って行かねばならない〉義務感へとすり替えられる。

M　〈責任感〉――これも芝居。でも、この芝居っ気はオアシスのように世界に潤いをもたらす。詩が書けなかったと自認する沈黙のあと、辻さんが身につけた技法はこの芝居気質であったと思う。

W　詩人が佇んでいるのは、表層としては渚という場で、深層としては〈物理的正確さ〉がもたらすリアリティーと〈夢〉がもたらすロマンの世界ということでしょうか。

M　夢はないものではなくあるもの。抽象的で捉えがたい夢であるものをこそ物理的な正確さで述べねばならない。そうして、詩作自体が夢となる。「沈黙」という詩篇では、〈すばらしいことはみんな夢の中で起った〉と書いている。これは即物的な書法とは相反する相をえぐっている。

W　〈暗いぞ〉〈夜だぞ〉〈知らないぞ〉という畳みかけられる脚韻の響きに、ほくそ笑んでいる辻さんの顔が見えてくる。わかっていることとしか言わない即物的なスタンスがユーモアを醸すのね。〈あしたの朝まで／ずうっと夜だぞ〉というセンテンスの〈物理的な正確さ〉が醸すユーモアがこのうえなくきまっている。

M　もっともありふれていそうで、しかし誰も書いたことがないライトバースのフレーズだね。〈知らないぞ〉という最終行は、遠く〈夕日の破片〉にぶつかって自分に跳ね返ってくるのさ。幼心を奔放に遊ばせていることへの自己批評でもあるからね。

地下鉄

地下鉄のホームへ
階段を降りてたら若い二人が
柱のかげでキスするところ
女の顔がこっち向きだったものだから
ぼくとばっちり

顔があってしまった
女は顔を隠してぼくを
びっくりした目付きで見つめ
ぼくはべつだんびっくりしないで女を見つめ
このときぼくたちは知りあったってことになるのだろうか
微醺を帯びてたぼくは頷いて手を振り
女もちいさく
（男の頭のまうしろで）
手を振った
さようなら
会うは別れのはじめって
こういうことだね
ぼくはこれから
地下鉄へ
きみは男の唇へ
それから未知の
それぞれの人生の
果てへ

――詩集『河口眺望』（書肆山田／1993年）より

W　キスしようとしているふたりの世界に突如、第三者が割り込んでくる。不意に沸き起こった関係性に、見知らぬ者同士が驚くのね。一瞬の一期一会。こういう経験ある？

M　地下鉄などこの町にはないさ。でも、外に出れば風に吹かれる。風は不意打ちで、強かったり弱かったり。その気まぐれに乗じて、このあいだ通りがかりの見知らぬおばさんに訊いたんだ――あなたの悲しみも風に吹かれますか？　って。

W　ほんと？

M　ウソさ。でも、うしろ姿を見送ってこう言った。いい人生をね、って。もう会うこともない人とすれ違うとき、もう会えないいんだって思うとせつなくなる。

W　会うは別れのはじめ。知りあうっていう一瞬においてさえ、それは顕現しているんだね。

M　そうとしても、真実ゆえに承服できない思いがあって、つらさをこそどこかに連れ去ってほしいと思う。

W　一瞬も永遠に変容するとでも――。

M　誕生と死が無数にあるように、予測しえない無数の出会いがあって、無数の必然的な別れが仕組まれている――人生とはそんなもの。そうと悟っても、せつなさはついてきて、なんともならないのさ。

W　アプリオリのつらさっていう――。

M　この今が耐えられないとき、それは自分の思いに耐えられないことだったりするのだが、世界とはそもそも己れの脳髄に感知されたものの総体。

W　耐えられないという思いがすでに自分のものね。自己の存在がそこに規定されている。

M　この世の不条理は目に映る椿事。そのあとに訪れる思考……。

W　詩人にとっては、詩作だね。

M　何ともすべてが耐えがたいとき、なすべきことは、脱自的行為。つまり、自己を超えること。それは、いまここを打ち消して、次のいまここへと向かう。
W　地下鉄は見知らぬ同士が出会う場。初めて接する顔と顔。それぞれがそれぞれの孤独を抱いてすれ違う。
M　現在を将来へ向けて企投する。つまり、地下鉄へと向かうにせよ、男の唇へと向かうにせよ、そこから広がる未知の可能性に祝祭を夢見るような。
W　唇に向かうっていう青春、いいなあ。
M　でも、求めながらも叶えられないことがこの世にはたくさんあるから、それが不条理。
W　人間って本質的に孤独なんだね。だから、不意に沸き起こった関係性に驚きながらも、享受している。
M　出会いは眼があってしまったことで始まり、それぞれの将来へと移行しながら、いずれ終局を迎える。
W　手を振ることで互いの存在に祝福の合図を送るのね。孤独を克服するように、慰めあうように。
M　せつなさに罹患した感性体が生き延びるには、未知の相へと自らを投げ込むこと以外に術はない。思わず出逢ったことは僥倖とも言える偶然。
W　偶然の世界に生きている。では、必然とは？
M　未知の偶然へと流れゆくこと。
W　新しくない朝は一度たりともないように、新しくない自己というものは一日たりともない。生きるとは、めまいのような振幅ね。地下鉄へ向かう日常にあって、思いがけず見知らぬ女性に祝福のサインを投げる。あっという間の出来事。
M　いいね、その思いやり。
W　それからどうなるの？

M　それから未知のそれぞれの人生の果てへ。存在の彼方へと向かうのは、いまここにある存在。いつだっていまある自分を超えようと――。
W　足早に通り過ぎる人々の、ひたすらゴールに向かう人生。やっぱりゴールは死という桃源郷かな。
M　現在進行形の生命の、躍動する輝きが見えてくるのは、見知らぬ人にさえ気遣う心が生まれているからだね。
W　〈さようなら／会うは別れのはじめ〉って、つまり、生まれることは死ぬことのはじめ、ってことね。
M　だからだね、今を生きることの大事に気づくのは。

世界は一瞬のまに

あの白人のむすめは女優になり
それからはだかになり
いまスクリーンで太ったひげと抱きあっている
あれは愛または欲望がふいにたかまり
撮影中にもかかわらずついはじめちゃったのではなく
脚本どおりの姿態のはずだが
うまいもんだ　迫真的である
そしておれときたらついに
なににもなれなかったので暗闇で
ガムをかみタバコをすい

じっと彼女を見ているわけだが
こうしていると
世界はまるで性とかねもうけと
それから余暇《ひま》というやつしかないみたいで
（あとは木とか丘があるばかりで）
おれはなんだかさっぱりしてくる
できることならあすの朝まで二人を
静かにねむらせてやりたいが
そうもいかぬ事情がなんかあるのか
ややいきなりフォード　リンカン　三輪車
いろおとこのつもりのぶおとこがねとられてわなわな
あまつさえ戦争まで勃発しやがって
世界は一瞬のまに大混乱
おれはためいきついて暗闇のなか。

——詩集『いまは吟遊詩人』（思潮社／1970年）より

M　世界は未知との遭遇の場。未来は白紙であるとしても、瞬時に消え去る現在をどうしようと？
W　一瞬にして生成される世界。そして、流れ去ってゆく。
M　こんな世界にあって重要なものは、〈性〉と〈かねもうけ〉とそれから〈余暇〉だけなのだろうか？
W　人生なんてそんなものよって言いたいのね。辻さんお得意の言い回し。〈詩や修辞でなく、物理的な正確さでいうこと〉の現れね。
M　あとは〈木〉とか〈丘〉があるばかりで。
W　それでいいんだね。
M　それでいいんだけど、そうもいかぬ事情があるんだって。
W　世界は不透明で混濁しているっていうこと。
M　それじゃ、ちっともさっぱりなんかしていないわけだ。
W　さっぱりしようとしているだけね。でも、さっぱりしようとしている意志は、さわやかね。
M　それにしても人間って、そもそも何かにならなければならない。そうすると、〈はだか〉になるなんてやさしいし、それで女優になれるだなんて。
W　女優になるのと〈はだか〉になることがパラレルに扱われていておもしろいけど、元手はかかっているよね、見せる裸になるためには。素質っていうのも必要だし。
M　それじゃ、女優になって裸になることは簡単でも、裸になって女優になることは難しいわけだ。
W　そうね。
M　それにしても、決められた脚本に従って抱きあえるなんて、なんだか得。自分の意志が省略されていて、これなら生きるってのも難しくはなさそう。
W　愛も欲望も与えられているだけで、それで生きていけるならね。
M　恋心のせつなさとは無縁だね。
W　この世が芝居なら。
M　芝居を生きるってことが、この世なんだね、俳優さんには。
W　でも、舞台裏には、せつなさもつらさも潜んでいる。辻さん、別のところでいっぱい書いているもの。

M　せつなさを超越するんだよ。こうしてからみあうのも。
W　つまりは、映画という創造もまた、不条理の克服。そして、観ることもまた。
M　〈おれときたらついに／なににもなれなかった〉なんて言っているけど、観客にはなれたんだよね。
W　批評家にも。
M　〈あすの朝まで二人を／静かにねむらせてやりたい〉なんて、ディレクターでもある。
W　〈そうもいかね事情がなんかあるのか〉なんて、冷めた批評ね。この世と映画そのものに浴びせかけている台詞。
M　そうさ。寝取られでもしないと、世界に劇的緊張は生まれないものさ。
W　ベケットの芝居「ゴドーを待ちながら」では、何も起こらなかったけど、それは耐えがたいことでもあって……。
M　すると、退屈しのぎかい？　この世は。
W　暇つぶしって言ったのは、吉行淳之介よ。
M　しかし、戦争まで勃発しては、かなわんな。
W　それはまた、別のこと。この人間ってやつは、どうしようもない存在だってことの証明ね。
M　救うのは文学だろうか。ともかく、〈世界は一瞬のまに大混乱〉だなんて、なんともはや。
W　思わぬ方向にいってしまった世界とこの映画に、ため息しかつけないのね。
M　それは望んだことじゃないから――。
W　わたしたちも、思わぬ方向に行くとでも？
M　未到の世界だからね。〈ややいきなり〉何事が起こるのかわかりはしない。
W　そうね。せめて映画だけでもスマートに。

M　そう、そんなふうに収まらなければいけないのに、現実はとても複雑怪奇ってこと。

＊辻征夫《つじゆきお》は、1939年8月14日、東京浅草で生まれ、向島で育つ。2000年1月14日、脊髄小脳変性症に起因する病により逝去。

陸地に住まう海の人
――高橋順子詩集『幸福な葉っぱ』

海

悲しみ
のようなものの
かたちを記そうとすると
それはおもむろにすがたをととのえてくる
風のない日の　波のように

悲しみのようなものは
海の一部だ
わたしの一部だから海の一部だ

海が荒れていたら

それは荒れるだろう
海が凪いでいたら
それは　忘れられるだろう

わたしは海の一部だから

海——海は塩水をたたえ、地球表面積の約七割を占め、三億六千万平方キロメートル。平均深度三千八百メートル。比喩的に海は、あたり一面にひろがったもの、また無数に多く集まっているさま。とはいえ、私たちはこの実体のすべてを知っているわけではない。とりわけ、深い海底はどんなふうでどんな生物が住んでいるのかなどを。生物が住んでいる！　驚くべきことは、そこにさえ生物が住んでいるということだ。

海は物質であり、とりわけ流動し続ける物体である。ところが、まるで海が悲しみであるかのように第1行が起こされている。悲しみとは、悲嘆することのほかに、いとおしむこと、情愛。心に生じた知覚ゆえ、記憶や脳裏に残る。つまり、詩篇「海」においては、海は物体であることを超え、抽象的概念へと変容している。

意外な叙述は第1連をまるごと覆っている。悲しみに形があるという。それは海という物体であるからだが、驚くべきことに、〈おもむろにすがたをととのえてくる〉のだという。すると、それは初めからあったものではなく、生成されてくるもののように言い表されている。それに、風のない日の波のように、という。さて、風がなくとも波は生じているのであったか？　いるのだな。停止している海というものはない。

第2連はさらに意外であり、不思議さが倍加している。悲しみのようなものは海の一部であり、〈わたしの一部〉である。とすると、〈わたし〉が悲しみの一部であり、海の一部である。より不思議であるのは、そのように叙述する書き手の心象である。
海が荒れていれば、〈わたし〉が荒れていることの証明である。凪いでいれば？ 忘れられるだろう。凪とは風の止んだ、すなわち存在が鎮まった状態のことであるからだ。海が詩人にとって海である。現象がつねに変容しつづけているように、海は心の揺動である。つまりは、海が己れと同一化して活動している。

海に　1

街の雑鬧の中に窓が開いて
波の寄せているところに
出て行けるような気がする
赤と青の信号のあいだ
まばたきするくらいの時間
鼻の頭を
犬みたいに冷たくして
出て行けるような気がする

つづく詩篇「海に　1」においても、不思議な叙述が展開される。町の雑踏のなかに窓が開いていて、そこから海へと出て行くことができるという。信号機が赤から青へ変わる、ほんのまばたきするほどの時間である。どんなふうに？　鼻の頭を犬のように冷たくして――。時空を超えたところに海はある。それはそうだろう。自己が海の一部であるゆえ、招来すればいつでも海は訪れるはずだ。一瞬とはあるかなきかの時間。過ぎてしまえば夢であったかのような――。

海に　2

海辺を歩くとき
わたしの胸は波を打たない
というより目の前の波とおなじ
動きかたをしているのだと思う
（山に育った人はきっと
山の呼吸をしている）
そこを離れたとき
はじめて意識するような
そんな呼吸を
しばらくしていない

詩篇「海　2」はさらに不思議である。海辺を歩いているとき、胸の鼓動は〈波を打たない〉。つまり、〈目の前の波とおなじ／動きかたをしている〉。どういうことか？　心臓が脈動していない、ということではない。鼓動は波動と同じである。すなわち、鼓動と波動がずれることはないので、波を打つことがない。波動と鼓動の同一化は、海と自己の同一化からして、当然のことであったのだ。
呼吸はどうなのか？　山の人が山の呼吸をするように、海の人は海の呼吸をするのだと。そのような不思議な現象はふだんまったく意識されることがない。それもまた、不思議なことである。

海に　3

海　あなたに
わたしの好きなひとたちを　見せたね
あのひとたちは
海に　気に入られなかったから
さらわれてしまった
（いいえ気に入られたから）

あのひと　波が返るように
返ってきたことがあった
笑って　しょっぱい思いをさせて
返ってきたことが　あったけど
（いいえ波になって返ってきたのはわたし）

わたしが海である一方、他者はどうか？　とりわけ、〈わたしの好きな人たち〉はどうであるのか？　さらわれたという。海に〈気に入られなかったから〉。いや、〈気に入られたから〉とも言い換えられうる。どちらにせよ、彼らは海ではなかった。

とりわけ思い出深いひとがいる。同じように海にさらわれてしまったのだが、回想するたびに返ってくる。寄せては返る波のように、笑いながら、しょっぱい思いをふくんで――。それは幻覚のようにある。寄せて返ってくるのは、むしろいつも自分の思いであるからだ。

千葉県の九十九里浜の北端にある海上郡飯岡町に生まれ育った高橋《たかはし》順子《じゅんこ》(1944-)にとって、海は独自の意味を持っている。三木卓との対談の際、海を〈見ている〉という三木卓の言葉を〈感じている〉と表現し直してもいる。陸の人ではなく、海の人であること。海女――海に潜って貝や海藻を採る《あま》ではない。《うみおんな》である。思えば、海女としての高橋順子は、すでに第一詩集『海まで』(1977)に現れており、第二詩集『凪』(1981)でさらに深化していた。

海はどんな意味を持っているのか？　解析することはむずかしい。海が己れ自身であるようなひとにとってさえ、その問いは回答されえないのではないか。詩が海に言及する。しかし、自己が海であるようなひとに、それは何であるのか？

海に　4

波が砂浜に
淡い失望のように広がる
貝殻や小石を溜息のように吐いて

やがて波は失望からそろそろと身を起こし
一目散にあとずさりする
あんなふうに
いっしんに立ち去ったことがある
海の娘だったころ

波がひいて
扇のかたちに黒ずむ砂
失った希望の跡が
あんなふうに新しかったころ

貝殻の溜息はもうつけないので
一歩ずつ
立ち去る
人間の
足で

広い海辺の砂浜に、たえまなく繰り広げられているドラマがある。主人公は失望と遁走の劇を演じている波である。が、それを見ている海の人にとって、波の営為はむろん己れの営為と変わることはない。

はるか沖から運んできた失望を大地の突端へと波が打ち寄せて帰るように、海女もまた失望を運び、それを吐いては立ち去ってゆく。

なぜ詩を書くのだろうか? 『高橋順子詩集成』(1996)におけるエッセイ「詩を書く私」には、〈詩を書くということは、私にとっては危機を脱する手だてであると同時に、自由になれるということでもあります〉とある。この認識は表層と深層を露わにしている。つまり、詩作はひとつには危機を脱する手段である。詩は救済のように作用するはずだ。もうひとつは、詩作は自由を保証するものであるということである。すなわち、詩へと自己を投ずることが自己救済であり、自由への企投が詩作である。海の人あるいは海女は、現実世界では生きられない人を言い表している可能性がある。人魚がそうであったように。日常世界へと果敢に挑みながら、〈現実と文学との転倒現象〉によってしか生き延びえない。つまり、〈自分を全力で虚の存在と化し、文学たらしめること〉以外に自己救済の方策はない。詩作が世界への積極的な着手であることを証しながら、溜息のように〈失った希望〉を吐いてゆくことでしか生きえない旅人、それが海の人の正体である。

第四詩集『幸福な葉っぱ』(1990)には、タイトルが示すように、幸福な存在者が仄見える。しかし、海の人は、それから陸地で生きねばならぬ闘いが待っていることを、知っていたであろうか? 〈運命に支配された私という図式から、運命に立ち向かう私という図式への転換〉の場は激しく準備されている。

椎の木の下の幼年
――高橋順子詩集『時の雨』

第六詩集『時の雨』(1996)は、ひとつのプロットが貫流しており、物語のような味わいがある。しかし、フィクションではない。身に起こったことを振り返り省察しているからだ。フィクションではないということが、このうえなくせつなく、このうえなく尊い。これがツクリモノだとしたら、読者は詩を見放すであろう。娯楽小説に最も遠い領域で、言の葉が紡がれている。ベストセラーはその刹那的な流行ゆえに時が経てば次第に色褪せるが、すでに四半世紀も経ったかつての詩集がこうしていまもなお魂を揺さぶる。なぜに色褪せないのか? 過去の時間がいまもなお雨のように降り注ぎ、切迫感がその都度、新鮮に蘇るからだ。巻頭詩がその詩世界を、昔物語のような語り口で拓いている。

あなたの部屋に

「あなたの部屋に行ってみてください」
と連れ合いになる男が言う
わたしの部屋はまだ空っぽの青畳　空っぽの

棚の上に
赤まんまどっさりの瓶
「神社の脇の土手で摘んだ」
似過ぎているものをもっていることを
喜ばずに惧れた
知らなくてもいいものを
知ってしまうことがあるだろう　そのときは
野の花がわたしたちを見ていてくれますように

部屋が空っぽで、しかも畳が青いままである。真新しい部屋なのだ。そして、何も置いたことのない棚の上に、神社の脇で男が摘んだ赤まんまがどっさりと、不意に置かれる。動画のような鮮やかな描写がここにある。

赤まんま。タデ科の一年草、イヌダテの俗称。秋に紅紫色の小花が穂状に咲く。ままごと（飯事）によく使われたので、赤まんまと言われるようになった。――ままごとをして遊んだ日は遠い。野原は幼年の空へと広がって、心が幼児性を抜けていない。それで悪いわけがない。むしろ、心を幼年の空へと向けていたい。あのとき、たしかに少年と少女がいたのだった。

遊び呆けていた時間は、遠い記憶のうちにある。とはいえ、思い起こす気持ちがいまここに親しく、その感触が身近にある。幼年に戻るように、幼年を遙かに過ぎた中年の男と女が出会う。どちらも初婚で結ばれる。遅すぎたのではない。ふたりの胸のうちで時計は幼年期で止まっている。むしろ早くに結ばれた。〈知らなくてもいいものを／知ってしまう〉――大人になるということは、知らずに幸福だった幼年を放棄すること。知っても幸福にはならないことを知ること。幼心を持ち帰るように、赤まんまを家に持ち帰る。心はいまこの胸のうちにあるのに、いつのまにか時は雨のように降り過ぎて、幼年期を通り過ぎねばならない。不条理とはそのことである。

ままごとを始めていたのに、いつのまにか過ぎ去っていた時間。それに気づいたとき、狂気が襲ってくる。〈似過ぎているものをもっていることを／喜ばずに惧れた〉――無垢の幸福を憧れる感性が同じ心の源であったのに、喜ばずして懼れるしかなかったとは！

夏至

草ずもうって知ってる？
ぼくらはおおばこの茎を手折り
空の下で遊んだ
草ずもうなんてしなかったわ
草ずもうなんてつまらない
じきに飽いてしまったきみが言う
もっと悪いことをしたわ
草を結んで知らない人を躓かせる
枯葉を上手にかぶせて陥し穴をつくる
きみは少女の目をして笑った
ぼくは野原のまん中に筵を敷いて

おにぎり二つ　薬罐一つ
じっとしているのが好きだったな
遠くのほうで風車　鳴っている
白髪の少女と少年が結婚の約束をした日

夏至は一年で最も陽の長い日。その陽が幼年を照射し、巻頭詩で示されていたままごとのような世界を変奏曲のように展開させている。脳裏をめぐる回想は、不意に男の語りになっている。おおばこの茎を手折り、草ずもうをして遊んだ夏の日は遠い。しかしながら、少女はもっとわくわくする遊びに興じていたのだった。草を結んで知らない人を躓かせる悪戯も、枯葉をかぶせて陥し穴をつくる遊びもまた、遠い日の記憶のうちにある。

少年は無邪気なものである。野原にむしろを敷いて、じっとしているのが好きだったという。まん中に置かれたおにぎり二つが、胃の腑を安堵させるのであろう。薬罐は陽射しに照り輝いていたはずである。遠くで風車が鳴っている。少女と少年が結婚の約束をした日に、風車が今も心のうちに鳴り響いている。はるかな遠い日に、赤まんまを摘んでいた少年と少女が結ばれたのだった。

しかし、おだやかで内省豊かなアダージョの調べは突如、スケルツォの不穏な狂気へと響きを変える。

夕日が畳に

五月に連れ合いは心臓を病み
六月に胃潰瘍になった

七月から十一月まで慢性の下痢
本人もようやく疾患の心因性を認めるにいたる
十二月再び心臓の痛みを訴える
ひとめぐりしたみたいだと言っている
何がひとめぐりしているのか
わからない主語
夕日が畳に長く差すころ
何のための円環か閉じようとしていた
そのときだ
狂気が男を襲ったのは

ひとめぐりしたようだという。何が？　主語が不明である。一群の病であろうか。いや、不明のまま主語が巡っている。名づけ得ない空白の主語を、世界とも、不条理とも、言い換えてもいい。この〈ひとめぐり〉は不毛な堂々巡りである。

夕陽が畳に長く差し込んでいく様子を、女は為す術もなく見やっている。円環が閉じられようとしているのだという。円環もまた、堂々巡りの別名であろう。閉じられることで救済はもたらされるのか否か。名づけ得ない主語は、メビウスの輪のように無限へと繋がり、異次元を彷徨い、光速で時空を移動するのだろうか。そのときだ、狂気が還ってくるのは。

ふるえながら水を

男が水を流している　ふるえながら　深夜
流している
水を流すのは　男の意志である
意志ではあるが　水に切れ目を付けることができないので
水の意志に従わされているともいえる
男は穢れたものを洗っているのである
落ちない　落ちない　落ちない
女の目には見えない穢れである
見えないものは
恐怖である
水の音は恐怖の音である
幻覚にとらわれた男に
とらわれてしまった
ということは
女の幻覚ではない
男は手を洗っている
幻覚を洗っている
洗いきれない

いつまで　いつまで洗うのだろうか
女が動くと　すべてまた　一からやり直さなければならない
「動かないで！」
女は身をちぢめ
しかし出口へと跳躍する筋肉と神経を
覚ましつづけながら
坐っている
男の目が世界の穢れとしての女を見る
「あああ動いてしまった！」
ふたたび水だ
ふたたび

男が強迫神経症になったので
暮しは　水びたしである
この家も　出なければならないのだろうか
だが　今度は　ひとりずつだ
大甕よ
結婚の甕よ
しずかに割れておくれ

沈丁花よ
朝までに　枯れておくれ
だが　朝は来るのだろうか

ふつう、朝はやってくる。しかし――やってはこない現在のうちに、時間は凍りついてしまっている。水が流れて止まらないように――。水が流れる、時間が流れているように――。止まらない時間が流れている。時間はしかし、流れていると同時に、流されている。男が水を流しているのだ。とはいえ、水を流していると同時に、時間を流している。意志的に――。水に切れ目をつけたい、という。しかし、それは不可能である。流れつづけている水に切れ目をつけることはできない。時間に切れ目をつけることができないように――。したがって、水を流しているとみえた男の意志は、水の意志に従わされている。そもそもなにゆえに水は流れているのであったか？

穢れたものを洗うためである。穢れは落ちない。穢れは女には見えない。見えないゆえに、それは恐怖である。水の音は、したがって、恐怖の音である。恐怖が流れている。切れ目を付けることができない。穢れが見えないのは、男の脳裏に取り憑いているものであるからだ。このように幻覚はある。幻覚とは、つまりないものではない。水が流れていると同時に、幻覚が流れている。これに切れ目をつけることもできない。では、どうすればいいのか？

〈世界の穢れとしての女〉を見やりながら、穢れを水で洗い流そうと努める。とはいえ、穢れは目に見えない幻覚の領域にあるので、いつまでも洗い流すことができない。しかし、洗いつづけるしか術はない。心配そうに男のそばにいる女は、動くことはできない。動けばすべてを一からやり直さねばならない。とはいえ、身じろぎせずにはいれない身体である。男の眼に映るのは女の身体である。それはそこにあるゆえに、はっきりと見ることができる穢れである。「あああ動いてしまった！」――絶望の声が発せられる。すでに絶望は身に染みていたはずであったのに。すべて一からやり直さねばならない。それにしても、すべてとは何であったか？

暮らしが水びたしである。女もまた、家が水浸しになる幻覚に見舞われる。幻覚に襲われるしかない暮らしである。家を出るのは、ひとりずつだという。家を出る――それは死にゆくことであろう。さて、結婚とは何であったか？

できることはといえば、祈るしかない。水を湛えている大きな甕に、割れておくれと。甕は結婚祝いにもらったもの。しかし、流れ去るはずの水は、そのなかには入っていない。はたまた、沈丁花にさえ願いをかける。沈丁花は詩篇「風船葛」に描かれていたものと同じであろう――〈結局家賃が払えなくなって／わたしたちは古い家を引き払った／花を咲かせなかった沈丁花と／一年でわたしの背丈を越した青い竹を掘り起こし／トラックに乗せた〉。沈丁花は、通常は雄木であり、果実を結ばないという。大切に保護しておいたはずの沈丁花。しかし、枯れておくれと。朝までに。しかし、朝はやっては来ない。

過去の出来事であったのに、過去時制と現在時制が綯い交ぜになった表現スタイルが現在を撃っている。緊迫感と切迫感は現在時制によって放たれている。過去を引きずって現在があり、過去を始末しないでは現在がない。

この木のことを

精神病院からの帰り道
休耕田の真ん中に生えている一本の

椎の木の下に坐り
二人でおにぎりを食べた
野漆と耳菜草の名をおぼえた
模型飛行機をとばしている人たちがいた
川で釣りをしている人たちがいた
いつかきっとこの木のことを思い出すだろう
二人ともまだ若かったころ
木の下に坐ったことがあった　と

アダージョの調べが回帰する。過去を思い起こす現在が、未来へと投影される。受け留めたボールを未到の時空へと放るように——。

椎。ブナ科の常緑高木で暖地に自生する。葉は堅く楕円形で、表面はつやがあり裏面に褐色毛を持つ。初夏に開花し、実はどんぐりになり食用となる。——田舎道のような懐かしい道路をふたり歩いていくと、耕作を休んでいる田があってそこに一本の椎の木が生えている。その下に坐る。

まわりには、茎や葉を切ると白い乳液が出てきて皮膚がかぶれるという、野漆《のうるし》が群生している。ナデシコ科の越年草で葉がネズミの耳に似ていることから名づけられた、耳菜草《みみなぐさ》も生えている。

遠くには模型飛行機飛ばしに興じている人たちがいて、川では釣りをしている人たちがいる。幼年期において無数の無名の人々がそうしたように、無償の行為に没頭している。雲が浮かんでいる空には鳶あるいは鷹が悠然と舞っているだろう。

一本の椎の木の下に坐って、ふたりしておにぎりを食べる。ままごとでもあるかのように、幼心に帰って放心する。トンボ採りからでも、ざっこしめ（魚採り）からでも、鬼ごっこからでもなく、精神病院からの帰り道。

どこで病んでしまったのだろう。どうして老いてしまったのだろう。いまなおここに幼年の輝きはあるというのに。一筋の幼心の輝きにすがる現在にいて、過去が影絵のようにたちのぼってくる。未来にやってくるはずの救済は、過去にしかない。

病院からの帰り道、椎の木の下でおにぎりを食べた。そんなことがあった。それでいい。幼いころ、野原に敷いた筵におにぎりが二個あったはずだ。野の花の記憶のうちに現在がある。とはいえ、強迫神経症に病んだ日々。病んでいるのは、かつての少年ばかりではない。どこかの神様に見守られていた幼年の、遙かな幼心を抱いていた少女もまた。

＊四十代半ばに出会い、四十八歳になっていた小説家・車谷長吉《くるまたにちょうきつ》（1945-2015）と、四十九歳になっていた詩人・高橋順子（1944-）がそれぞれ初婚で結ばれる。なぜ結婚したのかとインタビューで尋ねられ、高橋順子は「この人を見届けようと思った」と答えたという。車谷長吉は、芸術選奨文部大臣新人賞、三島由紀夫賞、平林たい子文学賞、直木賞など、数々の賞を受賞するが、さまざまな病に見舞われ、２０１５年5月17日、六十九歳で逝去した。

何であるのかこの世への用事
――日常を現成させる詩人・杉山平一

片道切符

私は切符を手にした
春だった
日付けは刻印され
改札はパチンと
心にまで深く穴をあけた
もう戻れない

ホームにベルが鳴りひゞく

再び帰れぬと心にきめて
その日　私の十八才は出発した

心にまで深く穴をあけたという。戻ることのできない旅である。片道切符なのだ。どこまで行くかわからぬ、どこまでも行く旅である。十八歳、春、旅立ち。かつて改札は、駅員が鉄製のパンチで切符に穴を開けたものだ。ホームにベルが、開演ベルのように鳴り響く。世界は舞台。覚悟がすべてである。この旅はドラマを準備している。それが悲劇なのか喜劇なのかを、自らは知ることができない。詩集『ぜぴゅろす』(1977)に収められているこの詩篇は、ある種の潔さが悲壮感を伴って緊張感を醸し出し、簡潔明瞭に青春の自画像を描き出している。すると、この出発のあとの旅路はどうであったか知りたいという誘惑に駆られる。

杉山平一《すぎやまへいいち》は1914(大正3)年11月2日、父が神戸三菱電機より技術者として出向していた折、福島会津若山市に生まれ、翌年神戸に帰っている。1922年、神戸東須磨小学校に入学し、のち大阪中大江東小学校に転校。1926年、大阪府立北野中学校に入学。そして、1931年に松江高等学校文科甲類に入学しており、詩篇「片道切符」はこの時期における心境を描いている。

1934年、東京帝国大学文学部美学美術史学科入学。創刊された「四季」を見て、投稿を始める。1936年、初めて「四季」の会に出席し、三好達治、堀辰雄、神保光太郎、津村信夫、立原道造に接する。1937年、大学を卒業したが、職を得られず兵庫県芦屋の自宅に帰る。翌年、「主婦の友社」に入社するも、1939年、父の起こした会社尼崎精工を手伝うため帰郷。この間の1941年に「四季」より第二回中原中也賞を受賞。1943年には第一詩集『夜学生』を第一芸文社より刊行している。しかし、1945年6月、空襲により全工場が炎上し、福井県三国に工場疎開する。1945年には長男、1948年には次男を亡くし、その年の1948年に、二児への餞として童話集『背たかクラブ』を刊行する。1950年には、ジェーン台風で全工場が倒壊。再建に難渋し、1956年についに破産宣告

をし、別会社を起こすがやはり苦戦。身ぐるみ剝がされるように落ち着いたのはやっと1973年になっ

てからであったという。

詩集『ぜぴゅろす』における、簡潔なる短詩を収める第1部とは対照的に、多弁を繰り出して長い散文詩を収める第2部には、杉山平一の履歴を思わせる述懐が切々と語られている。たとえば詩篇「鳩」では、父に差し押さえがきて、飼っていた四羽の伝書鳩までもが競売にかけられ売られてしまう。しかし四、五日して、二羽が帰ってきたと妹から電話を受ける——〈どうにもなるものではなかったが、私の気持はなごんだ。電話口で、ハハハと声を出して笑った。あとの二羽も帰ってくるかもしれない〉。絶望が尻込みするような高笑いである。いや、それを空元気ともいったはずだ。

七十歳になる1987年に詩集『木の間がくれ』が終日閑房より刊行される。この詩集は『ぜぴゅろす』刊行の十年後であるが、多くは未刊行の初期詩篇を収めたものであり、実質的には詩集『夜学生』のあとに続くものであった。そのなかから——

星

濃紺の空に
風にみがかれて
星がピカピカひかっている

星のひかりでピアノは鳴るだろうか

星のひかりで岩はくぼむだろうか
しかし
星のひかりで僕の心は鳴るのだ

星は光り輝き、ピアノを鳴らすほどの輝きである。が、ピアノの鳴る気配はない。星の光はまた、岩をも穿つ輝きである。が、岩は窪む気配はない。では、星の光で鳴るのは？　己れの心であるという。巧い。心は澄んだ空間にクリスタルトーンの響きで高鳴るはずだ。短詩による高揚感が比類ない。言の葉が磨かれて差し出されている。

通過

急行にのって駅を通過するとき
ベンチに腰かけている人がチラリと見える
その人を私のように　思う

他者を自己のように思う。それだけではない。他者の様子が自己の様子を映し出している。どんな状態でベンチに腰かけているのか？　叙述がない分、いろいろと推測することができる。颯爽と腰かけているわけではあるまい。ションボリと疲れてうなだれているはずだ。なぜか？　羨望の眼差しを向けているようには思えないからだ。それは自分であると思う。つまり、同情は自己に向けられている。では、羨望はどこに向けられているのか？

羨望

急行という奴は
私の立つ駅のところだけ
これ見よがしにスピードを上げ
声はりあげて　走り去り

過ぎると　おとなしくなって
遠ざかってゆく

鉄道好きの詩人である。羨望の眼差しは急行列車に向けられている。〈奴〉は〈私〉に眼もくれない。近づいてきたと思うと、スピードを増して轟音を鳴らし、疾風のごとく去ってゆく。そして、遠ざかったあとは、容姿端麗美人が眼もくれず自らのもとを立ち去るように、おとなしくスピードをゆるめるのだ。とぼけのスタンスが仄見える。それはこの詩人が天分として持った才能である。事象の捉え方に余裕があり、遊び心がある。以後晩年に至るまで、この異能はさまざまに開花する。余裕あるこのスタンスは、新たな発見と認識をもたらすであろう。次のように——

曲折

列車が大カーブにさしかかると
窓の外に先頭が見えてくる
まっすぐ走っているときは
見えなかった　自分だ

紆余曲折の人生である。紆余とはゆとりがあってのびのびしていること。曲折とは物事がこみいった事情であるとはいえ状態に変化のあること。つまり、紆余曲折とは、物事が移り変わり、いろいろ変化のあること。事情がこみいって混乱する人生なのである。しかし、紆余曲折のうちに見出される事象が、紛糾した事態を解決することもありうる。まっすぐ突っ走っているときは見えない自分だからである。

1　ただそれだけのことの貴重　――詩集『声を限りに』

1952年に散文詩集『ミラボー橋』を審美社より刊行した後、1967年には第四次「四季」に加わり、詩集『声を限りに』を思潮社より刊行する。〈子供がゐなくなつてさびしい〉と書き起こされ、〈お出口のない人生――戸をあけて下さい〉と閉じられる詩篇「閉ざされた部屋」や、〈考ちゃんに一度動物園を見せたかった〉と書き起こされる詩篇「かなしい晩」など、亡き児を偲ぶ詩群が哀切きわまりない。号泣は間接的に他の詩篇に乗り移っている。とりわけ次の詩篇などでは、描かれてはいないが、描かれていないゆえに、亡き児を偲ぶ気持ちがせつなく伝わってくる。

風鈴

かすかな風に
風鈴が鳴ってゐる

目をつむると
神様　あなたが
汗した人のために
氷の浮かんだコップの
匙をうごかしてをられるのが
きこえます

風鈴。いい名称である。風の鈴、あるいは風が鳴らす鈴。お椀型の鐘鈴の開口部を下向きにして紐で吊り下げ、「舌《ぜつ》」を内側に取り付け、その紐の先に付けられた短冊が風を受けて舌《ぜつ》を揺らし、舌が外身に当たって音を鳴らす。冷房器具のなかった時代、蒸し暑い夏をやり過ごすための創意と工夫の産物である。涼しさの風情の、ワビもサビもそこにはあった。風鈴が吹き鳴らし、吹き去らせるもの。それは日々の労苦であり悲しみでもあったろう。比喩が効いている。氷の浮かんだカップに匙を動かしておられる方がいる。それは神であるという。

土曜の夕方

若い奥さんが　乳母車を一寸　手離してみるほどの下り坂
僕の錆びた自転車でも　いまうつとりと風を切つてゆく
長い　いやなでこぼこ道の果てに
吻と息をつく土曜の夕方のやうに
それは　なごやかに　ゆるやかに

ゆるやかな下り坂、自転車がうっとりと風を切ってゆくのだという。現代、そのような坂をゆるやかに下ることは、難しいように思われる。乳母車をほんの一瞬、手離してみれば、どんな危険が待ち受けているかわからぬ時代である。

〈でこぼこ道〉を見かけることも、その名を聞くこともなくなった。乳母車自体、このごろあまり見かけない。車道を乳母車が通れる時代ではなく、歩道でさえ安全に通れる時代でもなくなったように思われる。〈若い奥さん〉もまた、あまり見かけない。晩婚化や未婚が普通の時代になったが、少子化などという言葉はかつては聞くことはなかった。ましてや、このごろ若い女性は所帯じみたところはない。かつては、あたりかまわず胸元から豊かな乳房をかなぐりだして、子どもに乳を与えていたものだ。

それだけではない。現代は自動車が大手を振っている。が、かつては、たくましく錆びた自転車やバイクが主要な車両として道路を通行していた。今や自転車はなんと歩道の上をひっそり進んでいるではないか。

雨上がりの砂利道には水たまりができるほどの陥没がいくつもあって、避けるように通った。自転車で通れば車輪はバウンドし、サドルに腰かけた尻にも振動がじかに伝わった。それはささやかながらも日常を生きる手応えというものではなかったか。では現在、手応えになるようなものとは何か？〈土曜の夕方〉――懐かしい響きである。土曜日は午後が休みで、その午後のゆとりといったものが、貴重であった。一週間の活動を終え、そこで休養に入るというムードがあった。いまや、週休二日制が主流。しかし、ゆとりなく忙しい日々であるのはなぜか？〈なごやかに　ゆるやかに〉――豊かな副詞句である。それは激動の時期を体験し辛酸を嘗めた者が感得しうる豊かさであろう。詩篇「土曜の夕方」には、失われた光景が活写されている。一方、次の詩篇にはゆとりある心象が描出されている。

憩い

勤めに追われていそぐ私を
交叉点が抱きとめてくれます
ちよつとおやすみ
ルビイ色のシグナルの下
吻と溜息を吐き出し
仰げば青空は高く澄んで
想いは遠く誘われます
永遠のこと　あなたのこと

シグナルがエメラルドに瞬くまで

交叉点にもランクがあるかのように、辺鄙な所や人や車の滅多に通らない所には、信号機などはない。そのような交叉点を通るとき、右左あるいは左右と頭を振って人や車の通行を確認して通る。一方、車の通りが多い交叉点には信号機が設置されるようになって久しいが、それは文明社会であるからこそのこと。いちいちその場で止まったりしなければ通ることが難しくなってきた。

幼少の頃には見かけなかったが、歩行者用の信号機も普及し、車両用の信号機と連動している。その連動が損なわれたら大変なことになるであろう。歩行者用の信号が青に変わったからといって、左右を確認しないで渡ることは危険きわまりない。青でも車が頰をかするように駆け抜けていくことがあるからだ。今や効率とスピードの時代、交叉点での待ち時間は長く、何かが失われてゆく。したがって、黄色になりかけたときは、急ぎ足で渡って躓いたりもするのは、文明社会の逆説であろう。

詩篇「憩い」には、澄みきった時間が流れていて、思わず浸ってしまいたいほどである。勤務上の問題などで頭が支配されていて急いでいたはずであるが、少しお休みと赤信号が抱きしめるように引き留めてくれる。加えて、色の表現がすばらしい。赤信号ではなく〈ルビイ色のシグナル〉なのだ。

交叉点で立ち止まることが憩いであったとは、知らなかった世界。仰いでみれば、空は青く澄んで、想いが遥かな高みへと誘われてゆく。すると永遠が見えるのだ。それだけではない。焦がれてやまないひとのことも。信号が青に変わるまでの時間のことである。いや、詩人はここでも青とは言い表さない。〈エメラルド〉――それは緑色透明の光沢ある宝石である。

都会に住む現代人は一日に一度は空を仰いでみるべきだ、などと野暮な提言は無用である。自由に交叉点に立ち止まり、そして通ればいい。企業戦士は空などは見ず、ここで戦略を練り直すところであろうか。知ったことではないが……。

燐寸

燐寸が発明されたとき
ベンサムは感動して詩をつくつた

赤いレッテルの小さな函

燃えるものを尚ぎつしり詰めて
いまだわが手中にあり

マッチは、細く短い軸の先端に、発火性のある混合物（頭薬）をつけた、火をつけるための道具。喫煙や料理などの火起こしに使われた。英語でmatch。語源はラテン語のミクサmyxaで「ろうそくの芯」の意。漢字は「燐寸」を当てる。頭薬に燐などが用いられたことがあることから付けられた。爪楊枝の先に赤く盛られていた頭薬がこすれば火が起こるということに、かつて何の違和感もなく過ごしていたことに、驚きを覚える。マッチは偉大な発明品であり、日本に出回り始めたころ、小箱一個が米四升と見合う高価な輸入品であったという。

1827年にイギリスの化学者ジョン・ウォーカーが塩素酸カリウムと硫化アンチモンを頭薬とする摩擦マッチを考案。火付けが悪かったため、1830年にフランス人のソーリアが黄燐マッチを発明。頭薬がどんなものにこすりつけても発火するため普及したが、自然発火も起こりやすかったという。また黄燐がもつ毒性が問題となって、製造者の健康被害が社会問題化する。そのため、19世紀後半に黄燐マッチは禁止されてゆき、1906年にスイスのベルンで黄燐の使用禁止に関する国際会議が開かれて、黄燐使用禁止の条約が採択され、欧米各国が批准。マッチが有力な輸出商品だった日本は加盟せず。1921年になって日本はようやく黄燐マッチの製造を禁止したが、日本における黄燐による健康被害の実態については、不透明な部分が多いという。その後、赤燐を頭薬に使用し、マッチ箱側面にヤスリ状の摩擦面をつけた赤燐マッチが登場。19世紀半ばには側面に赤燐を使用し、発火部の頭薬に塩素酸カリウムを用い、頭薬を側薬（横薬）にこすりつけないと発火しない安全マッチが登場した。アメリカでは黄燐マッチ禁止後も摩擦のみで発火するマッチの需要があり、安全マッチの頭薬の上に硫化リンを使った発火薬を塗った硫化燐マッチが今日でも用いられている。硫化燐マッチは強い摩擦を必要とするので、軸木が安全マッチより太く長い。

家の整理をしていて、骨董品屋に皿を大量に運んだことがある。段ボール箱が六個ぐらいになった。むろん割れてはいない、きれいな皿だけであり、まだ使用できるものである。ところが、金には換えられないという。しかし、すばやく箱の中身を点検した主人は、これは一枚二百円で買うという皿が四枚あった。江戸時代のものだという。それらを売って、残りの皿の処分を考えて、三軒目の骨董品屋を訪れたとき、金にはならないがすべて引き取ってもよいというので、置いてきた。

さて、マッチは今やほとんど見かけない。絶滅危惧物になりつつある。が、小学生のころは、検便というのがあって、前の日に取っておいた大便をマッチ箱に入れて登校したものだ。煙草を喫っていたころは、ライターとともにマッチはよく身につけていた。抽斗のなかに古いマッチ箱が見つかることがある。かつてよく通った喫茶店のマッチ箱などである。検便に使用したマッチ箱は各家庭で使っていたもので、厚さは一センチ五ミリほど。喫茶店のマッチはそれより薄く六ミリほどで、なかなかにデザインが凝っていて、ささやかな芸術作品のように思える。いや、意匠が凝らされていて、むしろこのようなものこそ、日々の暮らしを温かくしてくれたのではなかったか。マッチ売りの少女の物語もあった。骨董品屋の件を思い出したのは、かつてのマッチもまた、趣味のいい骨董品屋の主には喉から手が出るほど欲しいのではないかと考えたからである。

詩篇「燐寸」に現れるベンサムとは、功利主義の創始者として有名なジェレミ・ベンサム（Jeremy Bentham、1748-1832）。感動して詩を書いたという。〈赤いレッテルの小さな函〉には詰められているものがある。燃えるもの、すなわち熱情である。杉山平一の胸のなかにひそかに秘められていたものであろう。次の詩篇「花火」もまた、内在する自己のエネルギーの在り処を象徴的に伝えている。

花火

オスカーワイルドは書いていた
高く　高く　空高くあがつて
赤、青、黄色に爆発する筈の花火が
どぶに沈められているのを

自分のことが書かれているのだと思つて
それを読んで僕は泣いた

逆説とアフォリズム、ユーモアとアイロニーにあふれるOscar Wildeの*The Happy Prince and Other Tales*『幸福の皇子その他』のなかの*The Remarkable Rocket*「すてきなロケット」もまた、ある種のアレゴリー（寓意）を伝えている。仲間うちのなかでも高慢なロケット（打ち上げ花火）は虚栄心の塊のような存在で、それゆえドブの中に捨てられてしまう。そして、涙を流し、泥まみれになって「天才の孤独 the loneliness of genius」について考える。ロケットは通りがかりの子どもに拾われ、火にくべられて打ち上げられるが、白昼のことであり、誰もそのパフォーマンスを見ることなく、音を聞くこともない。ワイルドは自身の悲哀を思い起こしていたはずである。

杉山平一のこの童話への言及もまた、自己という存在の哀切に拠っており、そのあっさりした言及は石川啄木の感傷的な短歌を彷彿させる。しかし、言い回しはどこかに余裕があり、ユーモラスである。存在証明の消失という大事でさえユーモアでくるむところに、杉山平一の天才が認められる。

退屈

十年前、バスを降りて
橋のたもとの坂をのぼり
教会の角を右に曲つて
赤いポストを左に折れて三軒目
その格子戸をあけると
長谷川君がいた

きよう、バスを降りて
橋のたもとの坂をのぼり
教会の角を右に曲つて
赤いポストを左に折れて三軒目
その格子戸をあけると
やつぱり長谷川君がいた

親しい友の家を訪れる。どうということもない体験が第1連に記されている。ありふれていて、振り返ることもない行為のようにも思われる。タイトルが示すように、退屈な内容とも言える。しかし、詩篇「生」などと同様、第2連の現成が詩人の天才を伝えている。

ふたつの連において異なる語句は三つしかない――〈十年前〉〈きよう〉〈やつぱり〉。〈やつぱり〉は副詞であり二義的な語でさほど重要性を帯びてはいない。すると、時間を明示する〈十年前〉と〈きよう〉の副詞句が新情報としての重要性を帯びて立ち現われてくる。つまり、十年の経過がある。ところが、所作は同じ記述に拠っている。右が左に、左が右に変わることもない。橋のたもとの坂も、教会も、赤いポストも、格子戸も、何ら変更がなく記されている。

杉山平一はサミュエル・ベケットを読んでいたであろうか。*Malone Dies*『マロウンは死ぬ』にこんな台詞がある――〈I wonder why I speak of all this. Ah, yes, to relieve the tedium. なぜこんなことを話しているのか？　ああそうだ、退屈をしのぐためだ〉。この述懐は戯曲 *Waiting for Godot*『ゴドーを待ちながら』の登場人物の台詞へと通じている。退屈のあまりエストラゴンは、戯れに〈What about hanging ourselves? 首でも吊ってみようか？〉と口にする。が、自殺は不可能である。自殺とは真に生きている者がなしうる行為であるからだ。空虚な時間が存在を規定し、存在のありようだけが悪化する。一日が過ぎても、光り輝く明日がやって来ることはない。彼らが待っているゴドーとは誰なのか、そもそも彼ら自身でさえよく知ってはいない。彼らはゴドーというよりも、ゴドーを待っている自分をすら知ることはない。生きることがただ待つことであるような状況にあって、自己の存在の意味が剝奪されてゆく。

詩篇「退屈」の構成が戯曲『ゴドーを待ちながら』の構成に瓜二つである。第1幕と同じように第2幕が繰り返され、時間だけが昨日から今日へと移っている戯曲と同じように、時間が十年経過しているだけである。永遠に明日へと逃れてしまう循環が第1幕を繰り返しているにすぎない第2幕によって証明されているように、十年経過しても所作は変わることがなく同じである。しかしながら、存在論の袋小路に迷い込んだかのような『ゴドーを待ちながら』の舞台とは、異なっている要因が窺える。

ゴドーも長谷川君も、観客／読み手に素性が知られることはない。しかしながら、ゴドーが待てども訪れることはない存在であるのに対し、長谷川君は訪問すれば必ずいる存在である。そしてまた、ヴラジミールとエストラゴンにとってゴドーは正体不明の存在であるのに対し、詩人は訪れる長谷川君のことをよく知っている。

『ゴドーを待ちながら』の舞台と詩篇「退屈」の世界の決定的に異なる要因は、閉塞性の世界と向日性の世界の相違であり、今日から明日への不毛な循環と十年という重さの相違である。『ゴドーを待ちながら』の舞台では何事も起こらないが、詩篇「退屈」では、記述されてはいないが、森羅万象の出来事が起こっている。事物もひとの心も十年の歳月の重みを帯びてそこにある。周りの事物も十年の時間を経て変容しているはずである。それを重々知っているからこそ、あえて変わらない表現法を取っている。そして、変わらぬことはと言えば、長谷川君がそこに存在しているという一事。それは何事にも代えがたくありがたい。そのことを示すために、事物の描写もまた変容していないのである。

退屈とは嫌気がさすこと。しかし、杉山平一の詩篇において、タイトルは逆説となっている。ベケットの退屈とは正反対の実存の闇とその輝きこそが仄見えるからだ。退屈とはむしろ憩いを生む源泉でさえある。何気ない日常の光景とひとの棲息に思いを馳せる詩人の心の根が優しい。繰り返し強調すれば、それは修羅場をくぐり、悲哀を味わった者が発しうる心情である。

〈十年前〉と同じように〈きよう〉長谷川君を訪ねると〈やつぱり〉彼はそこにいた。ただそれだけのこと、とも言える。しかし、ただそれだけのことがとりわけ貴重きわまりない。

2　窓硝子の格子から吹き渡る風 ——詩集『ぜぴゅろす』

訪問

門のボタンを押すと
ベルが鳴ったらしい
玄関の電気がついて
どなたですか　と声がした
とたんに犬が吠え出し
幼い子供が泣き出した
それを叱る母親らしい声がきこえ
ガラッガラッと何か床に落ちた気配

轟然と飛行機が一機
頭上を過ぎた
僕は深く呼吸をと丶とのえて
言った
すぎやまと申すものですが

さて、どんな用件があって、訪れたのであったか？　詩篇は、ある家に辿り着いて、門のボタンを押してからの訪問の一瞬を描いているだけで、それ以後のこともそれ以前のことも不明である。何ゆえ訪れたのであったか？　そもそも当初から世界には諸事情があり、混沌と脅威が待ち構えており、訪問者はただ驚きの眼差しで見つめるしかない。開幕のようにベルが鳴ると、猛犬が待ち構えており、その吠え声に脅える幼児もいる様子で、なんと母親がそれを叱る。何事があったのか、何かが床に落ちる。そして、飛行機が顔面めがけて飛んでくる。世界の諸事情とはこんなものである。したがって、訪問者は深呼吸ののち、息を整えてから自らを名乗らねばならぬのだ。似てはいないか、この生に。辿り着いたのは、この世。自己紹介の義務まで生じて。

問い

手段がそのまま
目的であるのはうつくしい

アイスクリームの容れもの、三角が
そのまゝたべるウエファースであり
運ぶ材木の幾十百本が
そのまゝ舟の筏であるように
「なんのために生きるのです」
そんな少女の問いかけに
「問いはそのまゝ答えであり」と
だれかの詩句を心に呟きつゝ
だまって僕はほゝえんでみせる

最終行の述語動詞は、《ほほえむ》でも《ほほえんでいる》でもない。〈ほゝえんでみせる〉である。この世界に抗する表現法こそが、詩人のスタンスを規定している。言い換えればそれは、受動的な所作ではなく意志的能動的な所作であり、自らの存在を世界に組み入れる切り込み役としてのフレーズとなっている。

詩篇「訪問」の陰画に対する陽画としての意義を、詩篇「問い」は有している。すなわち、訪問とは何か用事を達成するための手段のように思われがちであるが、訪問それ自体が目的であるような自己完結性を持つ営みである可能性がある。

問いの設定は考察の第一歩である。しかしながら、原初の問いは初手から用意されていたものである。それ以後に、問題を設定し、仮設を立て、実証しようと企てる。とはいえ、物事がすべて実証されるわけではない。問いに対する一応の答えが新たな問いとなり、ふたたび考察されて問いが持続する。澱んだ川というものはない。人生がそうであるように、川はすべて流れてゆくのだ。

何のために生きるのか？　驚くべきことに、これがすでに答えであるという。問いは答えのように持続する、ゴールまで。『現代詩文庫 1048 杉山平一詩集』（2006）における倉橋健一の解説もまた、杉山平一流に感化されてか、軽妙洒脱きわまりない。〈この詩人は今、「四季」誌上に三好達治の知遇を得たことで一塁に生き、以後、竹中郁、小野十三郎、安西冬衛、伊東静雄ら、関西の詩人風土にめぐまれたことで二塁盗塁に成功し、全詩集で三塁へ、そして今かすんでみえる本塁へ疾走している。「審判のアウトの手が高くあがるのは見え見え」だというが、そうはいくまい。私たちはタッチをかいくぐってホームベースを踏む杉山平一を、固唾をのんで見守っている〉。アウトもセーフも答えではなく帰結であろう。ともあれ、セーフの審判の手が横に泳ぐように空を切る。

「訪問」「問い」と次の「生」が連作三部作となっている。「訪問」で掘り起こされようとしていた摂理にふたたび触れようとして、問いが循環し持続している。

生

ものをとりに部屋へ入って
何をとりにきたか忘れて
もどることがある
もどる途中でハタと
思い出すことがあるが
そのときはすばらしい

身体がさきにこの世へ出てきてしまったのである
その用事は何であったたか
いつの日か思い当るときのある人は
幸福である

思い出せぬまゝ
僕はすごすごあの世へもどる

身に覚えのあることである。とりわけ用事を併用させているときなどが危ない。階下に降りるとき、ついでに新聞紙を片付けに降りる、などというときである。新聞紙を片付けたのはいいが、何のために降りて行ったのであったたか？

見過ごされがちな日常の営みを、あらためて我が身に引き寄せることで、杉山平一の詩篇は現成される。何を取りに部屋に入ったかはわからぬとも、詩の成立が人生の真実を顕している。おもしろおかしいだけなら漫談であるが、杉山平一の詩篇が気高いのは、詩篇がはるかな真理を言い当てて、まるごとアレゴリーとして現成しているからである。

タイトルの「生」が意味深長であり、物忘れの一件が寓意となっている。〈部屋〉とは〈この世〉であった。身体が先に入ってしまったのである。この生命を抱く自己は何をしにこの世へと出現したのであったか、だれしも思いめぐらしてよい。何物かを取りに部屋に入ったように、何かを為すためにこの世に出てきた。しかし、その用事とは何であったたか？

詩作を行うためなどであるはずがない。詩は何事もなしえない者の虚業である。わざわざ詩を創るためにこの世に出てくる人間などいるものか。それはともかく、何をしにやってきたのか？　問いは幾度も繰り返される。振り返れば〈すぎやま〉と申したひともまた、ガラガラ崩れ落ちる家に、何のために訪れたのであったか？　いつの日か思い当たるときがある人はすばらしい。自分にはそれがどうも思い当たらない。すごすごと戻るだけなのである。どこへ？　あの世へ、である。

さて、忘れたのであれば、戻ればいいだけのことであった。詩篇「生」がウィットに満ちているのは、伸びやかな認識の自由に包まれているからである。

たゞ一人

この本はごく少数者むきの書物である
ひょっとすると　この少数者のうち
たゞ一人さえ　まだ生れていないかもしれない
そう書いて　フリードリヒ・ニーチェは
一九〇〇年に　その姿を没した

沈みゆく夕陽にこたえて
樹にかくれた山の家の窓が
キラリと　光を放つこともあるのだ

現在にも過去にも属さない存在者の気概が、将来への企投として永遠の相へと希求されている。冒頭の三行はニーチェの『アンチクリスト』の序文から。発狂して五十五年十ヶ月の生涯を閉じる悲劇的な哲学者の肖像が、このフレーズに象徴的に照射されている。裏を返せばここには、『悲劇の誕生』を著し、超人を創造して世に訴えるも、生前はまともに評価されなかったニーチェの無念が陰画のように滲んでいる。それにしても、少数者とはいえ、ただ一人とはどのような存在であるのか?

神は死んだという。世界に意味はない。しかし、自らが創造したツァラトストラは湧き起ころうとする力への意志を観念化させた神であり、世界は意志的に創成されるべき界ではなかったか。哲学者というより、ニーチェは悩める詩人である。

少数者向けではない。〈少数者むき〉である。真に価値ある書は少数者によって認められる。では、多数者むきの書物とは? いま売れている本のことであろう。それらは後世に残るのであろうか。残るのはむしろ少数者によって評価される書物ではないだろうか。商業的策略によって大量生産されることで、書物の価値が高まるのではない。《売れる》という目的に向かう目的的手段によって書物が扱われることで、内的価値は見過ごされてゆく。

〈たゞ一人〉とはいえ、それは一人ではない。将に来たるべき一人という存在の集合体であろう。ニーチェの『曙光』が思い浮かべられていたのであろうか。沈む夕陽に人知れずキラリと輝く家の窓が、どこかに潜在している。それは暗黒のなかに現れ出でる小さな兆しなのだ。それらが集まって大きな光になるように、永遠という時間のなかで〈たゞ一人〉という少数者は無数なのである。

純粋

世の中は
くらく　濁って
（それはそれでよいのだが）
僕の前の卓子の上
コップに水は澄み透っている

それを身体に入れて
もう一ぺん　僕は立ち上がる

演劇的手法の《動》のエクリチュールがここにある。そして、そのような表現法を志向するところに詩人の生きる磁場が現れる。水への憧憬というその澄みきったありようへの志向は、世の中の混濁とは対照的に、奇跡のようにある。〈僕〉は？　その〈澄み透っている〉ものを身体に入れるのだという。ふつうひとは、これをただ、飲む、と言い表すのであるが。

それにしても、世の中は暗く濁っていて、〈それはそれでよい〉とは、悟ったような言説である。世の中とはそもそもそういうもの、と言った達観が仄見える。どんな戦前・戦中・戦後を過ごしてきたのか？

略歴に触れて空想してみる。生きる術とは、この不純なる世の中に純粋であると感得しうるものを摂取すること。ありふれた営為にこそ、認識の眼は光る。その光芒によって自己という存在が生き延びうるのである。

解決

古ぼけて煤けた駅であった　その窓硝子も煤けていた　よく駅夫が熱心に拭っていたが　すぐもとにもどっていた　ある夜のこと　その一枚が　戸外の闇までつやつや見える位美しくすき透っているのを見た　近づくと硝子は割れてはずれていたのだった　煤けた彼が　何年かねがい　努め　悩んだものが　そのようにして解決されていた　戸外の闇から凍った冬の夜風が吹きこんでいた

時間とは崩壊と衰退の過程である。窓硝子は放っておけば煤にまみれる。したがって、道具存在はある種の秩序を保つよう人の手によって配慮されねばならない。硝子ならば、磨かれるというように。そうでないと、硝子の本来の存在価値は損なわれてしまうのだ。駅員が日毎に行う営為は、存在の意義を保つことにある。人間もまた磨きを怠れば汚れてしまう存在であり、秩序へとつねに向き直らせるような配慮が必要であろう。

ある夜、硝子の一枚が戸外の闇までつやつや見えるほど〈美しくすき透って〉いたという。いや、透き通っていたのではない。硝子それ自身が失われていたのだ。不在こそが志向すべき事態であったと、硝子は知らなくともよい。透明を志向していた道具存在はひとによって仕向けられていたからである。むしろ、ひとの営為が俎上に乗せられるアレゴリーとなっている。

「解決」とは強烈な逆説である。磨かれるべき対象が無と化すことによって、目標が達成される。解決とはそのことである。硝子は生、その崩壊は死、その不在は無。取り返せない崩壊によって事態は完結する。すなわち、透明とは不在であった。不在の透明性に勝る存在はない。言い換えれば、死という崩壊に勝る存在の不在はない。無いということほど透明なものはない。死とは解決であった。

地球という惑星で日々切磋琢磨し、喘いでいる人類。いずれ遠い将来、太陽はむろん地球も消滅するだろう。それが解決であることのほかに、何が解決であろうか。

〈煤けた彼〉とは日毎に汚れを払う駅員。その彼もまた煤けていたのであった。磨くべき対象を失った駅員という存在もまた、その任務がなくなることで物事が解決するという、さらなる深い逆説こそは、この詩篇の伝える真理である。

ラテン語で「西風」の意を持つ詩集『ぜぴゅろす』は、1977年6月1日に潮流社より刊行。吉野弘が『現代詩文庫 1048 杉山平一詩集』における解説で述べている――〈詩集『ぜぴゅろす』はしたたかな詩集だ。簡潔ということが、せめぎ合う多くの思いの精錬の姿であること、精錬は、したたかな労働であることが私にはわかる〉。〈ボッティチェルリの、有名な「春」では、開花を促す役をつとめている。「愛」の風でもある〉。その風が通ってくるのだな。割れた窓硝子の格子から。

3　用もなく廻っている星や月の優雅 ――詩集『青をめざして』

青をめざして

たゞ目の前のシグナルを

青のシグナルを見つめて
脇見をしないで
歩いた
どこへ行くのか考えたことも
なかった
青をみつめて
青だけをみつめて
わたしは歩いていった

どこが悪かったのだ
みんなどこへ消えたのだ

青は進めの合図。黄は注意。赤は止まれ。振り返れば、何かが悪かったという。注意して渡り、禁止を破って進んだ覚えもないのに、である。しかしながら、どこへ行くのであったか？　目的が消えている。いや、この詩人なら、手段がすでに目的となっているとでも言いくるめるであろうか。とはいえ、みんなどこかへ消えている。どこが悪かったのか？　不思議な人生である。悔恨だけが彷徨うとは。ともあれ、青をめざしてどこまで行ったのか？

闇

ルームライトを消す
スタンドランプを　消す
そうして
悲しみに灯を入れる

一日の終わり。活動が終了し、身体が休養に入る。夜、部屋にひとり。就寝前のあたりまえの光景である。ルームライトといい、スタンドランプといい、その調度品から察して、ホテルの一室のようにも思われる。するとと、初めて訪れた空間であろう。最終行が意外なハイライトとなっている。悲しみに明かりを灯すというのだ。それからどうするのだろう？　きっと、どうもしないのだ。いや、どうすることもできないのだ。せつない。真新しい空間に持ち寄ったのは悲しみ。しかしながら、どこかしら温かい。灯りがともっているからである。

たそがれ

ガラス窓はするどい
陽がおちると
窓が鏡になってくる
見えていた他人が
そのま、自分の姿だった　と

他人は自分であった。人類みな兄弟とも言ったな。しかしその逆、自分が他人であった、となれば淋しい。窓硝子の不思議。昼から夜への転位によって涌き起こる魔術。活気ある昼の活動に埋没していたときには気づかず、夜の闇の静寂に包まれてこそ気づく。この世の真理は、一面にだけ顕れるのではなく、両面をもって顕れる。詩篇が伝えることはその一事であり、自己と他者が双方向に交流する存在者の本質を伝えている。

繰り返し

カチカチカチカチ
時はきざんでいるが
進んでいるのではない
繰り返しているのだ
父は私であり
私の子は私だ

存在とは時間。時間は進むと思われがちであるが、時間は繰り返されているのだという。そう言えば、父の父の父も、ヒトという種の一個の片割れであった。私の子の子もまた。すると、ひとはみな私であった。車輪が回転して果てしないように、衆生が三界六道に迷いの生死を重ねてとどまることのない、輪廻。生き代わり死に代わる、流転。どうどうめぐり、とも言ったはず。

各駅停車

駅のガラスをおののかせ
風を捲きあげ
逆落としのように
特急が奈落へ突込んでいった

抜かれた普通電車よ
彼が見落とした駅と町を
ひとつひとつ拾いながら
ゆっくり　ゆたかに
ながく　生きよ

俎上に載せられている特急電車と普通電車は、人間社会のメタファーである。スピード狂の現代、ノロノロ仕事する者は、尻を叩かれて急がされる。無能ならさらに追い打ちを喰らう。しかしながら、奈落へと突進している可能性に、勝者は思いを馳せるであろうか。スピード競争に負けた普通電車は、特急が見落とした駅や町の光景を眺めている。そのスローさこそが豊かな暮らしを創ってゆくように思われる。生き急ぐとは、死に急ぐということ。この生を豊かにまっとうするにはどうすればいいのか、答えは明らかではないか。

受難

昼の世界の罪を一身にひき受け
夕日よ
きみは　いま
山に沈んでゆく

百万の視線を浴びて
底のやぶれた網の中へ
大スローモーションのボール

あ　落ちた

太陽が贖罪を負う。罪人は罪を犯していることを知らない。太陽は闇を溶かし罪を浄め、あまたの人々のあまたの罪を吸い込むように光源は闇を吸収する。その一日の任務を終えると、山に沈んでゆく。受難劇ともひとは知らず、焼ける空の美しさを褒め称えては、夜に溶け込む？　労苦ゆえ太陽もまた日々の静養が必要であったのだ。底のやぶれた大きなバスケットに、見事シュートが決まる。祈りを込めて見遣るひとは幸いなるかな。ビデオのスローよりもっとスローなシュートの瞬間。これは三点シュートなどよりはるかに得点が高いはずである。

太陽

太陽は夜を見たことがない

そうであったか。沈むと見せかけて、その実、地球の裏側にまわっているだけであった。年中無休の任務は、さていつまでも？　太陽は闇の世界を知らないのだろうか。知っているから、そこに光を灯してくれるのではなかったか。

水

バケツのかたちの水を
かたむけ
パッと　放おると
菱形にゆがんで浮いたのも束の間
コンクリートに叩きつけられ
悲鳴をあげてペチャンコになり
助けを求めるように触手をのばし
すこし　もがいていたが
ひっそり　息絶えた

水の様子を窺っている者が一人たしかにいて、それは詩人にほかならない。一方、それがだれかはわからぬが、水という存在に二重写しに透視されている存在者もいる。それが自分であるような錯覚を読み手が受けるのは、その叙述の巧みさに拠っている。同じ光景を見ていても、ひとはこれが受難劇であるとは気づくまい。ただある日のありふれた水の様子が描かれているだけであるからだ。悲鳴をあげ、助けを求め、もがいている。水が感情を持ち存在の痛みを抱えているかのように描写されている。バケツに入れられた水の行方もまた、人間社会のメタファーである。

わが国の生の読み方

生《う》まれる
生《い》きる
生《お》いたち
生《は》える
生《なま》意気
生《き》一本
生《せい》産
一生《しょう》
往生《じょう》
芝生《ふ》

「生」の音読みは五つ。漢音でセイとゼイ。呉音でショウとジョウ。唐音でサン。訓読みには、詩篇に現れているように多数。ほかには、「鈴生《すずな》り」「生田《いくた》」「生垣《いけがき》」「生憎《あいにく》」「生粋《きっすい》」「生《うぶ》方」「相生《あいおい》」「壬生《みぶ》」「生業《なりわい》」など多様。

「生」を英語で表せばlife。英単語の読みは漢字とは対照的にひとつである。が、語義は豊富である。「いのち・生存・生涯・寿命・生物・世・活気・救い・再生・最愛のもの」など。一言では言い表せないひとの一生である。だからだな、言の葉に託す人間の思いが多様であるのは。

詩篇に現れたフレーズを順に追ってみる。すると、誕生↓生↓死の過程が簡潔に表されていることに気づく。すると、最終行だけが遊離していて、ユーモアを醸す。芝もまたその生を謳歌しているのであった。

水平線

水平線が傾むいている
（傾むいているのは自分なのに）

水平線が傾いて見えるのは、視る主体が傾いているから。すると、存在者の軸は地球の主軸に合致するようにと？　気づきが尊い。ひとはよろめく存在であるからだ。

純粋

雪の純白は　山の高いところにしか住めない。

雪が汚れるのはこの地上。人の行けない山の高みでは、その純白が保たれる？　そして、その高みに行こうとして命を落とす人間もいる。何のためにであったか？　その身にならないとわからぬことであろうが、きっと純粋を身に浴びようとしてだな。

旅

桜の花は、田舎の小さな駅によく似合う

見知らぬ小さな駅を通るときなど、その地域の人々の暮らしが空想され、その営みに拍手を送りたくなることがある。とりわけ無人駅に停車したときなど。きっと旅情の酔いが後押しするのだ。よせばいいのに。すでに愛しい存在が華を添えているからだ。

空

地上から空へ投げる　空はゆっくり受けて、また力いっぱい投げ返してくる。

空へ何を投げるのであろうか？　記されてはいない。投げられる客体が描かれていないことで、アレゴリーが醸成されることになった。ボールや石を投げるのだとしても、比喩として込められるのは、希望とか絶望、歓喜とか憤懣、満足とか怒り。いずれにせよ、空はいったんは受け留めたように見せかけて、力いっぱい投げ返してくるのだ。投げた者のもとへ。それを返答とも返礼とも言ったはずだ。

波

岩に怒りをぶっつける波
はげしく　またはげしく
もう　やめなさいというのに

荒れ狂う海を自己の心象として描いた吉野弘の詩篇「冬の海」が思い起こされる――〈海は狂い／海は走り／それは一個の巨大な排他性であった〉。巨大な排他性といういかめしいフレーズが自らかばいきれない精神状態を象徴的に言い表している。同じような状況にあって一方、杉山平一はどのようなスタンスを取るのか？　もうやめなさい、と諭すのだ。

自己超出の実存の可能性を生真面目に探求する吉野弘とは対照的に、杉山平一は自己から離脱する実存の可能性を模索していて愉快である。そのオプティミズムは機知に支えられており、ユーモアの醸成こそが生き延びる手段となっている。しかしながら、その背景には語りえぬ修羅場が据えられているのだろう。ウィットの裏には苦渋の果てに生き延びた自己の履歴が隠れている。

ひと

沢山の人があるいている
それぞれ　どこへ行くのか
何をしにゆくのか
僕は知らない
僕がどこへ行こうとしているのか
彼らも知らないだろう
なにか憑《つ》かれたように
みんな急いだり
たのしそうにしゃべりながら
ゆっくりあるいたり
なんと　この沢山の人に行先があり
それぞれに用事があるのは
すごいことだ
月や星が　用もなく
廻っているというのに

小さな村で住民はみな名前で知られており、顔馴染みであるという。一方、大きな町になると、近所の人々の顔と名前は知っていても、どんな暮らしをしているのかはわからない。大都市ともなれば、行き交う人々がみな他人である。

先進諸外国の中心都市集中度は5～15％であるが、日本の東京一極集中は30％を超える世界最悪の水準だという。東京駅構内を歩けば、たくさんの人どころか人が大雨のあとの大河のように流れている。いや、川ならば一方向に流れることになっているが、人の豪流は双方向にとめどなく激しく流れ、川筋が決定されていない。どんな用事があるのであろうか？　喋る者はおらず、イヤホーンをつけて耳を何か音でひたしている者もして、ひたすら何かに憑かれたかのように急ぎ足。独りのんびり歩こうともすれば、ぶち当たって撥ね返されるであろう。なんともはや、こんなことになったのであろうか。流行を追い過ぎたあげく、不易を忘れ去ったからであろう。用もなく廻っている月や星が優雅に思えるのは、それゆえにである。

4　あっというまの終点　――詩集『希望』

２０１２年５月19日、杉山平一は永遠へと旅立った。九七年六ヶ月の生涯であった。その前年の２０１１年11月２日、九七歳の誕生日に、詩集『希望』が編集工房ノアより刊行される。福島県会津若松市に生まれた杉山平一は、刊行に先立つ約八ヶ月前の３月11日に起こった東日本大震災に心を痛め、復興への気持ちを支える力になればと、タイトルを決定したという。

希望

夕ぐれはしずかに
おそってくるのに

不幸や悲しみの
事件は

列車や電車の
トンネルのように
とつぜん不意に
自分たちを
闇のなかに放り込んでしまうが
我慢していればよいのだ
一点
小さな銀貨のような光が
みるみるぐんぐん
拡がって迎えにくる筈だ

負けるな

　不意に闇のなかへ放られる。しかし、負けるな、と。暗闇のなかに、一条の光が射す。ぐんぐん拡がってくるはずだと。フィナーレまで続く人生、負けられない、この人生である。この詩人にしてはめずらしく、この詩では逆説も寓意もユーモアも影を潜めている。放たれる言葉は、愚直でも安直でもいいのだな。むしろ、直截的な内省の吐露に祈りが込められている。それだからであろう。添えられる言の葉に、秘めたる心のやさしさが感得されるのは。

もう疲れきって
どうでもいゝと
ぼんやりしていた
それが
幸せだったとも気づかず

（詩篇「待つ」末尾）

希望の灯りが射し込むどころか、不幸と不運の連続。禍福はあざなえる縄であったはずなのに、不幸の次はまた不幸。どん底に佇んで、どうにでもなれと、ただぼんやりしている。過酷な宿命と闘うには弱い存在である。しかしながら、ぼんやりしていること、それが幸せだったという。

風の子

とび込んできた風に
カーテンが丸くふくらんだ
かぜ！　つかまえた！
子供が叫んでカーテンを抱きしめた

ヒュ－フ－　ヒュ－フ－と

かなしい声で呼んでいる
迷子さがしのお母さんに
早くはなしておやり

風を捕まえるのだという。子どもの発想は豊かでおもしろい。大人が知らずに手放して、忘れてしまっていた遊び心がある。カーテンに飛び込んできたという。ところが、詩人の発想もまた子どもに勝るとも劣らない。風がヒューフーと哀しい声で泣いているのだ。それでどうするのか？　風のお母さんがこの迷子を捜しているのだという。杉山平一はここではこころやさしい童謡詩人になっている。放しておやり、と。

風は天を仰ぐ杉が生える山から吹き渡ってくる。杉と山の屹立を背景に平明なる一つの存在を目指す杉山平一という氏名は、明快な志向性を帯びている。とりわけ、平一という左右対称の偏りのない形象がその存在を象徴している。杉の右偏は天からの陽射しの照射、平は地平線に立つ存在が両手を天に差し向けている。さんさんと降り注ぐのだな、陽はそこに。

天女

その日　ぼんやり
広場を横切っていた

そのとき　とつぜん
ドサッと女の子が落ちてきた
すべり台から

女の子は恥ずかしそうに私を見上げ
微笑んでみせた

きょうは何かよいことが
ありそうだ

詩篇「天女」はどこにでもありそうなありふれた情景を描いている。広場の滑り台からひとりの女の子が滑り落ちてきて、恥ずかしげに作者に微笑んだだけのことである。ただそれだけのことではある、が詩人には貴重きわまりない。

闇がこの世を覆っている。突然、闇へと放り込まれる不条理になす術もない。しかしながら、希望は向日性の心の持ちようにある。それは灯りが拡がりゆく道しるべとなる。心動かされたのは、女の子の微笑みであった。〈きょうは何かよいことが／ありそうだ〉――否定する代わりに肯定があり、絶望する代わりに希望がある。相反する方向へと導くのは、己れの気持ちの持ちようである。目が覚めるほどに、タイトルがすばらしい。滑り台から降りてきたのは、天女だったのだ。

処方

本当の心を注射して
絆創膏のように切手を貼って
送ったが
効かなかったらしい
お世辞の毒を入れてみた

元気が出てきました
と返事がきた

処世の方法を教える処方には、人間の智恵が詰まっている。〈本当の心〉はなかなか効かない。お世辞ならどうか？　効いたという。おもしろいエピソードである。帰結が得られれば、手段は消え去っていい。元気が出れば、よかったではないか。幸せであるならば、錯覚でもいい。いや、幸福とはそもそもみな錯覚ではなかったか。

わからない

お父さんは
お母さんに怒鳴りました
こんなことわからんのか

お母さんは兄さんを叱りました
どうしてわからないの

お兄さんは妹につっかゝりました
お前はバカだな

妹は犬の頭をなで、
よしよしといゝました

犬の名はジョンといいます

家族の構成員同士にちょっとしたいざこざがあって、身近な相手を卑下するようにけなす。鬱憤晴らしのような当たり方である。が、当たられた当人はおもしろいはずがない。したがって、自分よりは下に位置する相手に当たり返す。父が母を怒鳴り、母が兄を叱り、兄が妹につっかかる。では、妹は犬にどうするのか？　よしよしと頭を撫でるのだ。詩篇タイトルの「わからない」が意味深長である。何がわからないのか？

上意下達に似た鬱憤晴らしの構図とからくりを明るみのもとへと出してみる。父―母―兄―妹―犬。力関係の強い者から弱い者への下達である。最後の鬱憤晴らしとして、妹が犬に当たれば、犬はどうするのだろうか？　元に戻って父に当たる？　そうすれば、この鬱憤晴らしのいざこざは悪循環に陥るであろう。そんなことを妹は知っているのか？　いや、知らずとも、この妹だけは心やさしいのだ。攻撃はここでは比喩ともなっていよう。惨事と悲惨を引き起こした世界大戦を思い浮かべるだけでいい。当たり散らす攻撃の無意味を知っていて、その連鎖を断ち切った妹の心のあたたかさ。小さな存在の懐の広さ。

何がわからないのか？　〈こんなことわからんのか〉と母に怒鳴った父も、〈どうしてわからないの〉と兄を叱った母も、〈お前はバカだな〉と妹につっかかった兄も、わかっていない。わかっていないことの内実は、さほど難しいことではない。思いやりのたいせつさであり、配慮・気遣い・関心のたいせつさであろう。金もかからず、時間も取らず、大袈裟なことでもない。しかし、この家族にとってはとてもむずかしいことなのだ。〈よしよし〉と頭を撫でることが。

犬の名前を紹介してくれているだけであるが、最後の一行がまったくありふれていながら、すこぶる心に沁みる。〈犬の名はジョンといいます〉——ジョン・レノンがこの詩篇を読んだら小躍りしたのではなかろうか。ありふれていて見過ごしていたことに、驚くべき価値が内在している。確固たる一行の屹立によって、家族の平安が保たれているのである。

木の枝

木の枝は
親と離れて
上へ上へ伸びようとするものです

若いときは

背のびをすると
本当に高くなることがあります

読んでもいない本を
友だちの前で読んだふりをしたため
帰ってから本当に読み
少し賢くなったことがあります

枝はなぜ伸びようとするのか？　それを成長というのであれば、なぜ成長しているのか？　枝は親元から離れようとして、上に伸びるのだという。そうか、人間もまた、そうであった。何ゆえ、成長し、成熟し、滅んでゆくのか？

　子どもはよく背伸びをする。それでほんとうに背が高くなるのだという。成長とは生物の生命に仕掛けられた本能であったのか。なにゆえ背伸びするかという問いに、子どもは答えられないであろう。最終連はうまい事例である。見栄を張る。他者を意識し、自分をよく見せようとする。成長とは体裁をつくろうことでもあったのだな。だれしも心当たりがあるのではなかろうか。背伸び、それは存在が内在している志向性のことであった。

バスと私

走っていったのに

バスは出てしまった

やっと次のバスに乗れて
ふと　降りる駅に気づいて
あわて丶立ち上がったとたん
ドアはしまってしまった

今度こそと気をひきしめて
うまくとび降りたと思ったら
違う駅だった

大きな図体をひきずって
最終バスはゆっくり消えていった

思えばそんな人生だった

バスが人生行路を走る。タイトルにしか現れないが〈私〉は、その行路を行かねばならぬのだ。が、首尾よく事が運ばない。バスに乗り遅れる。乗り遅れる人生でもあったのだ。

やっと次のバスに乗れたという。しかし、降りるべき駅に辿り着いたとき、ドアが閉まっている。拓けない人生だったのだ。今度こそと気をひきしめて降りたものの、違う駅に降りてしまう。目的地が異なる人生だったのだな。で、バスはどうするのか？
大きな図体をひきずってどこかへ消える。戻って来ることはあるまい。それが最終バスであったとは、あとのまつり。笑えない人生である。いや、笑い飛ばしたい人生である。

終点ですよ
折り返しはありませんよ
早く降りて下さい　早く
わけもわからず
とんで降りて消えた

（詩篇「しんがり行」末尾）

最後の詩集でも持ち味のトボケやユーモアの精神は健在である。ことさら力む必要はない。肩の力が抜けている。何をいまさら力む必要などあろうか。
乗った記憶は消えているが、降りようとする意志もまた消え失せている。しかしながら、こんどは降りろとけしかけられるのだ。いやはやなんともはや、終点であった。ならば、降りるしかあるまい。わけがわからなかったが、ともあれ飛び降りて、そしてこんどは自分が消える。

それでは
このはなしは
なかったことにして

（詩篇「取り消し」第1連）

なかったことにできればいいのかもしれない。このはなしというよりは、この人生。取り消すことができないからこそ、そう思う人生である。

もう　いいんだよ
とおい　とおい　記憶なのだ

ゆっくり
おやすみ
（詩篇「おやすみ」末尾）

もはや何を急ぐことなどあろうか。すべては遠い記憶。遠い出来事。もう、おやすみしなければならない人生である。いつか地球が消え去って人類がいなくなっても、遠い記憶は有効であろうか。

驟雨

急行が通りすぎた
まきあげた風をのこして
うつくしい女性が通りすぎた
かぐわしい匂いをのこして

どれもそれは束の間だったが

町をひと撫ぜして洗った驟雨さながら
くすんでいた心を
キラキラ光らせてくれた
きみを僕は
忘れないよ
いつまでも

急に降り出しまもなく止んでしまうにわか雨のように、人生に訪れた愛しいもの。急行電車が豪快に巻き上げていた風。だれとも知れぬ美しい女性の匂い。いっとき、くすんでいた心を光らせてくれたのだった。それだけのことなのに、ただそれだけのことで忘れはしないだろうこの生涯。些細であれ、ささやかな事象に心ときめき癒される、人生はいっときの驟雨のようなものであったのだ。宇宙空間に浮かぶ小さな塵ひとつに輝き拡がる事象、ひとつの小さな灯りのように寄り添う希望。

参考文献

吉野弘『吉野弘全詩集』青土社、2004.7.10
花神ブックス2『吉野弘』花神社、1986.5.25
『詩人会議』6月号、詩人会議、2015.6
吉野弘詩集『幻・方法』飯塚書店、1959.6.15
吉野弘『詩のすすめ』思潮社、2005.1.1
『新選漢和辞典』小学館、1982.1.20
吉野弘『酔生夢詩』青土社、1995.9.30
吉野弘『花木人語』みちのく豆本の会、1987.5
『季刊恒星』第7輯、1977.5
世界古典文学全集第17巻『老子　荘子』福永光司・興膳宏訳、筑摩書房、2004.5.30
村山斉『宇宙は何でできているのか』幻冬舎、2010.9.30
デイヴィッド・クンツ（畔上司訳）『急がない！　ひとりの時間を持ちなさない』主婦の友社、1999.5.20
吉野弘詩集『現代詩文庫123　続続・吉野弘詩集』思潮社、1994.6.1
アンリ・ベルクソン（合田正人・松井久訳）『創造的進化』筑摩書房、2010.9.10
ジョージ・スタイナー〈生松敬三訳〉『マルティン・ハイデガー』岩波書店、2000.9.14
近江正人詩集『日々の扉』詩学社、1882.7.25
近江正人詩集『羽化について』火立木詩の会、1987.8.10
近江正人詩集『北の鏃』東北詩人、1992.9.28
近江正人詩集『北の種子群』書肆犀、2016.8.29
近江正人詩集『空へ誘う道』土曜美術社出版販売、2019.7.10
山崎正和『世界文明史の試み　神話と舞踊』中央公論新社、2011.12.10
いとう柚子詩集『まよなかの笛』あうん社、1987.10.1
いとう柚子詩集『樹の声』書肆犀、2000.5.3

いとう柚子詩集『月のじかん』書肆犀、2011.12.20
いとう柚子詩集『冬青草をふんで』コールサック社、2019.6.21
伊藤啓子詩集『ユズリハの時間』工房MOE、2019.9.15
佐々木悠二詩集『詩的生活のすすめ』書肆犀、2014.9.4
奥山美代子詩集『曼陀羅の月』書肆犀、2013.5.30
伊藤志郎詩集『春の日』私家版、1974
伊藤志郎詩集『近くて遠いもの』私家版、1990.9
伊藤志郎詩集『よい子のたより　道徳教育　私の心のかけら』私家版、1992.2.1
伊藤志郎詩集『あなたらしい　あなたへ』私家版、1999.8.30
伊藤志郎詩集『あなたに』メディア・パブリッシング、2015.1.16
ひらのはるこ詩集『雪の地図』まい・ぶっく出版、2001.11.20
平野晴子詩集『黎明のバケツ』洪水企画、2016.2.25
平野晴子詩集『花の散る里』洪水企画、2019.3.25
萱野仁編『アカツカトヨコ詩集』蒼群社、1973.10
永岡昭編『アカツカトヨコ詩集』書肆犀、1987.11.3
永岡昭編『赤塚豊子詩集　２０１７年版』書肆犀、2017.9.20
高沢マキ『詩と詩論』荒蝦夷、2014.9.30
加藤千晴詩集刊行会編『加藤千晴詩集』加藤千晴詩集刊行会、2004.4.1
加藤千晴詩集刊行会編『加藤千晴詩集Ⅱ』加藤千晴詩集刊行会、2006.5.15
梅村久門詩集『黄昏心象』1966.9
長尾辰夫『シベリヤ詩集』宝文館、1952.2.25
長尾辰夫詩集『花と不滅』深夜叢書社、1966.6.15
真壁仁詩集『青猪の歌』札幌青磁社、1947.11.10
『荘内文学』第六号、荘内文学の会、1981.5 1
佐藤總右詩画集『風の道』日本未来派、1970.4.1
佐藤總右詩集『無明』あうん社、1984.6.22

佐藤總右句集『十七文字付近』虹書房、1982.6.1
『季刊恒星』第二十四輯（佐藤總右追悼号）1982.12.4
葉樹えう子詩集『地球と鴎』げろの会、1957.7.1
茨木のり子『茨木のり子全詩集』花神社、2010.10.10
佐藤武美詩集『出生記』私家版、1989.10.2
駒込毅詩集『魚の涙』あうん社、1985.2.1
佐藤登起夫詩集『鮭の旅』自家版、1977.6.25
吉原幸子詩集『吉原幸子全詩Ⅰ』思潮社、2012.11.28
吉原幸子詩集『吉原幸子全詩Ⅱ』思潮社、2012.11.28
吉原幸子詩集『吉原幸子全詩Ⅲ』思潮社、2012.11.28
阿部岩夫詩集『現代詩文庫87 阿部岩夫詩集』思潮社、1987.9.25
工藤いよ子詩集『遠い夏』季刊恒星社、1979.2.20
中津玲詩集『建築有情』私家版、2009.9.25
中津玲写真集『五重塔詩情』私家版、2007.2.3
矢崎節夫『童謡詩人 金子みすゞの生涯』JURA出版局、1993.2.28
金子みすゞ『金子みすゞ童謡全集』JURA出版局、2003.10.24, 2004.1.21, 2004.3.10
今野勉『金子みすゞ ふたたび』小学館、2007.10.3
万里小路譲『うたびとたちの苦悩と祝祭』新風舎、2003.5.25
門脇道雄『いまここにある永遠』メディア・パブリッシング、2015.7.7
工藤芳治句集『迅雷』メディア・パブリッシング、2017.6.10
阿部宗一郎句集『出羽句信抄』文学の森、2016.3.1
糸田ともよ歌集『しろいゆりいす』コールサック社、2018.4.30
種田山頭火『山頭火句集』春陽堂書店、2011.6.10
植田草介『酔いどれ山頭火　何を求める風の中ゆく』河出書房新社、2008.12.20
北原千代詩集『ローカル列車を待ちながら』土曜美術社出版販売、2005.11.1
北原千代詩集『スピリトゥス (Spiritus)』土曜美術社出版販売、2007.11.30

池田瑛子詩集『風の祈り』詩苑社、1963.12
池田瑛子詩集『砂の花』詩苑社、1971.10
池田瑛子詩集『遠い夏』詩苑社、1977.9
池田瑛子詩集『嘆きの橋』詩苑社、1986.8
池田瑛子詩集『池田瑛子詩撰』草子舎 2015.2.8
池田瑛子詩集『母の家』土曜美術社出版販売、2001.5.24
池田瑛子詩集『岸辺に』思潮社、2013.10.31
原田勇男詩集『現代詩文庫234 原田勇男詩集』思潮社、2016.10.31
原田勇男詩集『何億光年の彼方から』思潮社、2004.1.31
庭野富吉詩集『雪泥』詩学社、2003.10.25
庭野富吉詩集『みつめる』土曜美術社出版販売、2013.6.30
黒沢友視・長井陽詩集『イカロスの翼』私家版、1996.5.12
長井陽詩集『花かげの鬼たち』秋田文化出版、1999.11.23
辻征夫『現代詩文庫78 辻征夫詩集』思潮社、1982.8.1
辻征夫『辻征夫詩集成』書肆山田、2003.9.30
高橋順子詩集『幸福な葉っぱ』書肆山田、1990.7.30
高橋順子『高橋順子詩集成』書肆山田、1996.12.20
高橋順子詩集『時の雨』青土社、1996.11.1
杉山平一『杉山平一全詩集〈上〉』編集工房ノア、1997.2.1
杉山平一『杉山平一全詩集〈下〉』編集工房ノア、1997.6.1
杉山平一『現代詩文庫1048 杉山平一詩集』思潮社、2006.11.2
杉山平一詩集『希望』編集工房ノア、2011.11.2
Oscar Wilde, *Collins Complete Works of OSCAR WILDE Centenary, Edition* Harper Collins Publishers,1994
Samuel Beckett, *THREE NOVELS—Molly, Malone Dies and The Unnamable,* Grove Press, 1958
Samuel Beckett, *Waiting for Godot,* Faber and Faber, 1965
『広辞苑第五版』岩波書店、1998.11

あとがき

「あとがき」を書くのは難しい。原稿をやっとまとめあげたあとで、「あとがき」という最後の仕事が義務のように待ちかまえている。言わずもがなの内容を書いてしまうようで、怖いとも言える。楽しいものではない。「あとがき」から読むという読み手が多いという。振り返ってみれば、自分もそうである。「あとがき」は本舞台に対する裏舞台であろう。さて、何ゆえ舞台裏を書かねばならないのであったか？

男女の色恋の艶など知りもしなかったが、「源氏物語」を読み解く「古典」の授業での某教師の言葉が甦る――「その一行の発見者たれ。世界初の見解を示せ」。教室の窓から空を眺めている身にとってそんなことがなしうるとは思えなかったが、今にして身に染みるお告げである。授業内容はまったく覚えていないが、その訓えだけが記憶にある。不思議なことである。［学習者―教材―教授者］という関係の本質らしきものをそれは暗示してもいる。教材はのちになっても触れうるものであり、その際に教授者が存在する必要はない。では何ゆえ教授者が必要かと言えば、教授者は教材内容を教えるためではなく、教材を把握するためのアプローチをいくつか提示するために存在する、と。

大学では小説と戯曲の研究に触れたが、教員になってからは時間の制約もあり、詩という短詩型文学に惹かれていった。すると詩は、常に考えるためのテキストであった。既存の他者の考えを追うことではなく自らの考えを発見すること。訓えられたのは、そのことであったと振り返る。

詩の作品世界は深い泉に湛えられている。したがって、一行一行に対峙する営為は、思考を重ねうる心躍る旅であった。郷土の詩文学を論じながら広めようとして始め、『詩というテキスト――山形県詩人詩集論』(2003)、『詩というテキストⅡ――山形県＋四県詩人詩論集』(2013)などに結実した。このたびの『詩というテキストⅢ――言の葉の彼方へ』はその延長線上にあるが、俳句・短歌・童謡詩なども含め、さらには本県以外の文筆家に関わる論考が約半分の頁を占め、新たな試みとなった。思えば、俳句・短歌こそは一行の美学を内包しており、その研究は今後の課題でもある。

執筆のスタンスとして一例を挙げるならば、山頭火にポール・デスモンドの存在を視る。内容の優劣は別として、これは私流の発見であり、ほかになければ世界初の見解のはずである。*Take Five* という変拍子による楽曲はジャズ史を変える出来事であったが、その内実は四分の五拍子が楽音を牽引する魔力であった。四分の五拍子は四分の三拍子と四分の二拍子の組み合わせから生じており、その一小節における構成が二十四小節に及ぶリフを形成していた。*Take Ten* などデスモンドは十拍子の楽曲をも創造しているが、変拍子による躍動は山頭火の句の音楽性に通じていると直感した。これもまた、「源氏物語」の授業への回答であり返礼である。

このたび論考の対象となった三十九人の文筆家のうち、これまでも論じてきた詩人が十五人にのぼることからもわかるように、繰り返し繰り返される偏愛的文人論となっている。これもひとえに、深く掘り起こすように探求することを垂れた古典教師からの感化に拠っているはずだ。とはいえ、取り上げられていないほかの多くの優れた郷土の詩人や詩集については、ぜひどなたかに論じてほしいと思う。

字数の多少にかかわらずすべて作品は敬愛の念を込めて取り上げさせていただいたが、頁数から言えば吉野弘・金子みすゞ・杉山平一の三者についての論考が約三分の一を占め、本著の要となっている。とりわけ、吉野弘研究については、すでに十一冊それぞれの詩集に主題を見出して論じた拙著『吉野弘その転回視座の詩学』があるが、本書では詩という単品を取り上げながら詩人の認識眼を探索した論考となっており、併せて読んでいただくことをひそかに望んでいる。

初出に関しては詳細を省略するが、『山形新聞』『山形詩人』『詩と思想』『コールサック』の各紙誌に掲載のほかは、拙主宰一枚誌『表象』に発表したものがほとんどであり、どの論考も大幅に加筆訂正を施している。なお、物故詩人のみの詩篇を取り上げた第Ⅱ章「やまがた詩篇逍遙」は『山形新聞』掲載の「やまがた名詩散歩」の連載内容を加筆訂正したものである（ただし、真壁仁については『詩と思想』(2017.5.1)、中津玲については『やまがた現代詩の流れ2018』掲載)。

刊行に際しては、これまで同様、新聞社や詩誌及び総合文芸誌の編集スタッフの方々を始め、多くの詩友から後押しとご助言を賜りました。深く感謝申し上げます。またコールサック社の鈴木比佐雄代表には、『孤闘の詩人――石垣りんへの旅』に引き続き、たいへんお世話になりました。ありがとうございました。

２０２０年盛夏

万里小路　譲

万里小路 譲　Maricoji Joe

昭和 26 (1951) 年 9 月 14 日、山形県鶴岡市生まれ、同在住。本名、門脇道雄。新潟大学人文学部英文科卒業、同大学人文学専攻科修了。山形県立高校に 38 年間勤務。現在、山形県詩人会副会長。詩文に関わる生涯教育講座や音楽教室などの講師を務める。詩とエッセイの一枚誌『表象』主宰。

著書

詩集　『海は埋もれた涙のまつり』1983 年、あうん社
小説集　『密訴』1986 年、あうん社
詩集　『夢と眠りと空の青さに』1994 年、あうん社
詩集　『風あるいは空に』1995 年、印象社
詩集　『凪』1998 年、あうん社
詩集　『交響譜』1999 年、文芸社
詩論集　『詩というテキスト――山形県詩人詩集論』2003 年、書肆犀
歌謡論集　『うたびとたちの苦悩と祝祭――中島みゆきから尾崎豊、浜崎あゆみまで』2003 年、新風舎
詩集　『Multiverse』2009 年、書肆犀
詩論集　『吉野弘その転回視座の詩学』2009 年、書肆犀
詩論集　『詩というテキストⅡ――山形県＋4県詩人詩論集』2013 年、書肆犀
詩集　『はるかなる宇宙の片隅の風そよぐ大地での草野球――スヌーピーとチャーリー・ブラウンとその仲間たち』2015 年、書肆犀
詩論集　『いまここにある永遠――エミリー・ディキンソンとＥ．Ｅ．カミングズ』2015 年、メディア・パブリッシング
社会教育論集　『学校化社会の迷走』2016 年、書肆犀
詩集　『詩神たちへの恋文』2017 年、土曜美術社出版販売
詩集　『万里小路譲詩集』（新・現代詩文庫 142）2019 年、土曜美術社出版販売
評論　『孤闘の詩人・石垣りんへの旅』2019 年、コールサック社
評論　『哀歓茫々の詩人・菊地隆三への旅』2020 年、工房ヴィレ

受賞歴

1984 年　詩集『海は埋もれた涙のまつり』　第 13 回山形県詩賞
2004 年　詩論集『詩というテキスト』　第 2 回山形県詩人会賞
2016 年　鶴岡市教育委員会主宰　第 59 回高山樗牛賞
2020 年　評論『孤闘の詩人・石垣りんへの旅』　第 35 回真壁仁・野の文化賞
2020 年　評論『孤闘の詩人・石垣りんへの旅』　第 43 回山形県芸術文化協会賞
2020 年　らくがき倶楽部主宰　第 50 回「らくがき文学賞」

石炭袋

詩というテキストⅢ　言の葉の彼方へ

2020年10月8日　初版発行
著　者　万里小路譲
発行者　鈴木比佐雄

発行所　株式会社 コールサック社
〒173-0004　東京都板橋区板橋 2-63-4-209
電話 03-5944-3258　FAX 03-5944-3238
suzuki@coal-sack.com　http://www.coal-sack.com

郵便振替　00180-4-741802
印刷管理　（株）コールサック社　制作部

＊装丁　山口友理恵

落丁本・乱丁本はお取り替えいたします。
ISBN978-4-86435-452-3　C1095　￥2000E